KB121395

살
인
사
건

불
귀
도

불귀도 살인사건

전건우 장편소설

차
례

프롤로그

선비는 당산나무 가지에 이틀 밤낮을 매달려 있었지만 죽지
않았다. 목을 옭아맨 밧줄이 무색하게 쌕쌕 밭은 숨소리를 내며
한 번씩 몸을 부르르 떨기도 했다. 그 모습이 섬뜩해 사람들은
감히 당산나무 근처에 다가가지 못했다. 결국 나뭇가지가 더는
버티지 못하고 부러졌다. 땅에 떨어진 선비는 한 마리 뱀처럼
꿈틀꿈틀 기어서 어딘가로 향했다.

한양에서 온 의금부 도사(都事)는 선비를 다시 붙잡아 마을 중
앙으로 끌고 갔다. 이내 섬사람 모두 모이라는 명이 떨어졌다.
아이와 늙은이 할 것 없이 그 명령에 따랐다. 도사는 선비를 꿇
어앉힌 후 서슬 퍼런 목소리로 소리쳤다.

"이 대역 죄인이 요사스러운 술수로 교수형을 피했으나 한낱 인간이라는 사실은 명명백백할 터. 너희 중 힘센 이가 나와 죄인의 목을 친다면 필히 죽을 것이다!"

도사의 말에 사람들은 술렁거리기 시작했다. 선비의 목을 매다는 것도 간신히 했는데 참수라니……. 게다가 도사와 동행한 회자수(劊子手)가 버젓이 있는데 마을 사람에게 목을 치라는 것은 상식 밖의 일이었다.

"너희가 죄인을 추종하여 그의 말에 따랐다는 것은 이미 알고 있다. 귀양 온 자와 교류하며 역모를 꾸몄다는 것만으로도 불귀도 백성 전체를 엄벌로 다스려야 마땅할 터! 허나 너희가 이자의 목을 직접 친다면 그 죄를 사하여주겠다. 만약 그렇게 하지 않는다면 불귀도에서 두 발을 붙이고 사는 자 모두에게 대역죄를 물을 것이다!"

사람들의 얼굴은 사색이 됐다. 보다 못한 권 선장이 나섰다.

"도사 나리. 저희가 역모를 꾸몄다면 어찌 자진해서 저자를 나무에 매달았겠습니까? 다른 명이라면 얼마든지 따를 수 있으니 참수하라는 말씀은 거두어주십시오. 어린 것들도 있고……."

"그러면 네놈 목부터 베고 시작할까?"

도사는 차갑게 물었다. 사람들 속에서 누군가가 손을 들고 외쳤다.

"제가 하겠습니다!"

잡일을 하며 근근이 살아가는 박가(家)였다. 이름도 없어 다들 '박'이라고만 불렀다. 박가는 사람들 사이를 비집고 나오며 말했다.

"저 몹쓸 죄인의 목을 이놈이 베어버리겠습니다."

박가의 눈은 마치 갓 잡아 올린 갈치의 비늘처럼 번들거렸다. 사람이 물에 빠져 죽으면 갈치가 제일 먼저 달려든다는 사실을 뱃사람들은 잘 알고 있었다.

선비는 2년 전 불귀도에 왔다. 역모를 꾸몄다는 소문만 돌 뿐 정확히 무슨 일로 임금의 눈 밖에 난 것인지 불귀도 사람들은 알지 못했다. 아니, 관심도 없었다. 지금껏 뭍에서 떠밀리듯 온 이가 선비만도 아니었고 양반들 일에 관심을 가져봐야 득 되는 건 아무것도 없다는 걸 일찍이 체득한 것이다. 따라서 선비의 이름도 몰랐고 알고 싶어 하지도 않았다. 불귀도 사람들은 선비가 조용히 지내다 가기만을 바랐다. 다시 뭍으로 돌아가거나, 아니면 황천길로 가거나 알 바 아니었다. 그럼에도 사람들은 대충 짐작하고 있었다. 그동안 봐왔던 여러 죄인처럼 선비도 살아서는 뭍으로 돌아가지 못하리라는 것을. 이 섬에 '불귀(不歸)'라는 이름이 붙은 데는 그만한 이유가 있었다.

불귀도는 하늘에서 내려다보면 주먹을 쥐다 만 것 같은 모양새를 하고 있었다. 섬 뒤편에 병풍처럼 서 있는 바위산은 험준

9

하기가 이루 말할 수 없고 먹을 만한 풀 한 포기 자라지 않았다. 오목하게 팬 섬 앞쪽은 그 지형 탓에 파도가 거칠었고, 바닷속에는 사나운 짐승의 엄니 같은 암초가 많았다. 그리하여 웬만큼 노련한 뱃사람이 아니면 불귀도에 배를 대기 어려워했다. 척박한 이 섬의 유일한 식수원은 당산나무 근처의 우물이었다. 물이 귀하다 보니 농사를 짓는 건 엄두도 못 낼 일이었다. 생계는 대개 물고기잡이로 꾸려나갔다.

마을 남정네들은 대부분 뱃사람이었고 그래서 대부분 일찍 죽었다. 불귀도 앞바다는 그만큼 지랄맞았다. 어떤 해에는 잡은 물고기보다 바다에 빠져 죽은 사람이 더 많을 정도였다. 그나마 갯벌이라도 없었다면 불귀도 사람들은 더 굶주렸을 것이다. 여자와 아이들은 갯벌에서 조개나 낙지 같은 것들을 잡아다가 죽을 쑤어 근근이 끼니를 때웠다.

그런 섬이기에 귀양지가 된 것은 어쩌면 당연한 일이었다. 자급자족해 살 수밖에 없는 죄인들은 불귀도에서 얼마 버티지 못해 병을 얻었다.

허나 선비는 다른 죄인들과는 사뭇 달랐다.

"섬이 참으로 아름답구나."

배에서 내리자마자 선비가 처음으로 한 말이었다. 사람들은 몰락한 양반의 허세쯤으로 여겼다. 아예 집 밖으로 나가지 못하는 위리안치(圍籬安置)형은 아니었지만, 벌레와 도마뱀 득실거리는 집에서 하루만 지내도 곡소리를 낼 거라고 예상했다.

그 예상은 보기 좋게 빗나갔다. 선비는 다음 날 아침 개운한 표정으로 일어나 섬을 한 바퀴 돌았다. 미소 띤 얼굴로 만나는 사람 모두에게 인사를 건넸다. 여행이라도 온 듯 유유자적한 태도에 사람들은 선비가 밤사이 정신줄을 놓은 게 아닐까 의심할 정도였다.

"잘 부탁하네. 내가 도울 일이 있으면 언제든 말하고."

선비는 물이 빠질 때면 갯벌에 나가 조개를 줍기도 했고, 나뭇가지로 낚싯대를 만들어 물고기를 잡기도 했다. 한편으로는 공구를 빌려다가 집을 고쳤다. 허름하기 짝이 없어 귀신이 나올 것만 같던 선비의 집은 어엿한 모양새를 갖추게 되었다.

불귀도 사람들은 수군거렸다.

"글공부만 하는 선비가 어디서 저런 재주를 익혔을까?"

"며칠 전에는 나한테 이렇게 말씀하시더라고. 서당을 열어 아이들을 가르치고 싶다고."

"나는 이런 말도 들었어. 맑은 물을 끌어와 마을에 댈 수 있을 것 같다고."

"그게 무슨 말이래?"

"몰라, 나도. 근데 거짓부렁으로 한 말 같지는 않고……."

수군거림이 커지자 권 선장이 직접 선비를 만났다. 예사롭지 않은 선비의 말과 행동이 궁금하기도 했거니와 괜히 사람들에게 헛바람을 불어넣는 게 아닌가 걱정되었기 때문이었다.

선비는 권 선장을 반갑게 맞았다.

"자네가 이 섬의 우두머리라고 알고 있네. 이렇게 와주어서 고맙네."

"우두머리는 아닙니다. 양반들이 내버린 이 섬에서 그나마 제가 뭍과 섬을 오가며 이런저런 일들을 챙길 수 있기에 나서는 것뿐입니다."

"오늘은 무슨 일로 날 찾아왔나?"

"몇 가지 궁금한 것이 있어 왔습니다."

권 선장은 뱃사람의 거친 성격 그대로 본론부터 꺼냈다.

"맑은 물을 댈 수 있다니 그것이 무슨 뜻입니까?"

"이 집에 도마뱀이 나오더군. 도마뱀은 맑디맑은 민물에서만 살 수 있지. 그렇다는 건 이 섬 뒷산 어딘가에 수원(水源)이 존재한다는 뜻이지. 그 물을 끌어오는 수로만 만들 수 있다면 물이 부족한 일은 없을 것이야."

선비가 워낙 자신만만하게 말했기에 권 선장도 마음이 흔들렸다.

"어찌 그리 확신하십니까? 저는 하루 목숨도 자신할 수 없는 뱃사람이라 그 어느 것도 믿지 않습니다."

"나는 그저 이치대로 추론한 것일 뿐이네. 자네들이 반대만 하지 않는다면 내가 수원을 찾아보겠네. 어떤가?"

"그것이야 선비님 뜻대로 하시면 될 것입니다."

권 선장은 그리 말하고 나왔다. 선비는 분명 다른 이들과 달랐다. 불귀도에 귀양 온 이는 두 부류로 나뉘었다. 세상을 원망하며 화를 내거나 자신의 처지에 좌절해 시름시름 앓거나. 선비는 그 어느 쪽도 아니었다.

'저 양반은 여기서 살려고 하는구면.'

권 선장은 그렇게 생각했다.

그날 이후 선비는 섬과 그 뒷산인 병악산(屛惡山)을 번질나게 돌아다녔다. 그러더니 결국 산골짜기에서 연못과 실개천을 찾아냈다. 불귀도 토박이들도 모르던 곳이었다. 선비는 마을 사람들을 모아놓고 말했다.

"산에서부터 수로를 파 마을에 물을 댄다면 우물 하나에 의존하던 것과는 비교할 수 없을 정도로 맑은 물을 사용할 수 있을 거네. 수로 파는 일이 녹록지 않겠지만 한마음으로 달려든다면 못 할 것도 없을 거야. 내가 함께하겠네. 어떤가, 해보겠는가?"

누구 하나 섣불리 대답하지 못하고 서로의 얼굴만 멀뚱히 바라보던 중 권 선장이 나섰다.

"선비님께서 저희를 도우려는 이유가 무엇입니까?"

"사람이 사람을 돕는 데 이유가 있나? 자네들이 풍족하면 나역시 기쁘고 좋은 일 아니겠는가. 본디 사람은 하늘 앞에 다들 평등하고 똑같은 것이거늘."

선비의 말은 마을 사람들을 움직이기에 충분했다. 자신들을 '사람' 대우 해준 이는 선비가 처음이었다. 물론 그 한마디 때문만은 아니었다. 불귀도에는 마시고 씻을 물이 더 필요했다.

그리하여 선비의 지휘 아래 수로 공사가 시작됐다. 선비는 물이 멈추지 않고 흐르게 하려면 어떤 식으로 수로를 내야 하는지 알았고 중간에 수문을 설치해 물의 양을 조절해가며 쓰는 방법도 알고 있었다. 공사가 거의 끝나갈 무렵, 권 선장이 선비에게 물었다.

"이것들을 다 어디서 배우셨습니까?"

"여기저기서 배웠지. 글 한 줄 읽는 것보다 이런 것 하나 아는 게 살아가는 데 더 도움이 되지 않는가."

선비는 수로를 만드는 틈틈이 불귀도의 아이들에게 글을 가르쳤다. 어른들도 원하면 선비의 가르침을 받을 수 있었다.

"이 세상에는 높고 낮음도 없고 더 귀한 이도, 덜 귀한 이도 없네. 누구든 자족할 수 있으면 그 자체로 인정받는 때가 곧 올 것이야. 그러니 공부를 하고 실력을 쌓아야지."

수로 공사가 끝나 뒷산의 맑은 물이 마을로 흘러 내려온 첫날, 불귀도에는 큰 잔치가 벌어졌다. 귀한 돼지도 잡고 각종 해산물도 잔칫상에 올렸다. 사람들은 시원하고 맑은 물을 술 대신 벌컥벌컥 들이켰다.

"수로도 만들었으니 이제는 이곳 불귀도에 염전을 개발해보는 건 어떻겠나?"

"염전이요?"

"물고기를 잡아 생활하는 것은 힘들고 위험하지. 허나 소금을 얻어 뭍으로 보낼 수만 있다면 불귀도는 대대손손 부유함을 누리는 섬이 될 걸세."

"그것이 가능한 일입니까?"

누군가가 묻자 선비는 호탕하게 웃으며 대답했다.

"가능하지 못할 건 또 무엇이겠는가? 해보면 되지!"

불귀도의 넓은 갯벌을 염전으로 만드는 일은 수로 공사보다 몇 배는 더 오래 걸렸다. 햇볕에 갯벌을 말리는 염전만이 아니라 해수를 끌어오는 도수로도 만들어야 했고, 섯구덩이는 물론 소금을 쌓아둘 염창도 필요했다.

어엿한 염전이 들어서고 자염을 만들어내기까지는 꼬박 1년이 걸렸다. 시행착오도 많았지만 선비와 불귀도 사람들은 한마음이 되어 일에 매진했다. 선비는 지시만 하는 게 아니라 일손이 부족할 때는 직접 돌을 날라 둑을 쌓았다. 온몸에 흙이 묻어도 개의치 않았다.

그사이 마을 아이들은 얼추 글을 읽고 쓸 수 있게 되었다. 이제 선비는 불귀도에 없어서는 안 될 인물이 되었다. 마을의 모든 이가 그를 따르고 존경했다. 선비가 온 후로 고깃배는 늘 만선이었고 바다에서 죽는 사람도 없었다.

"하늘에서 보내주신 분이야."

사람들은 선비를 두고 그렇게 말했다. 풍요롭고 행복한 나날이 계속되었다.

그 모든 것은 일주일 전 의금부 도사가 섬으로 찾아와 선비의 사형을 명하면서 산산이 부서졌다.

"한 놈도 자리를 떠나지 마라!"

도사는 눈을 부라리며 명했다. 앞으로 끌려 나온 선비는 송장인지 사람인지 분간이 안 갈 몰골로 숨을 쉬고 있었다. 온몸에 앉은 피딱지는 마을 사람들의 소행이었다. 도사는 선비를 추문하는 일을 거들지 않으면 섬사람들에게도 죄를 묻겠다고 협박했다. 사람들은 선비를 매질하며 속으로 울음을 삼켰다. 선비는 뼈가 부러질 정도로 맞으면서도 신음 한 번 내지 않았다.

선비는 도사를 향해 자신의 결백을 주장했다.

"나는 역모를 꾸미지 않았소. 그저 나라가 바른길로 가기를 바라며 이 한 몸 바쳐 열심히 일했을 뿐이오. 주상을 위해 충심에서 한 말이 어찌 역모란 말이오!"

"역모의 씨는 혓바닥 아래에서 싹튼다는 걸 모르는가?"

도사는 비릿하게 웃었다. 그러고는 다시 외쳤다.

"목을 쳐라!"

박가가 손에 튄 침을 뱉고는 회자수에게서 받아 든 칼을 고쳐 쥐었다. 그는 선비를 노려봤다.

"나리, 제가 이자의 목을 치면 청을 하나만 들어주십시오."

"섬 무지렁이치고는 제법 용기가 있다 했더니 야심도 있구나. 좋다. 어떤 청이든 들어주겠다."

"감사합니다."

박가는 선비의 목을 향해 칼을 겨누었다. 그 순간 선비가 천천히 눈을 뜨고 주위를 둘러봤다. 선비와 눈이 마주친 자 모두 움찔 놀랐다. 박가도 마찬가지였다. 선비의 눈에 깃든 서늘한 분노는 그 깊이를 알 수 없을 정도였다.

"서둘러라!"

박가는 도사의 명령에 칼을 높이 치켜들었다. 사람들 사이에서 탄식이 흘러나왔다. 다음 순간 박가가 칼을 휘둘렀다. 칼날은 무시무시한 기세로 호를 그렸지만 빗나가고 말았다. 잘린 것은 선비의 목이 아니라 상투와 머리 가죽뿐이었다.

"크아!"

선비는 끝내 비명을 토했다. 산발이 된 머리카락 사이로 시뻘건 피가 울컥울컥 쏟아졌다. 선비의 얼굴은 피범벅이 됐고 치렁치렁 내려온 머리카락이 바닷바람에 흩날렸다.

박가는 겁에 질려서도 다시 칼을 들고는 미친 듯이 휘둘렀다. 칼날이 선비의 목뒤에 꽂혔다. 선비는 피를 토하고 불귀도 전체에 쩌렁쩌렁 울릴 만큼 큰 소리로 외쳤다.

"불귀도에 발을 들여놓은 자⋯⋯."

"죽어!"

박가가 마치 도끼질을 하듯 몇 번이고 목을 내리치는 사이 선비는 계속 소리쳤다.

"피를 토하고⋯⋯."

이제 선비의 목은 반 이상 잘려 너덜거렸다. 사람들은 끔찍한 광경에 넋을 잃어 고개를 돌릴 생각조차 못 하고 멍하니 바라보고 있었다. 바닥에 피가 흥건했다. 선비는 마지막으로 외쳤다. 자신을 죽음으로 내몬 자들에게 복수의 저주를 담아, 자신의 죽음을 도운 자들에게 배신의 원망을 담아.

"⋯⋯죽으리라!"

툭.

비로소 잘려나간 선비의 목이 데굴데굴 굴러 도사의 발치까지 갔다. 그 순간 도사와 마을 사람들은 똑똑히 봤다.

선비가 빙글 눈알을 돌려 모두를 노려보는 것을. 그 눈은 형형히 빛나고 있었다.

입도(入島)

그악스레 따라오던 갈매기의 수가 줄어든다 싶더니 망망대해가 모습을 드러냈다. 바람이 거세고 파도가 높았다. 인천항 연안여객터미널에서 출발한 태양호는 인천 앞바다의 작은 섬을 돌며 물자를 제공하는 부정기 연락선이었다. 오늘의 목적지는 뭍에서 두 시간 거리에 있는 불귀도였다. 태양호는 워낙 작은 배라 파도를 꾸역꾸역 타 넘었고 그때마다 선체는 요동쳤다.

"위험하니까 객실로 들어가세요."

유선은 선장의 말을 듣고 갑판에서 내려와 객실로 들어갔다. 한껏 불어오는 바닷바람을 맞는 게 좋았지만 고집을 피울 수는 없었다.

"피디님, 나 토할 것 같아요."

객실에 들어서자 세련되게 화장을 한 젊은 여자가 의자에 널브러진 채 옆자리의 남자에게 잔뜩 찡그린 얼굴이었다. 피디라 불린 남자는 멀미와는 거리가 먼 듯 무심한 표정으로 핸드폰만 내려다봤다. 금테 안경이 날카로운 인상과 잘 어울렸다.

"토할 것 같다니까요."

"그럼 토하고 와. 한결 나아질 거야."

피디는 얼굴도 들지 않고 말했다. 여자는 구시렁거리면서 화장실로 향했다. 비틀거리기는 했지만 용케 넘어지지는 않았다.

객실에는 모두 여덟 명이 있었다. 낚시꾼 복장의 남자가 셋, 경찰이 둘, 무뚝뚝한 피디와 멀미하는 여자 그리고 유선이었다. 유선은 객실 구석 의자에 앉아 있었다. 파도를 따라 배도 덩달아 출렁거렸지만 유선은 딱히 동요하지 않는 것처럼 보였다. 오히려 낚시꾼들이 영 편치 않은 표정으로 눈을 감고 있었다.

"멀미 괜찮으십니까?"

유선과 마주 보는 위치에 앉은 경찰 중 젊은 남자가 물었다. 검게 그을린 피부와 짧게 자른 머리가 강인한 인상을 풍기는 데 한몫하고 있었다. 밝은 표정에 만화 속 열혈 주인공처럼 큰 눈이 부담스러울 정도로 반짝이고 있었다.

"네."

나중에 도움을 받게 될는지는 몰라도 지금은 경찰과 엮이고 싶지 않았다. 그런 유선의 마음과는 다르게 젊은 경찰은 또 말을 걸었다.

"대단하십니다. 전 얼마 전부터야 조금 익숙해졌거든요. 그래도 멀미약 없으면 안 되는데. 하하."

"저도 멀미약 먹었어요."

유선은 눈을 감았다. 대화를 그만하고 싶다는 신호였지만 경찰은 답답할 정도로 눈치가 없었다.

"저는 김동주 순경입니다. 그리고 이분은 조만철 경사님. 저희는 불귀도로 생활지도를 나가는 중입니다. 섬을 돌아다니며 정기적으로 둘러보곤 하거든요. 불귀도는 저도 처음인데…….

"그만 좀 떠들어. 불편해하시잖아. 그러니까 네가 애인이 없는 거야, 인마."

그 말에 유선은 다시 눈을 떴다. 동주에게 퉁을 준 만철은 사십대 중반 정도로 보였다. 차분한 인상에 눈꼬리가 처져 전체적으로 부드러운 분위기를 풍겼다.

"아……. 제가 몰랐네요. 죄송합니다."

"아니에요. 죄송해하실 거 없어요."

유선의 말에 동주는 고개를 숙였다.

"좋게 말씀해주시니 감사합니다. 민중의 지팡이인데 폐를 끼친 것만 같아서…….

"그놈의 지팡이 타령 좀 그만해. 젊은 애가 나 같은 꼰대도 안

할 말을 하면 어째. 이놈이 겉멋만 들어서요. 자기가 무슨 영화 주인공인 줄 압니다. 사실 저희 같은 경찰은 엑스트라인데 말이죠."

두 사람은 잘 어울리는 파트너 같았다. 지금껏 만나온 고압적인 자세의 형사들과는 분명 다른 느낌이었다.

"우욱."

낚시꾼 중 하나가 입을 막고 화장실로 달려갔다. 세 사람은 동시에 그쪽으로 고개를 돌렸다.

"멀미라는 게 말이죠. 웬만큼 경험이 없으면 아무리 건강하다고 해도, 아무리 약을 먹어도 견딜 수가 없거든요."

만철이 다시 유선을 보며 말했다.

"저도 초반에는 아주 죽을 뻔했습니다."

동주는 한결 풀어진 표정이었다.

"그나저나 불귀도에는 무슨 일로 가시는지 물어도 되겠습니까?"

만철은 여전히 웃고 있었지만 눈빛만은 예리했다. 유선은 그런 만철을 똑바로 봤다.

"휴가 가는 거예요. 여름에는 어디든 붐비잖아요. 조용한 섬을 찾다가 불귀도를 알게 됐어요."

"오! 그렇다면 불귀도가 딱 좋습니다. 조용하고 경치 좋고 인심도 좋거든요. 선택 잘하셨습니다."

동주는 얼굴에 감정이 그대로 드러났다. 누가 봐도 반가워하는 표정이었다.

"불귀도는 어떤 섬인가요? 정보가 많지는 않더라고요."

유선은 동주를 보며 물었지만 대답을 한 이는 만철이었다.

"사람이 손을 오므린 모양처럼 생겼다 해서 파악도라고도 불리지요. 예부터 염전으로 유명했고, 근처 섬들에 비해 꽤 부유하게 삽니다. 그래도 젊은 사람 없는 건 마찬가지라 50가구 정도의 마을 사람들 대부분이 노인들로 이루어져 있죠."

"큰 사건 사고 없는 그야말로 청정한 섬입니다. 쉬다 가시기에는 불귀도만 한 곳이 없죠."

동주가 거들고 나섰다.

"그런데 섬 이름이 왜 불귀도인가요?"

유선이 물었다.

"착하고, 순한 사람들만 모여 살아서 한번 오면 뭍으로 돌아가고 싶지 않거든요."

만철이 너스레를 떨며 말한 순간 뱃전이 크게 솟구쳤다가 훅하고 내려앉았다. 엉덩이가 의자에서 붕 뜰 정도였다.

"아악!"

화장실에서 비명이 들렸다. 아까 들어간 여자 목소리였다. 피디가 일어났다.

"조심해요!"

동주가 소리쳤지만 한발 늦었다. 배는 조금 전보다 훨씬 격렬하게 출렁였고 일어서 있던 피디는 바닥에 나동그라지며 쭉 밀려났다. 피디가 툭 튀어나온 의자 모서리에 머리를 부딪치려는 찰나, 유선이 몸을 날려 막았다.

"고맙습니다."

피디는 당황한 표정으로 말했다.

"큰 파도 하나가 오면 그다음에는 더 큰 파도가 칩니다. 조심해야 하는데……."

동주가 와서 피디를 부축하며 말했다. 그사이 화장실에서 여자가 엉금엉금 기어 나왔다. 화장이 번져 얼굴이 엉망이었다. 옷과 머리카락에는 토사물이 묻어 있었다.

"피디님. 이게 뭐예요, 진짜!"

여자는 울먹이며 말했다. 뒤이어 낚시꾼 역시 남자 화장실에서 나왔다. 비틀거리던 그는 주저앉아버렸다. 다른 낚시꾼 둘이 동료에게 달려갔다.

"뱃길이 험합니다. 다들 안전바를 꼭 잡고 움직이지 마세요."

선장이 안내방송을 하자 동주가 툴툴거렸다.

"김 선장님도 참. 미리미리 말씀 좀 해주시면 좋을 텐데."

"자, 아직 한 시간 정도 남았습니다. 힘들더라도 참고 앉은 자리에서 움직이지 마세요."

만철이 말했다.

이후 한 시간은 그야말로 파도와의 싸움이었다. 바다를 훑는 거센 바람에 태양호는 종이배처럼 흔들렸다. 파도는 사정없이 뱃전을 때렸다.

"이거 큰일이네. 지금처럼 하늘은 맑은데 바람이 셀 때면 꼭 폭풍이 몰아치거든."

만철이 객실에 난 조그만 창문으로 바깥을 내다보며 말했다.

"섬에 갇히는 건 아니겠죠?"

동주가 물었다.

"대비는 해야지. 바다 사정이야 아무도 모르는 거니까."

화장실에서 봉변을 당한 여자는 의자에 드러누워 꼼짝도 하지 못했다. 유선도 서서히 상태가 안 좋아졌다. 여러 섬을 다녔지만 이 정도로 심한 파도는 처음이었다. 멀미약 효과도 떨어져 가는 것 같았다. 결국 눈을 감은 채 고개를 숙였다.

'긴장할 필요 없어. 아무것도 아니야. 괜찮아질 거야.'

유선은 그렇게 되뇌며 호흡을 골랐다. 천천히 숨을 들이쉬고 잠시 참았다가 다시 내쉬기를 반복했다. 과호흡을 대비하는 유선만의 방법이었다. 예전에는 호흡을 통제하는 일이 어렵지 않았다. 아니, 오히려 자신 있었다. 유선은 잠영을 오래 하기로 유명한 수영 선수였다. 잠영은 물의 저항을 덜 받는다. 당연히 잠영 시간이 길수록 빠르게 결승점을 찍을 수 있다. 유선이 여러 대회에서 연달아 신기록을 갈아치우며 메달을 목에 걸었던 것은 잠영 실력 덕분이었다.

"넌 프리다이버를 해도 될 정도야. 해녀였다면 떼돈을 벌었을 거고."

남자친구인 우석이 잠수 대결에서 지고 나서 말했었다. 그때 우석의 얼굴에 떠올랐던 미소는 너무나 맑고 투명해서 유선에 대한 깊은 마음이 고스란히 드러났다. 가장 행복한 시절이었다. 마음껏 숨을 참을 수 있었던 때, 원하는 대로 물살을 가를 수 있었던 때, 사랑하는 사람과 즐거움을 공유하던 때…….

행복은 해변의 모래성처럼 순식간에 무너졌다.

그 사고 때문에.

"저기요."

유선은 화들짝 놀라 고개를 들었다. 동주가 걱정스러워하는 얼굴로 내려다보고 있었다. 유선은 흘러내린 앞머리를 넘기며 물었다.

"무슨 일로?"

"괜찮으신가 해서요. 꼼짝도 안 하고 계셔서."

"아……. 저도 멀미가 나서요. 근데 견딜 만해요."

"그렇다면 다행이네요. 바다가 이제 좀 잠잠해졌거든요."

유선은 주위를 둘러봤다. 다들 갑판으로 나갔는지 객실에는 유선과 동주 둘뿐이었다. 잠시 눈만 감고 있으려고 했는데 아무래도 잠에 든 모양이었다. 그것도 꽤 깊이. 어제도 두어 시간밖에 못 잤으니 어쩌면 당연한 일이었다.

"잠시 후 불귀도에 도착합니다. 입도하실 분들은 미리 준비하시기 바랍니다."

때마침 안내방송이 흘러나왔다. 유선은 천천히 일어났다.

"제가 들어드릴까요?"

동주가 유선의 배낭을 가리키며 물었다.

"아니요. 별로 안 무거워요."

동주는 쑥스러워하는 표정으로 머리를 긁적이더니 먼저 갑판으로 나갔다. 유선도 배낭을 메고 그 뒤를 따랐다. 시원한 바람이 기다렸다는 듯 달려들었다. 맑은 공기를 쐬니 살 것 같았다. 한껏 숨을 들이쉬며 허리를 폈다. 갈매기들이 하늘 위를 날고 있었다.

저만치 앞에 섬이 보였다. 그리 크지 않은 섬이었다. 그에 비해 산은 높았다. 섬 오른편에 염전이 펼쳐져 있었다. 드넓은 소금밭에는 여름 햇살이 쏟아져 내렸다. 햇빛 알갱이들이 팝콘처럼 이리저리 튀어 올라 정신없이 반짝였다.

태양호가 기적을 울리자 그 육중한 소리는 바다와 하늘 구석구석으로 울려 퍼졌다. 유선은 갑판 난간을 붙잡고 선착장을 바라봤다.

─불귀도에 오신 것을 환영합니다.

붉은 글씨가 적힌 플래카드는 찢어지다시피 한 채 나부끼고 있었다. 그것은 환영 인사라기보다는 일종의 경고처럼 보였다.

적어도, 유선이 느끼기에는 그랬다.

　잔교를 지나 단단한 땅을 밟자 유선은 비로소 불귀도에 왔다는 실감이 났다. 선착장에 나와 있던 사람들은 태양호에 실린 짐을 내리느라 정신이 없었다.

　"피디님, 빨리 숙소로 가요. 나 일단 좀 씻어야 해."

　뒤에서 여자 목소리가 들렸다. 유선도 숙소에 가서 씻고 싶었다. 바닷바람은 시원해서 좋지만 소금기를 잔뜩 머금고 있었다. 그 탓에 온몸이 소금에 절여진 느낌이었다.

　"두 분 오시느라 고생했습니다!"

　우렁찬 목소리에 돌아보니 그 목소리에 딱 어울리는 덩치를 가진 남자가 경찰들에게 이야기하고 있었다. 반소매 티셔츠 아래로 나온 팔뚝에는 성난 근육이 돋아 있었다. 헐렁한 반바지도 그의 탄탄한 허벅지를 숨기지는 못했다. 바위처럼 단단해 보이는 남자였다.

　"바다가 험해서 죽는 줄 알았어."

　만철이 친근하게 말하자 남자는 웃음을 터뜨렸다.

　"하하, 경사님도 참. 하루 이틀도 아니고 어째 오실 때마다 우는소립니까?"

　"그만큼 힘들었다는 거지."

　"알겠습니다. 오늘도 섭섭지 않게 대접하겠습니다."

유선은 그들의 대화를 뒤로하고 선착장을 벗어났다. 바다가 언제 사나웠냐는 듯 불귀도는 쾌청하기 이를 데 없었다. 평화롭기까지 했다. 노인들은 느긋하게 어딘가로 향했고 누렁개 몇 마리는 그늘 아래서 낮잠을 청하고 있었다. 고양이도 느릿느릿 지나갔다. 그 모습을 보자 곤두섰던 신경이 조금은 가라앉는 것 같았다. 문제는 숙소를 찾는 일이었다. 아무런 대책 없이 온 탓에 불귀도에 뭐가 있는지 전혀 알지 못했다.

"이쪽이에요."

뒤에서 누군가가 유선에게 말을 건넸다. 고개를 돌리니 피디가 서 있었다.

"숙소 찾으시는 거면 이쪽으로 가세요. 여긴 숙박업소가 하나밖에 없어요."

피디는 유선이 가려던 곳과 반대 방향을 가리키며 말했다.

"아! 고맙습니다."

유선은 방향을 틀었다. 피디와 함께 온 여자는 이미 몇 미터 정도 앞서 걸어가고 있었다. 낚시꾼 셋도 같은 방향으로 걷는 중이었다.

"권정우라고 합니다. 아까는 도와주셔서 감사합니다."

피디가 먼저 자기를 소개했다. 인상과 달리 말투는 부드러웠다.

"전 하유선이에요."

"휴가로 여길 오셨다고요?"

"네. 조용하고 한적한 섬일 것 같아서요."

"저는 저기 저 친구, 노현정 리포터와 함께 불귀도를 취재하러 왔습니다."

정우는 앞서 걷는 여자를 가리키며 말했다.

"취재라면……."

"생활정보 프로그램 아세요? 관광지 소개하고 맛집 소개하고 그러는."

"몇 번 본 적 있어요."

"그런 거라고 보시면 됩니다."

리포터가 마을 사람들을 만나 인터뷰하고 맛있는 음식도 소개하는 그런 프로그램은 엄마가 즐겨 봤다. 동생이 좋아하는 프로그램이기도 했다.

"피디님. 저기 저거죠?"

현정이 10여 미터 떨어진 곳에 서 있는 적갈색 벽돌 건물을 가리키며 말했다. 바다장이라는 간판이 붙은 그곳은 이름으로 보나 낡은 외관으로 보나 여관 같았다.

유선은 페인트가 벗겨진 벽과 낡은 계단을 보고 건물의 연식을 짐작했다. 낚시꾼 셋은 이미 열쇠를 받아 계단을 올라갔다. 모두 4층에 있는 방을 배정받았다.

"4층 방이 깨끗해. 벌레도 안 나오고."

바다장 주인의 말을 듣자 다른 선택을 할 수 없었다. 유선은 정우와 현정이 짐을 나눠 드는 사이 먼저 계단을 올랐다. 층계참에서는 시큼하고 쿰쿰한 냄새가 풍겼다. 방의 상태를 짐작하고도 남을 만큼 고약했다. 4층 복도로 올라섰을 때는 이미 목덜미에 땀이 흥건하게 맺혔다. 방이 덜 깨끗해도 에어컨만 빵빵하게 나오길 바라는 마음으로 401호 문을 열었다.

방은 각오했던 것보다는 나았다. 제법 넓은 침대에 다행히 에어컨도 달려 있었다. 게다가 멀쩡히 작동됐다. 유선은 에어컨 바람을 쐬며 배낭을 내려놨다. 그러고는 침대에 걸터앉아 잠시 숨을 골랐다. 마음 같아서는 드러누워 한숨 자고 싶었지만 그럴 시간이 없었다.

—누나야?

핸드폰을 타고 들려왔던 동생의 목소리가 아직까지 귓가에 맴돌았다. 어눌한 발음과 가느다란 목소리는 동생 유현이 틀림없었다. 유현을 찾기 전까지는 쉴 수 없었다.

유선은 간단하게 샤워를 한 후 옷을 갈아입었다. 그것만으로도 기분이 한결 나아졌다. 수첩과 볼펜, 핸드폰을 챙긴 뒤 얇은 바람막이 점퍼를 걸치고 밖으로 나갔다. 바람이 점퍼를 벗길 기세로 강하게 불었다.

"식당이라도 찾아?"

유선이 어디로 가야 할지 막막해하고 있는데 바다장 주인이 슬쩍 다가왔다. 아무래도 유선이 여관을 나서는 걸 보고 따라온 모양이었다.

"아, 네. 뭐……."

유선은 말끝을 흐렸다.

"여긴 유명한 맛집은 없어. 그래도 추천하자면 저기 마을 입구에 당산나무 하나 있거든. 거기에 나무횟집이라고……."

"염전은 어디로 가면 될까요?"

유선이 묻자 주인의 표정이 급격히 굳어졌다.

"염전은 왜?"

어쩐지 목소리에도 가시가 돋은 듯했다.

"불귀도가 염전으로 유명하잖아요. 구경 삼아 가보려고요."

"거긴 쥐뿔도 볼 게 없어. 지금은 너무 더워서 아무도 안 나와 있을 거야. 구경하려면 마을을 둘러봐. 그늘 하나 없는 염전에 갔다가 홀랑 타서 오지 말고."

언뜻 걱정하는 말처럼 들렸으나 왠지 겁을 주려는 것 같았다.

"알겠습니다."

유선은 슬쩍 고개를 숙여 보인 후 주인이 말한 마을 쪽으로 발걸음을 옮겼다. 등에 주인의 시선이 끈덕지게 달라붙는 것 같았다.

선착장을 가로질러 마을 입구로 들어서자 아름드리나무가 나타났다. 당산나무인 모양이었다. 나무 맞은편에 나무횟집이 있었다. 유선은 횟집을 지나쳐 골목으로 들어갔다. 얼핏 가늠해

본 바로는 골목을 통과해 마을 반대쪽으로 가면 염전이 나올 것 같았다.

—누나야?

유현은 언제나 그렇게 물었다. 제가 유선에게 전화했으면서도 습관처럼 누나인지 확인했다.

—누나야?

석 달 전에 걸려 온 전화에서 유현은 그렇게 묻고는 입을 닫았다. 전화가 끊기기 전까지 바람 소리와 파도 소리 그리고 갈매기 울음이 들렸다. 실종된 지 1년 만에 연락이 닿았지만 동생은 다른 말은 하지 않았다. 통화는 그렇게 끝났다. 유선은 핸드폰에 찍힌 지역 번호 '032'를 확인했다. 검색을 통해서 인천이라는 걸 금세 알아냈다.

유현이 살아 있다.

그 사실 하나만으로도 희망이 차올랐다. 유현은 지적장애가 있지만 사회화 훈련을 잘 받아서 병원은 혼자서 어렵지 않게 다녀올 수 있었다. 그런 유현이 병원에 간다고 나가서 실종되었다. 그때부터 유선과 엄마는 동생을 찾아 사방으로 뛰어다녔다. 유현은 그 흔한 CCTV나 블랙박스에도 찍혀 있지 않았다. 그야말로 흔적도 없이 사라졌다. 경찰은 미온적으로 대응했고, 안 좋은 상황에 대비하라는 소리를 해댔다.

1년이란 시간이 흐르는 동안 엄마는 병을 얻어 앓아누웠고,

유선도 슬슬 지쳐갔다. 그때 전화가 걸려 온 것이다.

—누나야?

평소와 다름없던 유현의 목소리에 유선은 다시 힘을 얻었다. 그날 이후로 유선은 인천의 여러 섬을 돌아다녔다. 동생이 섬에 있을지도 모른다고 추측한 것이다. 그러나 유현의 흔적은 어디에도 없었다. 마지막이라 생각한 곳이 바로 불귀도였다. 이제는 더 찾아볼 힘도, 돈도 다 떨어졌다.

그때 유선의 뒤에서 인기척이 들렸다. 돌아봤지만 아무도 없었다. 해가 쨍쨍한 대낮이고 딱히 숨을 만한 곳도 보이지 않았다.

다시 걸음을 옮기던 그때 또 발소리가 들렸다. 유선은 돌아보는 대신 잰걸음으로 걸었다. 덩달아 따라오는 소리도 커졌다. 누구인지 확인하고 싶다는 마음과 빨리 벗어나야 한다는 마음이 충돌했다. 마을의 골목은 좁고 구불구불했다. 모퉁이를 돌수록 미로에 갇힌 기분이었다. 뒤쪽의 누군가는 끈덕지게 따라붙었다. 유선은 아예 달리기 시작했다.

숨을 몰아쉬었다. 오랜만에 달려서 숨이 찬 건지 긴장한 탓에 과호흡이 온 건지 알 수가 없었다. 추적자는 바로 뒤까지 따라온 것 같았다. 서늘하고 날카로운 기운이 등을 훑고 지나갔다. 유선은 그걸 떨쳐버리기 위해 거의 튕기듯 골목 밖으로 달려 나갔다. 그 순간 눈앞에 넓디넓은 염전이 펼쳐졌다.

"아!"

유선은 재빨리 뒤를 돌아봤다. 아무도 없었다. 적어도 유선의 눈에는 보이지 않았다. 고양이 한 마리가 꼬리를 세운 채 걸어갈 뿐이었다.

눈앞에 펼쳐진 염전을 바라보며 놀란 가슴이 진정될 때까지 기다렸다. 여관 주인의 말이 적어도 하나는 맞았다. 염전에는 일하는 사람이 없었다. 대신에 강렬한 햇빛이 세를 과시하듯 자리 잡고 있었다. 유선은 눈이 부셔 손을 이마에 대고 그늘을 만들었다. 그래도 여전히 잘 보이지 않았다. 그 상태로 염전을 향해 다가갔다. 그 순간 저 멀리서 걸어가는 누군가의 뒷모습이 눈에 들어왔다. 아지랑이처럼 어른거리는 형체의 그 사람은 오른쪽 다리를 살짝 끌면서 걸었다. 눈에 익은 걸음걸이였다.

"유현아!"

유선은 동생의 이름을 부르며 달려갔지만 그는 돌아보지 않았다.

"하유현!"

둘 사이의 거리는 이상할 정도로 좁혀지지 않았다. 유선은 그 뒷모습만 보고 달리다가 돌부리에 걸려 넘어지고 말았다. 유선은 넘어진 채로 고개만 들었다. 그는 사라지고 없었다. 벌떡 일어나자 명치가 찌르르 아팠다.

'어디로 갔지?'

당황한 유선이 사방을 둘러봤다. 허름해 보이는 건물 하나가 눈에 들어왔다. 유선은 그곳으로 향했다.

  세모꼴 지붕은 물론이고 벽과 문까지 모두 나무로 된 건물은 오랜 시간 해풍을 맞은 명태처럼 꾸덕꾸덕 시커멓게 말라 있었다. 긴 세월을 버티면서 나무 자체가 변해버린 듯했다.

  유선은 문틈 사이로 안을 들여다봤다. 아무것도 보이지 않았다. 이상할 정도로 어두웠다. 조심스레 문고리를 당기자 녹슨 경첩이 앓는 소리를 내며 열렸다. 고약한 냄새가 훅 날아들었다. 바닷바람의 청량한 기운은 사라지고 비릿한 냄새만 무겁게 가라앉아 있는 것 같았다.

  "유현아."

  안으로 들어서자 습기를 잔뜩 머금어서인지 나무 바닥이 심하게 삐걱거렸다. 어둠에 익숙해지자 내부가 눈에 들어왔다. 꽤 넓고 천장도 높았다. 까마득히 위에 검고 굵은 대들보가 보였다. 건물 안은 휑뎅그렁했다. 그야말로 텅 비어 있었다. 한때는 창고로 썼으나 지금은 사용하지 않는 것 같았다.

  유현은 어디에도 보이지 않았다. 애초에 누군가가 숨을 공간이 없었다. 한쪽 구석에는 바닥에 청색 비닐이 깔려 있었지만 그 밑에 공간이 있을 것 같지는 않았다.

  실망한 유선이 창고에서 나가려고 막 몸을 돌렸을 때였다. 끼익, 소리가 들리는가 싶더니 문이 닫혔다. 창고 안은 순식간에 어둠에 잠겼다. 유선은 서둘러 문으로 다가갔다. 바람 때문에 문이 저절로 닫힌 거라 생각하면서도 괜스레 심장이 두근거렸다. 다행히 나무와 나무 사이로 빛이 비쳐 들었다. 성긴 빛이지만 한결 마음이 놓였다. 문을 밀었다. 열리지 않았다. 한 번 더. 마찬가지였다. 힘을 잔뜩 실어 몸을 부딪쳐봤지만 꿈쩍도 하지 않았다.

"저기요!"

유선은 문을 두드리며 소리쳤다.

"누구 없어요?"

아무런 대답도 돌아오지 않았다. 바람 소리만 들렸다. 유선은 주머니에서 핸드폰을 꺼내 들었다. 바로 그때 핸드폰 액정 위로 그림자가 드리웠다. 문틈으로 들어오던 가느다란 빛 몇 줄기를 무언가가 막아선 듯했다. 고개를 들었다. 문밖에 누가 서 있는 것 같았다.

"도와……."

유선은 말을 하려다가 입을 다물었다. 어딘가 이상했다. 주위 온도가 갑자기 내려간 듯 서늘해졌다. 보이지 않는 손이 심장을 움켜쥐는 것 같았다. 압박감의 정체를 알 수는 없었지만 한 가지는 확실했다. 밖에 서 있는 사람은 창고 안을 가만히 들여다보고 있었다.

'물러서야 해.'

본능이 경고를 보냈다. 뒷걸음질 쳤지만 쏘는 듯한 시선이 계속 따라붙는 듯했다. 손에 쥔 핸드폰을 내려다봤다. 유선은 문 쪽을 살피며 재빨리 '112'를 입력하고 통화 버튼을 눌렀다. 연결되지 않고 서비스 지역이 아니라는 알림만 떴다. 당황한 유선이 고개를 들었다.

문 앞에 서 있던 사람은 사라지고 없었다. 잘 바른 생선 가시처럼 가느다란 햇살이 다시 비쳐 들었다. 유선은 호흡을 가다듬으며 잠시 기다렸다. 굳게 닫힌 문에 시선을 고정한 채 조심스레 한 발을 내디뎠다. 문 바로 앞까지 다가간 유선은 손으로 툭 밀어봤다. 삐걱, 소리만 날 뿐 문은 열리지 않았다. 천천히 문에 눈을 가져다 댔다. 바깥이 보였다. 푸른 하늘, 또렷한 수평선, 반짝이는 염전 그리고…….

……검고 가느다란 실 몇 가닥이 시야를 가렸다.

'뭐지?'

자세히 보려고 미간을 찌푸린 순간 회백색의 탁한 눈동자가 튀어나왔다.

"꺄악!"

비명과 함께 튕기듯 물러났다. 그와 동시에 들뜬 바닥 판자에 뒤꿈치가 걸렸다. 유선은 균형을 잃고 주저앉으며 벽에 서 있는 기둥에 머리를 부딪쳤다. 둔탁한 통증이 머리를 흔들었다. 신음이 새어 나왔다. 일어나려고 했지만 어지러워 눈앞이 빙글빙글

돌았다.

끼익.

문 열리는 소리가 들렸다. 유선은 얼굴을 찡그리면서도 간신히 고개를 돌렸다. 활짝 열린 문 안으로 누군가가 들어와 성큼성큼 다가왔다.

"안 돼……."

유선이 목소리를 쥐어짜내 중얼거린 순간 머리 위에서 부드러운 음성이 들렸다.

"괜찮으세요?"

눈을 몇 번 끔벅이자 자신을 내려다보고 있는 남자의 얼굴이 들어왔다. 권정우 피디였다.

"일어나보세요."

유선은 정우가 내민 손을 잡았다. 크고 단단한 손이었다.

시원한 바람을 맞으니 살 것 같았다. 뒤통수는 여전히 욱신거렸지만 어지러움은 거의 사라졌다. 무엇보다 긴장감에 사정없이 뛰던 심장이 진정되기 시작했다. 유선은 평소의 호흡으로 돌아온 걸 느끼며 길게 한숨을 뱉었다.

"정신이 좀 들어요?"

그때까지 유선을 부축하고 있던 정우가 물었다.

"네. 이제 괜찮아요."

유선은 정우에게서 떨어져 몸을 조금씩 움직여본 뒤 고개를 끄덕였다. 다행히 크게 다치지는 않은 것 같았다.

"부러진 곳도 없고 많이 아프지도 않아요."

유선의 말에 이번에는 정우가 고개를 끄덕였다.

"다행이네요. 깜짝 놀랐거든요."

"제가 여기 있다는 건 어떻게 아시고⋯⋯."

때마침 정우가 등장해 문을 열어주지 않았다면 어떤 큰일이 생겼을지도 몰랐다.

"염전이나 구경할까 싶어서 걷고 있는데 비명이 들렸어요."

"비명이요?"

"네. 그래서 달려왔더니 문이 밖에서 잠겨 있는데 안에는 사람이 보여서⋯⋯."

정우는 창고 문을 가리키며 말했다. 빗장이 위로 올라가 있었다. 유선이 창고에 들어갈 때도 빗장은 올려져 있었다. 문이 열리지 않은 건 빗장이 내려져 있었다는, 즉 누군가 일부러 빗장을 질렀다는 뜻이었다. 아니라면 바람 때문에 빗장이 내려온 것인지도 몰랐다.

"혹시 주위에 다른 사람은 없었어요?"

유선이 물었다.

"저는 못 봤어요. 그런데 소금창고에는 왜 들어가신 거예요?"

정우의 말에 유선은 비로소 창고의 용도를 알게 되었다.

"그냥 호기심에 들어가봤는데 아무것도 없었어요."

유선은 대충 둘러댔다. 정우는 딱히 이상하다고 느끼지 않는 모양이었다.

"불귀도에는 이렇게 오래된 소금창고가 몇 채 남아 있어요. 역사적으로도 꽤 중요한 장소인데 여기가 워낙 외따로 떨어진 섬이다 보니까 주목을 못 받고 있죠."

"불귀도에 대해 잘 아시나 봐요?"

유선이 묻자 정우는 부드럽게 웃었다.

"쓸 만한 걸 찍으려면 사전 취재를 열심히 해야죠."

두 사람은 염전 길을 되돌아 마을 쪽으로 접어들었다. 정우는 그동안에도 소형 카메라로 계속 주위를 찍었다.

"그런데 그 이야기는 들으셨어요?"

"무슨 이야기요?"

유선의 물음에 정우가 호기심을 보였다.

"여관 주인이 그러는데, 여기 맛집이 없대요."

"그거 큰일이네요."

정우가 환하게 웃었다. 유선은 정우의 눈동자를 훔쳐봤다. 소금창고에서 마주쳤던 그 탁한 눈동자와는 분명히 달랐다. 정우가 연기를 하는 것 같지는 않았다.

'그렇다면 그건 누구였을까?'

유선의 마음에는 찜찜함이 남았다.

두 사람이 골목을 지나 마을로 들어섰을 때 맞은편에서 한 노인이 걸어왔다. 하얗게 센 머리카락을 길게 길러 하나로 묶은 외모며 고급스러워 보이는 모시 한복까지, 주변과는 전체적으로 어울리지 않는 분위기를 풍기고 있었다. 더 이상한 일은 잠시 후 벌어졌다.

노인이 지나가기 무섭게 골목이나 가게, 심지어 집 여기저기서 사람들이 나와 꾸벅 절을 했다. 허리를 거의 반으로 접어가면서.

"주인님, 나오셨습니까?"

"주인 어르신, 오늘도 얼굴이 좋아 보이십니다."

'주인'이라는 단어도 그랬지만 지나치게 공손한 태도가 무엇보다 비정상적으로 느껴졌다. 유선은 말없이 노인을 바라봤다. 그는 익숙하다는 듯 유유히 걸으며 고개만 까딱할 뿐이었다.

"주인님, 나중에 찾아뵙겠습니다."

드디어 노인이 한마디했다.

"천천히 와. 시간은 많으니."

"네."

그렇게 대답한 사람은 거의 절하듯 허리를 숙였다.

"저 할아버지 누군지 아세요?"

유선이 속삭이듯 물었다.

"아뇨. 그래도 마을의 최고 권력자라는 건 알겠네요."

정우도 목소리를 낮춰 대답했다.

그사이 노인은 두 사람과 가까워졌다. 키가 그리 크지는 않았지만 어깨가 떡 벌어진 것이 소싯적에는 힘깨나 썼을 것처럼 보였다. 허리나 등도 굽지 않고 꼿꼿했으며 피부도 탱탱했다. 다만 얼굴에 핀 검버섯과 도인의 것처럼 길고 하얀 눈썹, 목에 포진한 자글자글한 주름이 나이를 짐작하게 했다. 하지만 형형한 눈빛 때문에 노인에게서는 범접하기 힘든 기운이 뿜어져 나왔다.

순간 유선과 노인의 눈이 마주쳤다. 노인은 유선을 빤히 바라봤다. 유선 역시 눈을 피하지 않았다. 당연히 허리를 숙이지도 않았다.

유선의 곁을 스쳐 지나가며 노인이 말했다.

"제일 좋을 때 불귀도에 오셨소."

"그런 것 같네요."

유선이 답했다.

"이 섬이 생각보다 넓으니 혼자 다니지 마시오. 자칫 위험할 수도 있으니."

노인은 그 말을 남긴 채 성큼성큼 빠른 걸음으로 멀어졌다. 유선은 노인의 뒷모습을 보며 중얼거렸다.

"걱정하는 거야, 경고하는 거야?"

"둘 다 같은데요?"

정우의 말에 유선은 고개를 끄덕였다.

주인

동주는 어느 때보다 의욕에 차 있었다. 불귀도에 오기 전날, 지구대장에게 근무 태도가 좋다며 칭찬을 들었다. 동주도 내년이면 경장 승진 시험에 응시할 수 있게 된다. 필기가 중요하지만 근무 성적도 무시 못할 요소였다.

"지금처럼만 해."

지구대장은 동주의 어깨를 두드리며 말했다. 동주에게는 그 말이 지금처럼 하면 승진은 어렵지 않을 거라는 약속처럼 들렸다. 꼭 그게 아니고라도 경찰이 되자마자 이 섬 저 섬으로 생활 지도를 다니며 고생했던 걸 알아주는 것만 같아 기뻤다. 동주의 말을 들은 만철은 피식 웃었다.

"네 고생은 너만 알아. 그러니 괜히 무리할 필요 없어."

천하태평에 매사에 느긋하기만 한 만철은 만년 경사였다. 승진에는 큰 욕심이 없는 듯 보였다. 그래도 요령이 좋아 섬을 다닐 때마다 주민들에게 환영받았다. 동주에게도 좋은 선임이었다. 살갑게 대하지는 않았지만 그렇다고 함부로 대하지도 않았다. 그 정도면 충분했다.

괜히 무리할 필요 없다는 말을 몸소 보여주려는 듯 만철은 모습을 보이지 않았다. 동주는 불귀도는 작은 섬이니 굳이 붙어 다니지 않아도 된다고 생각했다. 그는 마을 구석구석을 돌며 주민들에게 인사했다.

"아이고. 이렇게 건장하고 젊은 경찰관님이 오시니까 든든하네, 든든해."

경로당에 모여 있던 노인들은 동주를 반갑게 맞았다.

"만철이보다 훨씬 믿음직하구먼. 걔는 뺀질뺀질해서 말만 번지르르하지 하는 일은 영 별로야."

한 노파가 말하자 다들 신나게 웃었다. 동주는 웃음이 새어 나오려는 걸 간신히 참았다.

"저녁에 생활지도가 있으니까 꼭 참석해주십시오."

동주가 말하자 허옇게 머리가 센 노인이 대꾸했다.

"또 잔소리만 늘어놓겠지."

"그럼 제가 노래라도 불러드릴까요?"

동주의 재치 있는 대답에 모두 웃음을 터뜨렸다.

"싹싹하기까지 하네."

"그래주면 좋지."

"꼭 참석할 테니까 걱정하지 마."

다들 한마디씩 했다.

"알겠습니다. 그럼 나중에 뵙겠습니다."

동주는 인사한 후 경로당을 나왔다. 잘 포장된 시멘트 도로 위로 아지랑이가 피어오르고 있었다. 불귀도는 정비가 잘되어서 선착장에서 마을까지 오는 길도 넓고 깨끗했고 집들은 영화에 나올 법한 멋들어진 외관을 하고 있었다. 경로당도 새 건물이었다.

동주는 선착장에서 만났던 남자, 남강두가 했던 말을 떠올렸다.

"김 순경님은 불귀도가 처음이시죠? 이 섬이 작고 외따로 떨어져 있어도 참 풍족합니다. 그게 다 선대가 일궈놓은 염전 덕분이죠. 하하."

마을 청년회장인 그는 동주와 만철을 마을 입구에 내려준 후 바쁘게 사라졌다. 강두는 젊고, 쾌활하고, 힘이 넘쳐 보이는 데다가 목소리와 몸짓도 컸다. 그래서일까, 동주는 그가 조금 부담스러웠다.

동주는 마을 지도를 들여다보며 걸음을 옮겼다. 이제는 이장 집에 찾아가야 할 차례였다.

"우리 이장님께서 오늘 선약이 있으셔서 당장 시간을 못 내셨습니다. 나중에 댁으로 오면 만나주시겠답니다. 그때 생활지도 관련해서 안내방송도 해주실 겁니다."

강두는 그 말을 끝으로 승합차를 타고 멀어졌다. 모르긴 몰라도 강두는 이장을 깍듯하게 모시는 게 틀림없었다. 선착장에서 헤어지기 전 동주가 이장은 어떤 사람이냐고 묻자 만철이 특유의 심드렁한 표정으로 말했다.

"이런 섬에서 썩긴 아까운 양반이지. 근데 또 여길 벗어나면 아무것도 못 할 거고."

만철은 그 말을 끝으로 어딘가로 휘적휘적 걸어갔다. 아마 안면 있는 주민들을 만나 한잔하고 있을지도 몰랐다. 늘 그랬듯이.

뙤약볕 아래를 걸으니 땀이 줄줄 흘렀다. 하늘에는 구름 한 점 없는데 바람 끝에는 이상하리만큼 습기가 가득했다. 바닷바람이라서 그런 것만은 아니었다. 분명 심상치 않은 바람이었다. 동주는 배 위에서의 파도를 떠올리며 목덜미에 맺힌 땀을 훔쳤다. 그때 뒤에서 목소리가 들려왔다.

"경찰 아저씨."

고개를 돌리니 비쩍 마른 여자가 서 있었다. 나이를 짐작하기 어려웠다. 노년 같기도 하고 중년 같기도 했다. 척 보기에도 어딘가 심상치 않았다. 소복처럼 보이는 흰색 한복을 입었는데 머리카락은 풀어 헤쳐져 있었다. 새빨갛게 칠한 입술은 헤벌어져 있고 구슬을 박아 넣은 듯 땡글땡글한 눈은 초점을 잃은 듯 동주의 어깨 너머 어딘가를 보고 있었다. 무엇보다 여자는 맨발이었다.

"무슨 일이십니까?"

동주가 묻자 여자는 배시시 웃었다.

"나랑 놀래?"

"네?"

"나랑 술래잡기하자. 어서."

여자가 성큼 다가왔다. 동주는 본능적으로 한 발 물러났다.

"아니…… 저는 지금 좀 바빠서요."

"그러지 말고 놀자. 저기 산에 가면 술래잡기할 친구들 많아."

여자는 뒤편에 우뚝 서 있는 병악산을 가리키며 말했다. 나이와는 어울리지 않는, 어린아이를 흉내 내는 듯한 목소리와 말투였다. 괜한 일에 엮이면 안 된다는 생각에 동주는 몸을 돌렸다. 어디에 가나 나사 하나쯤 빠진 사람이 있었고, 만철은 그런 부류와는 아예 상종을 안 해야 탈이 없다고 했다. 여자는 동주의 뒤통수에 대고 소리쳤다.

"너 그러면 산발귀한테 잡아가라고 한다!"

동주는 대꾸하지 않고 발걸음을 서둘렀다. 여자가 까르르 웃었다. 신경을 자극하는 높고 날카로운 웃음이 맑디맑은 하늘에 울려 퍼졌다.

동주는 마을 중앙으로 향했다. 경로당에서 이장 집까지 가려면 마을을 통과하는 게 제일 빨랐다. 불귀도의 유일한 마을인 불귀마을은 병악산 자락에서부터 바다 쪽으로 타원형을 이루고 있었다. 산 아래쪽에는 더는 사람이 살지 않는다고 했다. 마을 중심부에 대부분의 가구가 모여 있는 것이다. 이장의 집만 예외로 병악산과 가까이 있었다.

마을은 조용했다. 한낮에는 돌아다니지 않는 편이 좋았다. 특히 노인들에게는 이런 날씨가 일사병을 야기하기도 하니 위험했다. 생활지도에서 그 이야기도 할 참이었다. 동주는 저 멀리 보이는 불귀상회로 향했다. 음료수라도 하나 사서 마실 생각이었다.

동주가 가게로 막 다가갔을 때 안에서 누군가가 버럭 소리를 질렀다.

"그래서 못 내겠다는 거요?"

귀에 익은 목소리였다. 괄괄하고 커서 부담스러운 목소리.

열린 문으로 가게를 들여다보자 과연 강두가 있었다. 그는 허리에 손을 얹고 씩씩거렸다. 땀에 젖은 티셔츠가 넓은 등판에 착 달라붙어 있었다.

"못 내겠다는 게 아니라…… 사정을 좀 봐달라는 거지."

가게 주인으로 보이는 노파는 안절부절못했다. 안 그래도 작은 체구가 쥐며느리처럼 점점 말려들고 있었다.

"사정?"

강두가 목소리를 또 높였다.

"뭍에 있는 우리 아들, 그놈 새끼가 또 사고를 쳐서 목돈이 나 갔어. 암만해도 이번에는……."

"그건 그야말로 최씨 할머니 사정이지. 불귀도에 사정 없는 사람이 어디 있어, 안 그래? 근데도 다들 세금은 내잖아."

"무슨 문제라도 있습니까?"

쉼 없이 오르락내리락하던 강두의 어깨가 움직임을 멈췄다. 강두는 천천히 고개를 돌렸다. 잔뜩 찡그렸던 얼굴이 빠르게 펴졌다.

"아이고, 김 순경님. 여긴 어쩐 일로."

강두는 여전히 벌겋게 달아오른 얼굴로 웃었다. 동주는 좁은 가게를 꽉 채운 덩치와 그 뒤에 선 노파를 차례로 봤다. 노파는 난처한 표정이었다.

"무슨 일입니까?"

"아닙니다. 순경님이 신경 쓰실 만한 일 아니에요. 하하. 뭐 좀 드릴까? 생수? 아니면 박카스?"

강두는 자기가 주인인 것처럼 냉장고로 걸어가더니 문을 열고 이것저것 꺼내 들었다. 그러면서 혼자 떠들어댔다.

"이것 참. 쑥스러운 모습을 보여드렸네. 이게요, 저희 불귀도 자체 일이거든요. 그러다 보니 청년회장인 제가 또 힘을 써야 하고……."

"혹시 협박을 당하셨습니까?"

동주는 강두의 말을 자르며 노파에게 물었다. 노파는 흠칫 놀라더니 슬그머니 고개를 숙였다.

"협박이라니요. 그런 살벌한 단어를 막 사용하시면 안 되지. 내가 무슨 협박을 했다고…… 안 그래요?"

강두는 너스레를 떨듯 말했지만 딱딱하게 굳은 표정으로 강두는 노파를 쏘아봤다.

"세금이라는 건 뭡니까?"

"세금이 그 세금이 아니라……."

강두는 얼버무리며 말끝을 흐렸다.

"이장님께 매달 드려야 하는 돈이 있어요."

노파는 강두의 눈치를 살피며 말했다. 강두는 도끼눈을 뜨고서 노파를 노려봤다. 당장이라도 으름장을 놓을 기세였다.

"도대체 어떤 상황인지 설명해주시겠습니까?"

동주는 강두를 똑바로 보며 물었다. 강두는 이제 노골적으로 인상을 구겼다.

"내가 왜요? 설명할 이유도 없고, 설명할 필요도 없는 것 같은데요. 그러니까 박카스나 한 병 마시고 그만 갈 길 가시죠."

"뭐요?"

동주는 욱하며 덩달아 목소리가 커졌다. 세금이라는 것이 이

장의 개인 주머니에 들어가는 돈일지도 모르는데 가만히 있을
수는 없었다.

"김 순경님은 순경님 할 일이나 똑바로 하시라, 이 말입니다.
불귀도 일은 내가 알아서 할 테니."

강두도 지지 않고 소리를 높였다. 두 사람의 시선이 팽팽하게
얽혔다. 동주가 말했다.

"불귀도 역시 대한민국의 법대로 움직이는 곳입니다. 공갈 및
협박, 갈취는⋯⋯."

"아니지. 불귀도에는 불귀도만의 법이 있지."

강두가 동주의 말을 잘라먹었다.

"그 말, 책임질 수 있습니까? 법대로 해볼까요?"

"해보든지, 우라질. 재수가 없으려니까 웬 새파란 놈이 와서
는⋯⋯ 에이, 퉤!"

강두는 바닥에 침을 뱉은 후 동주 옆을 지나쳐 나가려고 했
다. 동주가 막아서자 강두의 인상이 한층 험악하게 변했다.

"똑바로 설명하기 전에는 못 나갑니다."

동주가 손을 내밀어 그를 막아 세웠다. 강두가 동주의 손을
거칠게 쳐냈다. 그 순간 성난 목소리가 들렸다.

"뭐 하는 거야?"

만철이었다.

"조 경사님. 이자가 지금 공무집행을 방해하고⋯⋯."

"야, 김 순경! 왜 분란을 일으켜?"

가게 안으로 들어온 만철은 목에 핏대까지 세워가며 소리쳤다.

"이거 오냐오냐해줬더니 안 되겠네. 너 인마 지금 하는 짓, 공권력 남용이야!"

동주는 처음 보는 만철의 모습에 당황했다. 만철은 벌에라도 쏘인 것처럼 길길이 날뛰고 있었다. 그런 만철 뒤로 누군가가 보였다. 두꺼비처럼 넙데데한 얼굴을 한 남자였다. 그 남자는 뒷짐을 진 채 안을 들여다보고 있었다. 마치 자기가 부리는 개가 잘하고 있는지 살피기라도 하는 듯이.

*

"걱정하지 마. 난 잘 도착했어. 엄마 약이나 잘 챙겨 먹어. 뭐라도 알아내면 바로 연락할게. 어휴, 그만 좀 해!"

유선은 신경질적으로 전화를 끊었다. 평생 살가운 딸과는 거리가 멀었지만 지난 1년에 비할 바는 아니었다. 유현이 실종된 후 유선과 엄마는 전쟁을 치러야 했다. 그 전쟁의 한가운데에서 두 사람은 종종 적군이 되었다. 유선은 지레 겁을 먹고 포기하고 울기만 하는 엄마에게 질렸다. 엄마는 모진 말만 하는 딸이 미웠을 거라고, 유선은 짐작했다.

"조심해. 너까지 무슨 일 생기면……."

53

엄마의 말을 떠올리며 유선은 한숨을 쉬었다. 엄마도 최선을 다해 버티고 있다는 걸 알면서도 엄마의 힘없는 목소리를 들으면 저절로 화가 치밀었다. 유선은 잘 알고 있었다. 엄마도 자신도 어딘가 고장 났다는 것을.

열어놓은 창문으로 축축한 바람이 불어왔다. 공기 자체가 무겁게 느껴졌다. 마음이 자꾸만 묵직하게 가라앉는 것은 습도 때문인지도 모른다고 생각하며 유선은 창문으로 향했다. 막 창가로 다가갔을 때 밖에서 다급한 외침이 들렸다.

"어어!"

창문 밖을 내려다보니 현정이 하늘을 향해 팔을 치켜든 채로 바다장 앞을 뛰어다녔다. 챙이 넓은 흰색 모자 하나가 바람에 날아가고 있었다.

"안 돼!"

모자는 현정의 손길을 피해 얄궂게도 방파제 건너 테트라포드로 떨어지고 말았다. 유선은 방파제 앞에서 어쩔 줄 몰라 하며 발만 동동 구르는 현정을 보고 방을 나섰다.

"모자 날아갔죠?"

바다장 밖으로 나간 유선이 묻자 현정은 어떻게 알았냐는 듯 눈을 동그랗게 떴다.

"보고 있었어요."

유선은 4층 자기 방 창문을 가리켰다.

"비싼 건데 잃어버리게 생겼어요. 피디님은 전화도 안 받고."

현정은 우는소리를 했다. 현정의 얼굴은 왠지 낯이 익었다. TV에서 봤을지도 몰랐다. 무릎 위로 훌쩍 올라오는 짧은 반바지가 무척 잘 어울렸지만 지금의 복장으로 방파제를 기어오르는 건 불가능해 보였다.

"제가 찾아드릴게요."

"정말요? 너무 높잖아요."

"잘하면 올라갈 수 있을 것 같아요."

유선은 그렇게 말하며 천천히 뒷걸음질 쳤다. 도움닫기 할 거리가 필요했다.

"안 다치게 조심……."

현정의 말이 채 끝나기도 전에 유선은 전력으로 달렸다. 운동은 오래 쉬었지만 아직 몸을 움직이는 건 자신 있었다. 속도를 늦추지 않고 바로 뛰어올라 벽을 밟고 방파제 위에 매달렸다. 그러고는 몸을 끌어 올렸다. 생각보다 쉬웠다.

"와!"

현정이 감탄했다. 유선은 테트라포드로 내려갔다. 아슬아슬하게 걸린 모자가 보였다. 흰색 모자는 한 마리 거대한 나비처럼 보이기도 했다. 바람이 조금만 더 분다면 훌쩍 날아서 아예 바다로 향할 것 같았다.

"찾았어요?"

방파제 너머에서 현정이 물었다.

"네."

유선은 대답과 함께 테트라포드 사이를 성큼성큼 지나 모자를 향해 다가갔다. 파도가 넘실거리며 테트라포드에 부딪쳤다. 모자챙이 너풀거렸다. 바람이 세찼다. 수평선 저 끝에 구름이 잔뜩 드리워 있었다. 모자를 줍기 위해 손을 뻗는 순간 바람이 휘돌며 모자를 공중으로 띄웠다. 유선은 풀쩍 뛰어올라 모자를 낚아챘다. 다음이 문제였다.

"아!"

착지하는 순간 오른쪽 다리가 테트라포드 사이에 빠지고 말았다.

"왜 그래요?"

현정의 목소리가 날아들었다.

"괜찮아요."

일단 대답은 했지만 좁은 틈에 낀 다리는 쉽게 빠지지 않았다. 미끈하고 축축한 무언가가 발목을 옭아매고 있는 것 같았다.

'해초인가?'

유선은 상체를 한껏 숙여 테트라포드 사이로 손을 집어넣었다. 손가락 끝에 무언가 닿았다. 아주 미끌거리는 가는 것이 뭉쳐 있는 것 같았다. 손에 잡히는 대로 당겼지만 쉽게 끊어지지 않았다. 오히려 손가락에 엉켜들었다.

"뭐 해요? 왜 안 내려와요?"

현정은 가까이 와볼 생각은 안 하고 멀리서 목소리만 높여 물었다. 유선은 슬슬 짜증이 났다. 태양 볕은 목덜미를 달궜고 소금기 가득한 바닷물이 자꾸만 얼굴에 튀었으며 몸은 경직되기 시작했다. 오른쪽 장딴지에 경련이 일었다.

다시 해초를 거머쥐고 당겼다. 손가락이 아팠지만 신경 쓰지 않았다. 빨리 벗어나야 했다. 온 힘을 다해 몇 번 더 잡아당기자 비로소 뜯어지며 다리를 움직일 수 있게 됐다. 유선은 끊어낸 그것을 한 움큼 쥐고 손을 빼냈다. 길고 시커먼 뭉치가 딸려 나왔다. 순간 파래인가 싶었다. 아니었다.

그것은…… 길고 긴 머리카락이었다.

"꺄악!"

그 사실을 깨닫자마자 손을 털었다. 등허리를 타고 차가운 기운이 좍 퍼져나갔다. 머리카락은 잘 떨어지지 않았다. 살아서 꿈틀대는 수십 마리 벌레처럼 계속 엉켜들었다.

"무슨 일이에요?"

유선은 대답할 겨를이 없었다. 테트라포드 틈 사이로 무언가가 보였다. 눅눅한 어둠이 고여 있는 거기, 물결이 불손한 손길로 더듬어대는 거기에 긴 머리카락의 주인이 엎드려 있었다.

"아무나 좀 불러와요! 빨리!"

유선이 소리쳤다.

"아, 알았어요. 저기요! 도와주세요!"

유선은 물에 빠져 죽은 사람에게서 눈을 떼지 못했다. 바다가 일렁일 때마다 시체가 움직이는 것처럼 보였다. 그 리듬에 맞춰 유선의 심장 역시 펄떡펄떡 뛰었다.

순간 큰 파도가 일었다. 시체는 밀려오는 바닷물에 둥실 떠오르더니 그대로 뒤집혔다. 얼굴이 드러났다. 유선은 고개를 돌렸다. 한발 늦었다. 찰나였지만 시체의 얼굴에 붙은 셀 수 없이 많은 따개비와 갯강구들이 눈꺼풀에 새겨졌다. 눈을 감아도 훤히 떠오를 만큼 선명하게.

"무슨 일이래?"

유선은 눈을 떴다. 늙수그레한 남자 셋이 방파제로 올라와 다가오고 있었다.

"아가씨, 어디 다쳤어? 무슨 일이야?"

모자 쓴 남자가 물었다.

"아니요. 여기 사람이……."

유선이 테트라포드 아래를 가리키자 남자 셋 모두 얼굴이 하얗게 질렸다.

"사람?"

"어디?"

셋은 테트라포드를 밟고 건너왔다. 유선은 슬그머니 일어나 비켜섰다. 속이 울렁거렸다. 등과 목덜미는 서늘한데 정수리는 익어갔다. 머리가 깨질 듯 아팠다. 계속 서 있다가는 쓰러질 것 같았다.

"아이고, 진짜네. 진짜야."

모자 쓴 남자가 말했다.

유선은 방파제로 나가 털썩 주저앉았다. 남자 셋은 번갈아가며 테트라포드 안을 들여다봤다. 그러고는 자기들끼리 이야기를 주고받았다.

"누군지 알겠어?"

"누구긴 누구야. 며칠 전에 사라진 그 여자겠지."

"목소리 낮춰."

"이거 어떻게 하면 좋지?"

"일단 이장님께 말씀을 드려야지."

"근데 그 여자는 맞는 거야?"

"거참, 조용히 하라니까!"

모자 쓴 남자가 유선의 눈치를 살피며 버럭 소리 질렀다. 다른 둘은 그제야 입을 다물었다. 어색한 침묵이 이어졌다. 유선은 세 남자를 향해 물었다.

"경찰에 먼저 알려야 하지 않아요? 마침 섬에 경찰도 들어와 있는데."

"아……. 그것이 불귀도에서는 경찰보다……."

"자네는 그냥 있어."

이번에도 모자 쓴 남자가 나섰다. 그는 방금 입을 연 사람의 옆구리를 쿡 찌르더니 유선을 봤다. 시커먼 얼굴에 주름이 자글자글했다. 지저분하게 웃자란 수염은 거의 회색빛이었다.

"경찰에 알리는 게 우선이지, 암. 우리가 알아서 할 테니까 아가씨는 가서 일 봐요."

모자 쓴 남자의 말은 어딘가 이상했다. 아니, 셋의 반응 자체가 정상적이지 않았다. 아무리 산전수전 다 겪은 사람이라도 시체 앞에서 그렇게 태연할 수는 없을 것 같았다.

이런 일을 자주 겪으셨나요? 그렇게 묻고 싶었지만 유선은 질문을 던질 힘도 없었다. 죽은 사람의 모습이 머릿속을 떠나지 않았다. 그것만이 아니었다. 애써 잊으려 묻어두었던 기억이 떠오르려 했다.

물에 퉁퉁 불은 몸, 창백한 피부 그리고 완벽하게 사라진 이목구비…….

'아니야.'

유선은 고개를 저었다.

"저기요. 도대체 뭐예요? 괜찮아요?"

난폭하게 밀고 올라온 기억에서 벗어날 수 있게 해준 건 현정이었다. 해맑다고 느껴질 만큼 발랄한 목소리로 현정이 물었고, 유선은 간신히 정신을 차려 아래를 내려다봤다. 현정은 멀찍이 떨어져 서 있었다.

"안 괜찮지만 모자는 찾았어요."

그때까지 한 손에 꼭 쥐고 있던 모자를 들어 보이자 현정은 환하게 웃었다.

"와! 고마워요. 이게 나름 거금 주고 산 명품이거든요."

현정을 보자 긴장이 조금은 풀리는 것 같았다. 유선은 방파제 아래로 뛰어내렸다.

"피디님과는 연락됐어요?"

유선이 현정에게 모자를 건네며 물었다.

"지금 바로 오시겠대요. 근데 왜요?"

"촬영 계획을 수정하셔야 할 것 같아서요."

"네?"

"아름답고 멋진 섬 불귀도는 잠시 후에 아주 시끄러워질 거거든요."

"아, 그거라면 걱정하지 마세요. 저희 사실은 생활정보 프로그램 아니고……."

현정은 거기까지 말하다가 손으로 입을 막았다. 작은 얼굴 어디에 그토록 풍부한 표정이 숨어 있는지 현정은 잔뜩 당황한 모습으로 말을 더듬었다.

"아, 방금 한 말은 제가 실수로…… 그러니까 그게 아니라……."

"됐어요. 못 들은 걸로 할게요."

유선은 그 말과 함께 돌아섰다. 현정이 이렇게까지 당황하는 이유를 알 수 없었다. 생활정보 프로그램이 아니면 또 어떤가. 그러거나 말거나 유선이 상관할 바도 아니었고 관심을 품을 일도 아니었다.

"어디 가세요?"

현정이 물었다.

"제 방이요. 소란스러워지기 전에 먼저 좀 씻고 싶어서요."

"무슨 일이기에 그래요?"

유선은 현정을 물끄러미 보다가 대답했다.

"사람이 죽었어요. 테트라포드 사이에 빠져서."

현정은 놀람과 두려움이 반쯤 섞인 얼굴이 되었다.

"그럼, 이만."

바다장으로 향하는 유선의 등 뒤로 현정이 중얼거리는 소리가 들렸다.

"왜 하필 지금……."

유선의 생각도 같았다. 왜 하필 유현을 찾으러 온 오늘 이런 일이 벌어진 걸까.

*

이장 집 앞에 선 동주는 아무 말도 못 한 채 거대한 건물을 올려다봤다.

눈앞에 버티고 선 건물을 기괴했다. 3층짜리 목조건물에 각 층마다 검은색 솟을지붕이 튀어나와 있었다. 대문 앞에 세워놓은 홍살문과 서양식 저택은 전혀 어울리지 않았고 그 생경한 분위기로 인해 기이함이 뿜어져 나왔다. 아무런 정보 없이 봤다면 영화 세트장이라 여겼을 법한 건물이 바로 이장의 저택이었다.

"어서 들어갑시다."

거식이 말했다. 동주는 만철의 눈치를 살피며 홍살문 안으로 들어갔다. 만철은 가게에서부터 내내 못마땅한 표정을 짓고 있었다. 하지만 거식을 향해서는 헤헤거리며 장단을 맞추기 바빴다. 강두가 운전하는 승합차를 타고 여기까지 오는 동안 계속 그랬다.

"이 집은 언제 봐도 분위기가 근사합니다."

만철은 앞서 걷는 거식 옆으로 재빨리 다가가며 말했다. 동주는 떨떠름한 표정을 애써 감춘 채 그 뒤를 따랐다. 강두는 거식 뒤에서 한 발 떨어져서 걷고 있었다.

불귀상회에서의 소동을 잠재운 이는 거식이었다. 동주가 만철에게 거의 끌려 나오다시피 해서 밖으로 나오자 강두는 기세등등하게 외쳤다.

"역시 조 경사님은 잘 아시네. 어디서 순경 나부랭이가……."

"강두야, 입 안 다물래?"

거식의 말에 강두가 거짓말처럼 얌전해졌다. 거식이 동주에게 다가와 손을 내밀었다.

"죄송하게 됐습니다. 나, 불귀도 이장 박거식입니다."

동주는 엉겁결에 거식의 손을 잡고 악수했다. 거식은 손아귀 힘이 셌다.

넷은 현관 앞에 멈춰 섰다. 거식은 바로 문을 열지 않고 강두에게 손짓했다. 까딱까딱, 그야말로 개를 부르는 듯했다.

"네, 이장님."

강두가 다가가자 거식이 물었다.

"손님들은?"

"잘 도착해서 바다장에 있습니다."

"셋 다 온 거지?"

"네. 나중에 찾아뵙겠답니다."

"알았어. 일단 가서 구경 좀 시켜드려."

"네."

강두는 깍듯이 허리를 숙이고는 왔던 길을 되돌아 내려갔다.

동주는 같은 배를 타고 온 낚시꾼들을 떠올렸다. 이장과 그 남자들이 아는 사이라는 건 전혀 이상한 일이 아니었지만 어딘지 분위기가 묘했다.

"김 순경님은 불귀도가 처음이지요?"

거식이 물었다.

"네. 다른 섬은 많이 돌아봤는데 여긴 처음입니다."

"그럼 앞으로 알아가야 할 게 많겠네요."

거식은 그렇게 말하며 현관문을 열었다. 동주 대신 만철이 깍듯하게 대답했다.

"제가 잘 가르쳐놓겠습니다."

내부는 나무로 되어 있었다. 현관에서 거실로 이어지는 긴 복도는 물론이고 벽까지 반질반질 광이 날 정도로 잘 닦여 있었다. 바닥의 나뭇결도 살아 있었다. 다만 걸음을 디딜 때마다 삐걱거리는 소리가 났고, 그것으로 이 집의 세월을 짐작할 수 있었다.

거식은 동주와 만철을 제법 넓은 방으로 데리고 갔다. 벽에 병풍을 세워둔 방에는 낮은 원목 테이블이 놓여 있었다. 테이블 위에는 이미 술상이 준비돼 있었다.

"앉읍시다."

거식은 먼저 자리를 잡았다. 맞은편에 만철이 앉았다. 동주는 멀뚱히 서서 내려다보기만 했다.

"뭐 해? 빨리 앉아."

만철이 그런 동주에게 말했다.

"이게 다 뭡니까?"

동주가 물었다.

"뭐긴. 안 보여? 회랑 전복이잖아. 너 회 안 좋아해?"

"그게 아니라 지금은 근무 시간인데······."

"어차피 식사는 하셔야죠. 술은 안 드셔도 좋으니 회라도 몇 점 잡수세요. 다 불귀도 앞바다에서 잡은 것들입니다."

거식의 말에 동주는 마지못해 자리에 앉았다. 만철은 동주를 흘겨본 뒤 거식을 향해 꾸벅 고개를 숙였다.

"잘 먹겠습니다, 이장님. 이 녀석은 나이에 맞지 않게 좀 고지식해서요."

"아닙니다. 원리원칙대로 할 필요가 있죠. 저도 불귀도를 꾸려나가면서 제일 중요하게 생각하는 게 바로 원칙을 지키는 겁니다."

그래서 따로 세금을 걷습니까? 그 말이 목구멍까지 밀고 올라왔지만 동주는 일단 참았다. 세금을 모두에게 걷는 것인지, 그 용도가 무엇인지 아직 확실하지 않은 데다가 만철의 눈치도 보였다. 만철은 연신 웃으며 거식이 따라주는 술을 받았다.

"감사합니다. 저도 한잔 드리겠습니다."

"조금만 드시죠. 저녁때 일정도 있으니."

거식이 말하자 동주는 마침 잘됐다 싶어 입을 열었다.

"이장님. 저녁 일과 관련해서 안내방송을 해주실 수 있습니까? 마을회관에서 생활지도를 한다고……."

"김 순경. 분위기 깨게 초장부터 무슨 일 이야기야?"

만철은 또 역정을 냈다. 그러자 거식이 말리고 나섰다.

"괜찮습니다, 경사님. 당연히 제가 도와드려야죠. 그게 이 섬의 주인 된 도리 아니겠습니까?"

"주인이요?"

동주는 저도 모르게 목소리를 높였다. 주인이라니, 그 말만은 그냥 넘기기 힘들었다. 거식과 만철 모두 동주를 빤히 쳐다봤다. 둘 중 누구도 입을 열지 않았다. 만철은 당황한 표정이었지만 거식의 얼굴에는 감정이 드러나지 않았다. 두툼한 눈두덩이를 한번 씰룩했을 뿐이었다.

"인마, 무슨 소리 하는 거야?"

만철이 동주를 향해 말했다.

"섬의 주인이라고 하시기에 궁금해서 여쭀습니다."

동주는 물러서지 않았다. 만철이 한마디를 더 하려는 그때 거식이 손을 들어 막았다. 그러고는 빙긋 웃었다.

"주인이라는 단어가 좀 그랬나요? 그런데 어쩌면 좋습니까. 실제 이 섬 토지의 대부분을 우리 가문이 소유하고 있거든요. 여기 사는 사람들, 박씨 가문 땅을 밟지 않고선 어디도 갈 수 없는 게 현실입니다. 이런 상황이라면 내가 섬의 주인이라 말해도 이상한 게 아니지요. 안 그렇습니까?"

"섬의 주인이라서 청년회장을 시켜 마음대로 하시는 겁니까?"

동주가 물었다.

그때 웅장한 음악 소리가 들렸다. 거식이 핸드폰을 꺼내 들었다. 클래식에는 문외한인 동주도 거식의 벨 소리가 베토벤의 〈운명〉이라는 것 정도는 알았다.

"뭐야?"

거식은 전화를 받자마자 인상을 구겼다. 안 그래도 작은 눈이 더 가늘게 변했다.

"시체라고? 방파제?"

거식의 탁한 목소리가 방 안 가득 울렸다. 동주는 놀라서 만철을 돌아봤다. 만철은 긴장한 얼굴로 귀를 기울이고 있었다.

"경사님, 들으셨어요?"

"가만히 있어봐!"

만철의 짜증 섞인 말에 동주는 입을 다물었다. 그사이 거식은 벌떡 일어나 방을 왔다 갔다 했다.

"그러게 단속을 잘했어야지! 병신 같은 것들. 뭍에는 왜 연락을 해! 거기 그대로 있어."

거식은 전화를 끊더니 깊은 한숨을 쉬었다. 얼굴은 벌겋게 달아올라 있었다.

"누가 죽었습니까?"

만철이 물었다.

"사람들이 시체를 발견했다는데 불귀도 주민이 아니라 어딘가에서 떠밀려 온 것 같습니다."

거식은 표정과 다르게 별일 아니라는 투로 대답했다.

68

"제가 지구대에 연락할까요?"

동주가 만철에게 물었다.

"일단 현장에 가서 판단하자고."

"네? 그래도……."

"빨리 움직여."

만철은 동주의 말을 끊고 일어섰다. 동주는 도무지 이해할 수 없었다. 사람이 죽은 건 큰 사건이었다. 당장 지구대에 보고한 후 지시를 기다리는 게 순서였다.

"조 경사님, 아무래도 이건 좀 아닌 것 같습니다."

동주가 그렇게 말하며 방을 나선 순간 앞서 걷던 만철이 우뚝 멈췄다. 덩달아 동주도 멈춰 섰다. 거식 역시 어정쩡한 자세로 그냥 서 있었다. 동주는 무슨 일인가 싶어 고개를 빼고 앞을 봤다.

흰머리를 길게 길러 하나로 묶은 노인이 복도에 있었다.

"아버지, 다녀오셨어요?"

거식이 노인을 향해 물었다.

동주는 새삼 노인을 찬찬히 바라봤다. 그러고 보니 거식과 닮은 것도 같았다. 다만 노인의 인상이 훨씬 좋고 이목구비도 더 또렷했다. 젊었을 때는 미남이라는 소리를 꽤 들었을 만한 외모였다. 노인에게서는 쉽게 범접할 수 없는 분위기가 풍겼다.

"오랜만에 뵙겠습니다, 주인님."

허리 숙여 인사하는 만철을 보고 동주는 놀랐다. 주인님이라는 말 때문만은 아니었다. 이마가 무릎에 닿을 듯 깊숙하게 허리를 숙였기 때문만도 아니었다. 만철의 목소리가 가늘게 떨리고 있었다. 분명 두려움이 가득 담겨 있었다.

"조만철이. 오랜만이군."

노인이 그 말과 함께 어깨에 손을 얹자 만철은 흠칫 놀랐다. 그것 또한 낯선 모습이었다. 만철은 경찰서장 앞에서도 능글능글 웃는 인물이었다.

"그간 건강하셨습니까?"

떨리는 목소리로 만철이 묻자 노인은 고개를 끄덕였다. 그러고는 동주는 건너뛴 채 아들을 보고 입을 열었다.

"무슨 일들 있나? 다들 어딜 가는 거야?"

"그게 저……."

거식이 노인의 귀에 대고 조용히 속삭였다. 다음 순간, 노인의 얼굴에 웃음이 떠올랐다.

"별일 아니구먼. 알아서 잘 해결해."

노인은 그 말을 끝으로 세 사람을 지나쳐 안으로 들어갔다. 노인이 복도 끝으로 사라질 때까지 거식과 만철은 허리를 숙이고 있었다. 동주는 할 말을 잃고 그 모습을 바라봤다. 뭔가가 잘못 돌아가고 있다는 생각이 동주의 머릿속에 먹물처럼 번져나갔다.

산발귀

아무리 씻어내도 손가락을 휘감은 머리카락의 감촉은 사라지지 않았다. 사라지기는커녕 시간이 지날수록 더 선명해졌다. 유선은 창밖을 내려다보면서도 손을 자꾸만 바지에 문질러 닦았다. 바다장 앞에는 마을 사람 여럿이 몰려와 있었다. 소문을 들은 모양이었다. 테트라포드 사이에서 건져낸 시체는 방파제 아래에 아무렇게나 놓여 있었고 사람들은 그 주위를 에워싼 채 구경하기 바빴다. 웅성대는 소리가 4층까지 들렸다.

"맞네. 그 여자네, 그 여자."

"쯧쯧. 안 그래도 속 시끄러운데 이런 일이 생길 게 뭐람."

"이장님이 또 한 소리 하시겠네."

"하여간 뭍의 것들은……."

일반적인 반응은 아니었다. 죽은 사람이 누구인지는 몰라도 다들 너무 태연했다. 조금이라도 안타까워하는 모습은 찾아볼 수 없었다. 성가시다. 짜증 난다. 모두 그렇게 여기는 것 같았다.

유선이 그런 생각을 하며 내려다보고 있을 때 승합차 한 대가 도착했다. 구경꾼들은 양쪽으로 갈라졌다. 그 사이로 스타렉스에서 내린 세 사람이 다가왔다. 그중 한 명은 배에서 만난 경찰이었다.

'조 경사라고 했던가?'

동주는 보이지 않았고 이장을 부르는 소리가 들렸다. 넙데데한 얼굴로 뒷짐을 진 채 나타난 이가 아무래도 이장인 모양이었다. 방파제에서 마주쳤던 모자 쓴 남자가 이장에게 뭔가를 이야기하자 이장이 고개를 들어 바다장을 올려다봤다.

이장의 눈빛은 날카로웠다. 작은 눈동자 속 번득이는 안광은 4층까지 닿기에 충분했다. 유선은 그 시선을 피하지 않았다. 잠시 후 이장이 고개를 슬쩍 돌리자 그제야 창가에서 물러났다. 그때 누군가가 방문을 두드렸다.

"누구세요?"

혹시 경찰이 아닐까 생각하며 문으로 다가갔다.

"아까 인사드렸던 권정우입니다."

"아…… 네."

유선은 조심스레 문을 열었다. 정우는 카메라를 들고 있었다.

"실례가 안 된다면 잠시 이야기를 나눌 수 있을까요?"

정우가 물었다.

"취재인가요?"

유선의 질문에 정우는 슬며시 미소를 지었다.

"아니요. 단순한 호기심입니다."

"들어오세요."

유선은 하나뿐인 의자를 정우에게 권하고 침대에 걸터앉았다. 정우는 의자에 앉기 전 창밖을 힐끔 내다보고는 물었다.

"여기서 보셨군요?"

"뭘요?"

"모자."

정우는 그렇게 말하며 손으로 나풀거리며 날아가는 모자 흉내를 냈다. 금테 안경으로 가리고는 있지만 자세히 보니 정우의 얼굴에도 장난기 비슷한 게 묻어났다. 다만 찰나일 뿐이었고, 손을 내린 정우는 다시 날카로운 표정으로 돌아왔다.

"네. 현정 씨 맞죠? 그분 모자가 바람에 날아가는 걸 보고 밖으로 나갔는데……."

유선은 거기까지 말하고 어깨를 으쓱했다. 굳이 더 설명하지 않아도 어떤 일이 일어났는지 잘 알고 있을 것이라는 생각에서였다.

"현정이한테 들었습니다. 괜한 소동에 말려들게 한 것 같아 죄송합니다."

"소동이라기에는 그리 놀란 것 같지 않더라고요. 여기 사람들."

유선의 말에 정우는 고개를 끄덕였다.

"아무래도 처음 있는 일이 아닌 것 같더군요."

"그렇다고 해도 다들 너무 침착해서 놀랐어요."

"유선 씨는 괜찮습니까?"

"저는……."

유선은 멈칫했다. 괜찮으냐는 질문을 받은 게 까마득한 옛날 같았다. 그 사건 이후로도, 동생이 사라진 뒤로도 유선은 필히 괜찮아야 하는 사람이었다. 괜찮지 않다면 죄를 짓는 것 같았다.

"네가 힘들어하면 어떡해? 선배 몫까지 열심히 살아야지."

그 사건에 대해 아는 사람들은 다들 그렇게 말했다.

"뭣보다 힘든 건 어머니잖아. 네가 힘을 내야지."

동생의 실종을 아는 사람들은 또 그렇게 말했다. 그 누구도 유선이 힘들고 괴로울 거라는 사실에는 신경 쓰지 않았다. 어느덧 유선도 괜찮은 척 사는 데 익숙해졌다. 괜찮지 않았지만 괜찮아야 했으니까.

"유선 씨?"

정우가 부르는 소리에 유선은 과거의 기억에서 벗어났다.

"괜찮으세요?"

"네, 괜찮아요. 씻고 났더니 찜찜하던 것도 사라졌어요."

유선은 애써 밝게 말했다. 정우는 고개를 한번 끄덕하더니 의자에서 일어나 다시 창밖을 내다봤다. 그런 정우에게 이번에는 유선이 물었다.

"그런데 뭐가 궁금하신 거죠?"

질문을 받은 정우는 잠시 생각하더니 천천히 입을 열었다.

"이상한 점은 없었습니까?"

"이상한 점이라면?"

이상한 게 한둘이 아니었다. 사실, 모든 게 다 이상했다.

"죽은 사람이……."

정우가 거기까지 말했을 때 또다시 노크 소리가 들렸다. 이번에는 '똑똑'이 아니라 '쾅쾅'이었다. 성미가 급한 사람인지 연이어 문을 두드렸다. 유선은 정우와 눈빛을 교환한 후 침대에서 일어났다.

"누구세요?"

"경찰입니다. 잠시 말씀 좀 묻겠습니다."

유선은 문을 열었다. 밑에서 4층을 올려다보던 남자와 만철이 서 있었다.

"저 기억하시죠? 조만철 경사입니다."

만철이 사람 좋아 보이는 미소를 지으며 꾸벅 고개를 숙이자 유선도 덩달아 고개를 숙였다.

"그리고 이쪽은……."

"불귀도 이장 박거식이라고 합니다."

거식은 씩 웃으며 손을 내밀었다. 유선은 머뭇거리다가 그 손을 잡았다. 축축하고 차가웠다. 가볍게 악수하고는 서둘러 손을 놓은 뒤 유선이 물었다.

"들어오시겠어요?"

"아닙니다. 몇 가지만 확인하면 됩니다."

만철이 말했다.

"돌아가신 분 때문이죠?"

"네. 최초 발견자라고 들었습니다. 어휴, 많이 놀라셨겠네요."

"그랬죠."

"혼자 계신 게 아닌가 봅니다?"

방 안을 기웃거리던 거식이 대뜸 물었다. 유선은 고개를 돌려 정우 쪽을 봤다. 정우는 딱히 꺼릴 게 없다는 듯 문으로 다가왔다.

"권정우 피디라고 합니다. 이장님이시죠? 제가 전화로 취재 요청을 드렸는데 기억하십니까?"

정우의 말에 거식이 "아!" 하며 고개를 끄덕였다.

"그 생활정보 프로그램 피디님?"

"맞습니다."

"촬영이 오늘이던가요? 촬영 전에 먼저 연락부터 달라고 신신당부를 했는데."

거식은 정우를 위아래로 훑어보며 말했다. 분명 환영하는 분위기는 아니었다.

"아닙니다. 오늘도 지난번처럼 답사차 왔습니다. 본 촬영까지 적어도 두어 번은 방문하거든요. 나중에 들러서 촬영 관련해서 말씀드리려고 했는데 이렇게 뵙게 됐네요."

"그렇군요. 그런데 두 분은 어떻게 아는 사이신지?"

유선은 거식을 향해 그게 무슨 상관이냐고 묻고 싶었지만 참았다. 이 기분 나쁜 사내와는 길게 말을 섞고 싶지 않았다.

"이분이 저희 리포터를 도우려다가 시신을 발견했다고 들어서요. 감사 인사를 드릴 겸 해서 잠시 머물렀습니다."

정우의 말에 만철과 거식은 알겠다는 듯 고개를 끄덕였다. 유선은 정우가 요령 있게 말을 잘한다고 생각했다. 덕분에 해야할 말이 줄어 다행이었다.

"그럼 이어서 여쭐게요. 어떤 경위로 익사자를 발견하게 되셨는지 알 수 있을까요? 현재로서는 신원도 확인할 수 없고 해서 도움이 꼭 필요합니다."

만철의 말에 유선은 의아함을 느꼈다.

"신원을 모른다고요? 불귀도 주민 아닌가요?"

"아닙니다."

거식이 끼어들었다.

"그럼요?"

"그게 말입니다, 섬사람이 아니고 바다에서 떠밀려 온 시체 같거든요. 섬에는 사고를 당한 사람이 아무도 없었습니다."

만철이 말했다.

"하지만 아는 사람인 것처럼 말했는데요?"

"그분들이 당황해서 착각했더군요. 확인해본 결과 이곳 불귀도와는 무관한 시체였습니다."

거식은 '무관한'에 유독 힘을 주어 말했다. 유선은 뭐라 해야 할지 몰라 정우를 돌아봤다. 정우는 무표정한 얼굴로 툭 한마디를 던졌다.

"이런 일이 전에도 있었습니까?"

"가끔 있죠. 불귀도는 파악도라 섬 모양 때문에 온갖 것들이 밀려오는 편입니다. 한번 밀려온 건 잘 빠져나가지도 않아요. 물론 그래서 염전을 꾸릴 수도 있지만요."

거식은 동그랗게 주먹을 쥐어 보이며 말했다.

"이런 경우에는 어떻게 합니까?"

정우가 묻자 만철이 대답했다.

"시체를 뭍으로 옮겨야 하는데 당장은 그럴 수가 없으니 일단 내일 배가 오기 전까지는 불귀도에 안치해야죠."

"마을회관에 대형 냉동고가 있습니다. 거기 잠시 넣어두는 거죠."

거식이 말을 이었다. 유선은 자기도 모르게 냉동고 속에 든 시체를 떠올리고는 얼굴을 찡그렸다.

"이제 제가 이야기하면 되나요?"

유선이 만철을 향해 말했다. 머리가 지끈거렸다. 빨리 이야기를 끝내고 조금이라도 쉬고 싶었다.

"네. 테트라포드에서 발견하셨다고 하는데 왜 거길 가신 건지⋯⋯."

우르르.

만철의 말을 끊은 것은 하늘을 두드리는 듯한 소리였다. 수천 개의 손이 일제히 하늘을 때리면 날 법한 소리가 바다장 안까지 울려 퍼졌다.

천둥이었다.

*

우르르.

동주는 천둥이 훑고 지나간 하늘을 올려다봤다. 바다 저 멀리에서부터 먹구름이 몰려오고 있었다. 성마른 바람이 먼저 불어왔다. 바람은 낮고, 매섭고, 거칠었다. 잡초들이 스스스 소리를 내며 춤을 췄다.

"한바탕 몰아치겠네."

마을회관 앞을 지나던 한 노인이 멍하니 하늘을 보며 중얼거렸다.

"비가 많이 올까요? 예보에는 그런 소리 없었거든요."

동주의 물음에 노인은 힐끔 쳐다보고는 손으로 바다를 가리켰다.

"낮게 부는 이런 바람이 된바람이 되는 거야. 저기 저 먹구름 보이지? 저것들이 된바람을 타고 죄다 여기로 몰려오면 그냥 비 정도가 아니라 폭풍이 치는 거지, 폭풍."

만철이 배에서 했던 말이 맞았다. 만철은 뱃사람이라 해도 믿을 만큼 바다 날씨에 밝았다. 오래 섬을 돌아다닌 덕분인 것 같았다. 능숙하면서도 요령 있는 그의 일 처리 덕분에 섬 생활지도는 늘 수월하게 끝났다. 날씨 탓에 가끔 섬에 갇힐 때도 있었지만 길어야 하루 이틀이었다. 지금까지는 그랬다. 적어도 지금까지는.

하지만 일 잘하고 사람 좋기로 소문난 그 조만철 경사는 지금 여기에 없었다.

"동주야, 넌 먼저 마을회관에 가 있어. 거기서 생활지도 준비해. 어차피 나도 거기로 갈 거고, 시신도 거기 둘 거니까."

만철은 그 말만 남기고 이장 일행과 함께 떠나버렸다. 만철이 불귀도에서는 왜 다른 사람처럼 구는지 동주는 도무지 이해할 수 없었다. 아니, 불귀도라는 섬 자체를 이해하기 힘들었다. 어느 섬이건 특유의 폐쇄성과 향토색은 있기 마련이었다. 그건 유명 관광지도 마찬가지였다. 섬이라는 고립된 공간에서 부대끼며 살아가는 사람들끼리만 공유하는 정서와 규칙이 존재한다는 건 어쩌면 당연한 일이었다. 오히려 그런 게 없다면 섬의 질서는 금세 무너질지도 모른다. 그걸 감안한다 해도 불귀도는 유별났다. 그 중심에는 이장과 그 아버지가 있는 것 같았다.

"근데 순경님은 부두에 안 가시나? 거기 난리가 났다던데."

노인이 엉거주춤 서서 물었다. 동주는 그제야 딴생각에서 벗어나 노인을 봤다.

"전 여기서 생활지도 준비를 하거든요. 어르신도 나중에 오실 거죠?"

"그럼 나야 참석하지. 불귀도 사람들은 그런 데 안 빠져. 단합이 아주 잘돼."

"그런 것 같더라고요. 그러면 나중에 뵙겠습니다."

동주가 꾸벅 인사까지 했지만 노인은 자리를 떠나지 않았다. 가만히 서서 동주를 쳐다볼 뿐이었다. 그 시선이 부담스러워 동주는 마을회관으로 들어갔다. 아무도 없는 실내는 썰렁했다. 동주는 혼자 의자를 세팅하기 시작했다. 생활지도라고 해서 딱히 준비할 게 있는 것도 아니었다. 의자와 마이크만 챙기면 됐다. 생활지도는 5시에 시작한다. 지금이 3시니 두 시간이면 의자를 깔고 접고 몇 번을 반복할 수 있었다.

동주가 절반쯤 의자를 깔았을 때였다. 바깥에서 경운기 모터가 덜덜거리며 돌아가는 요란한 소리였다. 잠시 후 노인 셋이 낯익은 여자를 데리고 들어왔다. 불귀상회에 가기 전 마주쳤던 흰색 한복을 입은 여자였다.

"무슨 일이십니까?"

동주가 묻자 노인 중 모시 셔츠를 입은 남자가 손을 들어 보이며 다가왔다.

"순경 총각, 우리 좀 도와줘."

"무슨 일이세요?"

"굿을 해야 하거든."

"굿이요?"

동주는 놀라서 되물었다.

"방파제에서 시체 발견했다는 이야기 들었지? 그걸 마을회관에 잠시 둬야 한다는데, 굿을 해서 혼을 달래야 뒤탈이 없을 거 아냐! 시체 실어 오기 전에 빨리 준비해야 해."

노인은 답답하다는 듯 말했다.

"굿을 누가 하는데요?"

동주가 물었다.

"누구긴 누구야. 여기 황 무당이 하지!"

남자는 함께 온 여자를 가리켰다. 황 무당은 아까 생글생글 웃던 것과 달리 무표정하게 서 있었다. 그러자 사뭇 다른 사람처럼 보였다. 어딘가 나사가 풀린 것 같던 모습은 온데간데없었다. 대신에 예리한 눈빛이 짙은 눈썹 아래에서 번득였다. 일자로 꾹 다문 입술 역시 이상할 정도로 번들거렸다. 이제는 확실히 노년처럼 보였다.

"제가 뭘 도와드리면 될까요?"

동주는 황 무당에게서 시선을 돌리며 물었다.

"경운기에 싣고 온 것들 좀 내려줘. 마당에 펼쳐놓고 굿판을 벌여야 하니까."

"알겠습니다."

동주는 의자를 내려놓고 바깥으로 나갔다. 마당에는 경운기두 대가 서 있었다. 경운기마다 북이며 징, 돗자리, 깃발 같은 도구들이 잔뜩 실려 있었다. 제일 눈길을 끄는 건 날개를 끈으로 묶어 짐칸에 매달아둔 닭 한 마리였다. 시뻘건 벼슬을 자랑하는 닭은 꽤 컸고 발톱도 날카로웠다. 그것이 무색하게도 닭은 자신의 운명을 예감한 듯 조용히 널브러져 있었다.

"자, 어서 내리자고."

또 다른 노인이 동주에게 목장갑을 건네며 말했다.

"지금 시체가 이리 오고 있습니까?"

"그렇다던데? 뭍에서 관광인지 뭔지 온 그 젊은 여자가 괜한 짓만 하지 않았어도 이런 고생은 안 하는데. 쯧쯧."

노인은 그렇게 중얼거리며 경운기로 다가갔다. 동주는 태양호에서 만났던 화장기 없던 말간 얼굴의 여자를 떠올렸다. 짧은 머리카락을 질끈 묶은 모습도, 수수한 등산복 차림도 여자의 분위기와 무척 잘 어울렸다. 그러고 보니 이름을 몰랐다. 시체를 처음 발견한 게 그 여자라면 크게 놀랐겠구나 싶었다. 동주도 마찬가지였다. 처음 익사체를 봤을 때는 이틀 동안 잠을 이루지 못했다. 눈만 감으면 물에 퉁퉁 불은 시체가 얼굴을 들이미는 것 같았기 때문이었다.

"돗자리부터 깔아. 천막은 그 뒤에 치면 돼."

노인들은 분주히 움직였다.

"제가 내릴게요."

동주는 딴생각에서 벗어나 경운기로 달려갔다. 그때였다.

"칼!"

황 무당의 서슬 퍼런 외침이 들렸다. 동주는 멈춰 서서 뒤를 돌아봤다. 치렁거리던 머리카락을 어느새 단정하게 묶은 황 무당이 동주 옆을 성큼성큼 지나쳐 경운기로 향했다.

"칼부터 줘. 그래야 날을 세우지!"

그 기세에 놀랐는지 노인 한 명이 서둘러 칼을 건넸다. 여느 굿판에서 쓰는 가짜 칼이 아니었다. 퍼렇게 날이 선 진검이었다. 햇살이 닿자 칼날은 불길하게 번쩍였다. 동주는 그걸 보며 황 무당의 눈빛이 칼날과 무척 닮았다는 생각을 했다.

굿판이 벌어졌다. 망자의 혼을 달래는 지노귀굿이라 했다. 원래라면 더 거하게 해야 할 것을 경황이 없어 간소하게 치르는 것이라고, 사람들이 수군거렸다.

"제대로 준비도 못 했는데 굿이 되려나?"

"그럼 어째? 이대로 마을회관에 뒀다가 흉사라도 생기면?"

"다들 조용히 좀 해. 황 무당이 알아서 하겠지."

동주는 멀뚱히 서서 굿이 시작되는 걸 지켜봤다. 굿판이 깔리기까지는 한 시간도 안 걸렸다. 먼저 온 노인 셋은 능숙하게 움직였고 그사이 만철과 이장 그리고 시체를 실은 트럭이 도착했다. 시체는 어창에서나 쓸 법한 퍼런 비닐에 아무렇게나 싸여 있었다. 그걸 본 동주가 한마디 하려고 하자 만철은 대번에 손을 들어 막았다.

"굿 끝날 때까지는 입 다물고 있어. 나중에 내가 다 설명해줄 테니."

시체는 마을회관 주방에 자리한 커다란 냉동고로 옮겨졌다. 동주는 비닐 밖으로 비죽 나온 퉁퉁 불은 손밖에 보지 못했다. 동주는 만철에게 슬쩍 물었다.

"그럼 지원 요청은 제가 할까요?"

"그것도 내가 알아서 할 테니 생활지도나 신경 써. 어차피 사람들 모아야 하는데 잘됐네, 뭐. 굿 끝나고 하자고."

마을회관 마당은 굿을 보러 모여든 사람들로 붐볐다. 불귀도 사람 대부분이 모인 것 같았다. 동주는 그들 사이에서 그 여자를 발견했다. 시체를 처음 발견했다는 뭍에서 온 여자. 여자는 겁에 질린 것처럼 보였다. 잘 여문 열매 같은 큰 눈동자가 불안한 듯 이리저리 움직이고 있었다.

"날씨도 꾸물꾸물한데 지노귀굿을 하게 생겼네. 어휴."

"근데 황 무당이 굿을 할 수 있는 상태긴 해?"

"또 모르지. 회까닥한 것 같아도 신령님 모실 때는 또 용하게 변하니까."

딸랑딸랑.

사람들은 연신 입을 대다가 황 무당이 방울을 흔들자 조용해졌다. 신복으로 갈아입은 황 무당은 점점 빠르게 칠성방울을 흔들었다. 한 손에는 부채를 들고 있었다. 악사로 동원된 노인 둘이 방울의 울림에 맞춰 장구와 징을 쳤다. 방울 소리는 끝을 모르고 커졌다. 동시에 황 무당이 제자리에서 뛰기 시작했다. 무릎도 거의 굽히지 않는데 텅텅 잘도 뛰어올랐다. 그때마다 옷자락이 펄럭거렸다. 타악기의 장단도 점점 빨라졌다. 방울 소리, 장구 소리 그리고 징 소리가 신경을 자극하며 구름이 낮게 깔린 하늘 위로 울려 퍼졌다. 황 무당은 알아들을 수 없는 말을 빠르게 중얼거렸다.

우르르.

다시 천둥이 쳤다. 이번 천둥은 쉽게 물러가지 않았다. 긴 꼬리를 남기며 불귀도 상공을 휘감았다. 동주도 고개를 들었다.

먹구름은 어느새 지척으로 다가와 있었다. 얼굴에 닿는 바람의 세기가 달랐다. 된바람이 불기 시작한 모양이었다.

"피가 필요하다신다!"

황 무당의 외침에 동주는 다시 굿판으로 시선을 돌렸다. 흰옷 입은 노인이 허리를 잔뜩 숙인 채 굿판으로 들어갔다. 그는 닭 모가지를 틀어쥐고 있었다. 황 무당은 방울과 부채를 집어 던지는가 싶더니 곧 노인에게서 닭을 뺏어 들었다. 그러고는 오른손을 내밀었다. 또 다른 노인이 달려 나와 칼을 쥐여주었다. 닭은 최후의 발악이라도 하듯 그제야 퍼덕거리기 시작했다. 황 무당은 가차 없었다. 매서운 눈빛으로 닭을 노려보더니 그대로 목을 잘라버렸다.

닭은 목이 잘린 채로 날갯짓하며 황 무당 주위를 맴돌았다. 황 무당이 그 닭을 냉큼 잡아서 마당 곳곳에 피를 뿌렸다. 시뻘건 닭 피가 뜨거운 기운과 함께 쏟아졌다.

"여기 피가 그득하니 부디 원귀는 되지 말고……."

황 무당이 다시 목소리를 높여 외치기 시작한 바로 그때였다.

한 줄기 강풍이 불더니 단단히 매어놓은 천막이 뒤집혔다. 굿상 위의 음식이며 물건들도 바닥에 뒹굴었다.

사람들이 놀라서 허둥댔다. 악사들도 연주를 멈췄다. 오직 황 무당만이 누가 강제로 끈을 당기기라도 하는 것처럼 제자리에서 텅텅 뛰고 있었다.

'위험하다!'

동주는 황 무당을 보며 불길함을 느꼈다. 황 무당은 허옇게 눈이 뒤집힌 채 게거품을 물고 있었다. 게다가 몸을 부들부들 떨기까지 했다. 사람들도 황 무당의 이상을 알아챘는지 불안한 표정으로 웅성거렸다.

"뭔가 이상한데요?"

동주가 만철에게 말한 순간 황 무당이 시커먼 물을 토했다.

한참 토하던 황 무당이 고개를 홱 돌려 사람들을 노려봤다. 그러고는 곱게 묶어 비녀까지 꽂았던 머리카락을 한 번에 풀어 버렸다. 허리까지 내려오는 검은 머리카락이 바람에 날려 하늘 위로 솟구쳤다. 황 무당은 그 상태로 외쳤다.

"산발귀가 온다!"

사람들이 일제히 숨을 삼켰다. 황 무당은 죽은 닭을 들고 온몸에 피 칠갑하며 깔깔 웃었다.

"산발귀가…… 산발귀가 돌아와 외친다!"

황 무당에게서는 도저히 여자의 것이라 할 수 없는 굵은 목소리가 흘러나왔다.

"불귀도에 발을 들여놓은 자……."

황 무당이 거기까지 말했을 때 누군가가 이장을 부르며 마을 회관으로 달려왔다.

"이장님! 이장님!"

그때 황 무당이 쩌렁쩌렁 울리는 남자 목소리로 소리쳤다.

"……피를 토하고 죽으리라!"

사람들이 아무런 소리도 내지 못하고 얼어붙어 있는 사이, 이장을 부르며 달려온 사람이 절규하듯 외쳤다.

"주인님이…… 주인님이 돌아가셨습니다!"

*

비가 쏟아졌다. 풀이 눕고 나무가 휘청거릴 정도의 강풍이 몰아쳤다. 굵은 빗줄기는 사선으로 내리그었다. 큰길 양옆의 흙으로 된 곳들이 움푹움푹 패였다. 순식간에 물웅덩이가 생겨나고 거기서 넘친 물이 포장도로를 덮쳤다. 다급하게 우산을 챙겨 온 이들도 우산이 뒤집혀 흠뻑 젖었다. 어느새 엄습해 온 먹구름이 불귀도 전체를 내리누르고 있었다. 바다와 땅의 경계가 흐릿해졌다. 온통 물바다였다.

유선은 비를 가릴 방도가 없다는 걸 깨닫고는 우산도 없이 사람들 뒤를 쫓아 달리기 시작했다. 이장과 경찰들은 먼저 차를 타고 가버렸다. 불귀도 사람들은 마을회관을 벗어나 염전 쪽으로 몰려갔다. '주인님이 돌아가셨다'는 소식을 전하러 온 남자가 마지막으로 한 말을 유선도 기억했다.

"옛날 소금창고에서 목을 매신 채로……."

허둥지둥 달리던 몇 사람은 빗물에 미끄러지기도 했다. 그런 이들을 비웃듯 바람이 미친 듯이 불어닥쳤다.

"일어나세요."

유선은 넘어진 노인들을 일으켜 세웠다. 허리가 굽은 노파 한 명은 일어나자마자 다시 달렸다. 비틀거리면서도 달리기를 멈추지 않는 사람들을 보자 유선은 조금 오싹했다. 거대한 공포와 광기가 불귀도 전체를 휘돌고 있는 것 같았다. 그 두 개의 채찍이 노인들에게 쉬지 말고 달리라고 명령하는 게 아닐까, 하고 유선은 생각했다.

노인들은 점점 뒤처졌다. 유선은 성큼성큼 달려 나갔다. 소금 창고가 어디인지 알고 있었기에 망설임이 없었다. 그사이 빗줄기는 더 굵어져 눈앞이 잘 보이지 않을 정도로 쏟아졌다. 비가 내리기 시작한 타이밍이 얄궂었다. 누군가가 죽음을 알려 온 바로 그 순간부터 퍼붓기 시작했으니.

유선은 한참을 더 달려 염전에 도착했다. 저 멀리 휘날리는 빗줄기 사이로 몇 시간 전에 갇혔던 소금창고가 보였다. 창고 앞에는 트럭과 오토바이, 경운기들이 어지럽게 서 있었다. 유선은 속도를 늦추고 숨을 골랐다. 흠뻑 젖은 몸에서 열기가 피어올랐다. 숨을 몰아쉴 때마다 짠맛이 느껴졌다. 불귀도 자체가 바닷속에 가라앉은 것 같았다.

유선은 흰색 머리카락을 도인처럼 기른, 주인이라 불리는 그 노인을 떠올렸다. 마을을 누비던 모습이 생생했다. 만약 유현이 불귀도에 있다면 그 사정 역시 노인이 잘 알 것이라고 생각했다. 그랬는데 그자가 죽었다. 유선은 직접 눈으로 확인하고 싶었다.

"아이고!"

"주인님, 주인님!"

"이게 대체 무슨 일이래, 응?"

소금창고에 가까이 다가갈수록 사람들의 외침이 또렷이 들렸다. 휘몰아치는 폭풍우도 비명에 가까운 그 소리를 막지는 못했다. 유선은 숨을 고르며 다가갔다. 창고 앞에 모여 있는 사람들 사이로 낯익은 뒷모습이 언뜻 보였다.

납작한 뒤통수에 구부정한 어깨…… 유현이었다.

유선은 사람들 사이를 비집고 들어갔다. 뒤에 서 있을 때는 분명 보였는데 늘어선 사람들을 헤치다가 놓치고 말았다. 유현은 보이지 않았다.

"이게 도대체 무슨 일입니까, 이장님? 두만 주인님이……."

안에서 만철의 목소리가 들렸다.

유선은 혹시나 해서 창고 안으로 고개를 들이밀었다. 거기에 주인님이라 불리는 남자, 박두만이 매달려 있었다.

두만의 목을 옭아맨 밧줄은 대들보에 묶여 있었다. 두만은 축 늘어진 부대 같았다. 단정하게 묶였던 머리카락은 다 풀려서 산발이 되어 있고, 머리카락 사이로 채 감지 못한 허연 눈이 보였다. 완전히 돌아간 눈은 흰자위만 남아 있었다. 입 밖으로 길게 쏟아져 나온 혀는 반쯤 잘렸고, 그 탓에 턱 아래로는 완전히 피범벅이었다. 마르지 않은 피가 바닥으로 뚝뚝 떨어졌다. 끔찍하고 처참한 몰골 앞에서 유선은 고개를 돌릴 수밖에 없었다.

그 순간 어두운 소금창고 한쪽 벽에 적힌 글자가 눈에 들어왔다. 피로 휘갈겨 쓴 듯 보이는 붉은색 글귀였다.

—불귀도에 발을 들여놓은 자, 피를 토하고 죽으리라!

유선은 그 글귀를 들여다보는 동주를 발견했다. 동주는 심각한 표정으로 입을 꾹 다물고 있었다. 벽에 적힌 글귀는 무당이 했던 말과 똑같았다.

"뭣들 해? 어서 아버님부터 내리지 않고!"

거식의 외침에 유선은 시체 쪽으로 다시 고개를 돌렸다. 거식은 허옇게 질린 얼굴이었지만 눈빛만큼은 형형했다. 유선은 거식의 얼굴에서 어떤 감정도 읽어내지 못했다.

"알겠습니다."

거식의 호령에 만철이 매달린 시체를 향해 다가갔다.

"안 됩니다!"

뒤에서 들린 단호한 목소리에 만철과 이장이 고개를 돌렸다. 유선도 뒤를 바라봤다. 비옷을 입은 정우가 카메라를 들고 서 있었다. 모자에서 빗물이 떨어져 내렸다. 안경에 김이 서린 탓에 날카롭던 인상이 약간은 흐릿하게 보였다. 사람들이 비켜서자 정우가 창고 안으로 들어왔다.

"뭡니까?"

만철이 따지듯 물었다.

"사건 현장이지 않습니까? 함부로 훼손하면 안 되죠."

정우의 말에 만철의 표정이 뒤틀렸다.

"방송국 피디님이라 하셨죠? 방송국 일이야 모르겠지만 이런 상황이라면 내가 전문갑니다. 경찰이 알아서 할 테니 조용히 하고 계세요. 안 그래도 정신없어 죽겠는데."

세찬 바람이 소금창고를 흔들고 지나갔다. 빗줄기가 지붕을 때리면서 다다다, 하는 소리가 들렸다.

"그냥 자살이 아니지 않습니까?"

정우가 다시 외쳤다. 순간 사람들의 입이 한 번에 다물렸다. 거식이 정우를 똑바로 노려봤다. 만철의 얼굴에는 당황한 표정이 떠올랐다. 유선은 옆에 선 정우에게 슬쩍 시선을 던졌다. 안경 너머 정우의 두 눈은 차분하게 가라앉아 있었다. 목소리를 높이기는 했지만 정우는 흥분한 기색이 없었다. 달아오른 쪽은 만철이었다.

"그런 걸 그쪽이 왜 판단합니까? 자살이 아니면?"

만철이 정우를 향해 삿대질까지 하며 물었다.

"살인이죠."

정우의 대답은 간단했다.

"살인이라고요? 왜 그렇게 생각합니까?"

이번에는 거식이 물었다. 거식은 만철에 비해서는 침착한 편이었다. 그럼에도 목소리에 깃든 적개심을 숨기지는 못했다. 분명히 가시가 돋쳐 있었다.

"돌아가신 분이 이장님의 아버지이신 거죠?"

정우의 물음에 이장은 말없이 고개를 끄덕였다.

"아버님께서 자살할 이유라도 있었습니까?"

"그런 건 여기서 말하는 게 적절치 않아 보이지만 이거 한 가지는 말씀드릴 수 있습니다. 저도 아버지의 속을 다 아는 건 아니었습니다. 아버지께서는 한평생 불귀도를 이끌면서 많은 고충과……."

"자살은 물리적으로 불가능합니다."

못을 박듯 말하는 정우를 향해 거식은 이번에야말로 불쾌하다는 표정을 지어 보였다. 거식의 눈치를 살피던 만철이 재빨리 끼어들었다.

"그게 무슨 소립니까? 목을 매달아 죽은 게 확실한데 물리적으로 불가능하다니."

"그럼 이 글귀도 자살하기 전에 쓴 걸까요?"

여태 가만히 있던 동주가 불쑥 입을 열었다. 만철은 동주를 노려보며 말했다.

"넌 또 무슨 소리야? 그거야 충분히 가능한 일이지."

"아니요. 힘들 것 같은데요."

참다못한 유선이 끼어들었다. 모두 유선을 바라봤다. 그때까지 구석에 서서 상황만 살피던 강두가 불만 섞인 목소리로 한마디를 툭 뱉었다.

"외지인들 아니랄까 봐 쓸데없이 혀가 기네."

유선은 강두 말을 무시한 채 만철을 보고 이야기했다.

"저 글귀는 분명히 피로 쓴 것 같은데 돌아가신 분 손가락에는 피가 묻어 있지 않잖아요. 주위에 다른 도구도 안 보이고."

"그, 그건……."

만철은 벌겋게 달아오른 얼굴로 말을 더듬었다.

"제가 살인이라 말하는 것도 마찬가지 이유입니다."

정우가 말했다.

"그 이유, 말씀해보세요."

동주가 말하자 정우는 대들보를 가리켰다.

"저 대들보 높이는 척 보기에도 2미터, 아니 3미터가 훌쩍 넘습니다. 그런데 여기엔 대들보에 줄을 묶을 만한 도구도, 밟고 올라갈 물건도 없습니다. 돌아가신 분이 초인적인 힘을 발휘해 3미터 높이의 대들보에 줄을 묶었다고 쳐도, 이후에 목을 맬 방법이 전혀 없는 겁니다. 이래도 살인이 아니라는 겁니까?"

누구도 입을 떼지 않았다. 창고 안은 불길한 침묵에 휩싸였다.

"살인이라고? 하지만 누가?"

거식이 텅 빈 눈으로 중얼거렸다.

"용의자라면 불귀도 사람 전부겠죠. 섬에서 아무도 들고 나지 못했으니까."

정우가 말했다.

"잠깐! 살인이라는 말도, 용의자라는 말도 아무렇게나 쓰는 거 아닙니다. 일단 여러 방향으로 조사해보긴 하겠지만……."

만철은 거식의 눈치를 살피며 말끝을 흐렸다.

"어이, 피디 양반. 나는 오늘 불귀도에 처음 온 당신들이 제일 의심스러운데?"

강두가 정우와 유선을 가리켰다.

"그렇게 따지면 저도 용의자가 되겠네요."

동주가 유선과 정우 옆에 와서 섰다.

"넌 또 왜 설쳐? 가만히 좀 있어. 머리 아프잖아!"

만철이 소리쳤다.

"그만큼 누구나 용의자가 될 수 있다는 걸 말한 겁니다. 지금 불귀도는 밀실이나 다름없으니까요."

동주의 말에 만철은 곤혹스러운 표정을 지었다.

"알아서 처리들 하지."

거식은 머리를 저으며 창고 밖으로 나갔다. 강두가 곧장 뒤를 따랐다. 이장이 자리를 뜨자 사람들도 하나둘 흩어지기 시작했다.

만철은 긴 한숨을 토해낸 뒤 동주에게 말했다.

"보고는 내가 할 테니까 일단 여기 잘 보존해."

그 순간 사람들 사이에서 비명이 들려왔다. 온몸에 닭 피를 뒤집어쓴 황 무당이 불쑥 모습을 드러냈다. 그러더니 실성한 듯 웃기 시작했다.

"깔깔깔."

신경을 자극하는 웃음에 유선은 머리가 아파왔다. 황 무당은 춤을 추듯 창고 안을 휘돌더니 곧 두만의 시체 앞에 털썩 주저앉았다. 그러고는 울기 시작했다. 꺼억. 꺼억. 속에 것을 모조리 토해내는 게 아닌가 싶을 정도로 격한 울음, 그야말로 곡성(哭聲)이었다.

"으아아! 으아아!"

울음의 마디마디마다 비통한 절규가 뒤따랐고, 황 무당의 가느다란 목에 핏대가 툭툭 불거졌다. 머리카락을 풀어 헤친 무당이 허공에 매달린 시체 앞에서 곡을 해대는 모습은 그 자체로 섬뜩했다. 유선은 물론이고 남아 있던 사람들 모두 황 무당의 기세에 압도당해 움직일 생각을 못 했다. 결국 황 무당을 향해 다가간 이는 동주였다.

"저…… 이제 그만 나가셔야 합니다."

동주가 말하자 황 무당이 고개를 돌려 노려봤다. 황 무당은 동주를 시작으로 만철, 정우 그리고 유선에게 날카로운 시선을 던졌다. 유선은 그 눈빛에서 광기를 느꼈다. 황 무당은 천천히 일어났다. 그런 뒤 고개를 까딱거리고는 싱긋 웃었다. 조금 전의 울음은 물론이고 처음 나타났을 때의 웃음과도 달랐다.

"내가 무서운 이야기 해줄까?"

황 무당의 목소리와 말투가 어린아이처럼 바뀌었다. 유선은 주위를 살폈다. 사람들 표정은 완전히 굳어 있었다. 황 무당이 무슨 말을 하려는지 아는 것 같았다.

"산발귀가 왔어."

황 무당은 웃었다. 키득키득. 어깨까지 들썩이며 웃던 황 무당이 다시 돌변한 것은 찰나였다.

"산발귀가 왔다!"

그는 소금창고가 떠나갈 듯 소리를 지르더니 누가 말릴 새도 없이 다시 밖으로 달려 나갔다.

"깔깔깔."

비바람 소리에 섞여 황 무당의 웃음이 긴 꼬리를 남기며 멀어졌다. 사람들은 그제야 움직이기 시작했다.

"가, 가야겠어."

"빨리 돌아들 갑시다."

"산발귀라니 무슨 말도 안 되는……."

몇 명이 떨리는 목소리로 말했을 뿐 대부분은 침묵한 채 일사불란하게 흩어졌다. 잠시 후 창고에는 외지인 넷과 말 없는 시체 한 구만 남았다. 유선은 두만의 시체를 힐끔 본 후 만철에게 물었다.

"가도 되죠?"

"네? 네."

만철은 허둥지둥 대답했다. 그는 아까부터 멍하게 정신을 빼놓고 있는 것 같았다. 게다가 겁에 질린 표정이었다.

"함부로 돌아다니시면 안 됩니다. 이런 말씀 드리기 뭐하지만 두 분 역시 용의자라…….."

"바다장에 있을 거예요. 다른 데 갈 수도 없잖아요."

유선의 말에 동주는 바로 동의했다.

"그렇긴 하죠."

핸드폰을 꺼내 들여다보던 정우가 입을 열었다.

"전화가 안 돼요."

"원래 이 창고에서는 신호가 안 잡히더라고요."

유선의 말에 정우는 고개를 갸우뚱했다.

"아뇨. 창고에 오기 전에도 이랬어요. 현정이한테 연락하려고 했는데……."

"현정 씨는 굿에 관심이 없다며 바다장에 남아 있겠다고 했어요."

유선은 기억을 떠올리며 말했다.

"그렇다면 다행인데 왠지 마음에 걸려서요."

"그럼 빨리 가보죠."

유선은 먼저 돌아섰다. 그때 동주가 유선을 불렀다.

"저…… 성함을 알 수 있을까요? 그쪽 피디님도요."

"하유선이라고 해요."

"권정우입니다."

동주는 알겠다는 듯 고개를 끄덕했다.

"나중에 바다장으로 가겠습니다. 궁금한 것도 있고."

"네."

유선은 창고 밖으로 나갔다. 폭풍은 한층 거세졌다. 그럼에도 절정에 다다르려면 한참 남은 것 같았다. 불귀도를 내리누르고 있는 먹구름의 크기가 어마어마했다.

"이거 드릴까요?"

자기가 입은 비옷을 가리키며 묻는 정우에게 유선은 고개를 저어 보였다.

"아뇨. 이미 다 젖은걸요. 그냥 뛸게요."

유선은 정우를 뒤로하고 먼저 달렸다. 염전에는 바닷물인지 빗물인지 모를 것들이 잔뜩 고여 있었다. 그걸 보자 유현이 떠올랐다. 반나절 사이 충격적인 사건이 연달아 터진 탓에 동생을 찾겠다는 애초의 계획이 틀어졌다. 답답하고 초조했다. 어디서부터 유현을 찾아야 할지 막막했다. 이렇게 폭풍이 몰아치는 날씨에, 거기다가 살인자가 돌아다닐지도 모르는 상황에서 혼자 움직이는 것도 부담이 컸다.

아까의 소동 속에서 유현을 본 것은 착각이었을까? 염전에서 다리를 절뚝이며 걷던 그 사람 역시 잘못 본 것일까? 동생이 사라진 후 비슷한 체형과 비슷한 또래, 비슷한 몸짓을 하는 사람을 보고 유현으로 착각한 것이 한두 번이 아니었다.

유현은 지적장애 1급과 2급의 경계에 있었다. 아이큐는 35가 채 안 되는 수준이었다. 그럼에도 어느 정도 의사소통은 가능했고 훈련을 하면 간단한 일 정도는 혼자 할 수 있었다. 게다가 유현은 가끔 놀라울 정도로 총명한 모습을 보일 때가 있었다. 아주 예전 일을 똑똑히 기억해내는가 하면, 생각지도 못한 방식으로 문제를 해결해 가족을 깜짝 놀라게 만들기도 했다. 그중 유선의 기억에 가장 강렬히 남아 있는 건 텔레비전 사건이었다.

3년 전 일이었다. 텔레비전이 고장 났다. 워낙 오래 썼던 터라 유선은 물론이고 엄마도 별 미련이 없었다. 불만을 가진 건 텔레비전을 끼고 살았던 유현뿐이었다. 내일 새걸로 사자고 해도 좀처럼 텔레비전 앞에서 떠날 줄을 몰랐다. 다음 날 아침 거실로 나온 유선은 멀쩡히 잘 나오는 텔레비전을 볼 수 있었다. 대신 텔레비전의 뒤쪽 패널이 훤히 드러난 상태였고, 그 앞에는 유현이 드라이버를 꼭 쥔 채 잠들어 있었다. 유현은 어떻게 고쳤는지 설명하지 못했다. 유선도 직접 보지 않았다면 믿지 못했을 것이다. 그런 비슷한 일이 몇 번 더 있었다.

바다장에 도착한 유선은 숨을 크게 내쉬었다. 수영을 그만둔 뒤로 이렇게 격렬한 운동을 한 건 오늘이 처음이었다. 거기다가 흠뻑 젖은 탓에 몸이 무거웠다.

"엄청 잘 달리시네요."

뒤에서 정우 목소리가 들려 고개를 돌렸다. 정우는 헐떡이고 있었지만 카메라까지 들고서 제법 잘 쫓아왔다. 두 사람은 함께 안으로 들어갔다. 주인 여자가 카운터에서 고개를 쑥 내밀었다.

"이장 아버지가 죽었다며?"

섬사람 중 두만을 두고 주인님이라 부르지 않는 사람은 처음이었다. 유선은 정우를 슬쩍 본 후 주인 여자에게 말했다.

"지금 거기서 오는 길이에요."

"난리겠네, 난리겠어."

말은 그렇게 했지만 주인 여자는 딱히 신경 쓰는 것 같지 않았다.

"그럼 가볼게요."

유선이 말하자 주인 여자는 혀를 끌끌 찼다.

"기껏 뭍에서 왔는데 험한 꼴이나 보고 안됐네. 거기다 여기에 꼼짝없이 묶여 있게 생겼으니."

"역시 폭풍 때문에 배가 못 오는 겁니까?"

정우가 물었다.

"나도 라디오만 듣고 있는데 바다가 잠잠해지려면 사흘은 있어야 하나 봐. 핸드폰도 안 터지고 갑갑해 미치겠어."

"이렇게 고립되는 경우가 자주 있습니까?"

"그거야 뭐, 섬이니까 가끔 있는데 핸드폰까지 안 되는 건 불귀도 오고 나서 처음이야."

"사장님은 그럼 불귀도 분이 아니세요?"

이번에는 유선이 물었다.

"난 뭍에서 왔지. 영감 하나 잘못 만나서 멋모르고 여기 들어오는 바람에 그냥 눌러앉게 된 거야. 그것도 뭐, 까마득한 옛날 일이긴 하지. 정작 영감은 일찍 죽어버리고, 난 이렇게 할마씨가 됐고."

"혹시 나중에 뭐 궁금한 거 있으면 더 여쭤봐도 될까요?"

"아이고. 아가씨가 궁금한 게 많나 보네. 그럼 아무거나 다 물어봐."

깐깐해 보였던 첫인상과 달리 주인 여자는 웃으며 말했다. 유선은 고개를 숙여 보인 후 계단을 올랐다. 정우도 유선의 뒤를 따랐다. 밑에서 주인 여자 목소리가 들렸다.

"다들 날 여관댁이라고 불러. 호텔댁이었으면 좋았겠지만."

"재미있는 분이네요."

정우가 속삭이듯 말했다. 날카로움은 사라지고 소년 같은 표정이 떠올랐다. 유선은 어느 쪽이 정우의 본모습인지 궁금했다. 어쩌면 둘 다일지도 몰랐다. 인간은 누구나 양면성을 지니고 있

103

으니. 유선이 단단하고 차가운 유리 같은 가면을 쓰고 있는 것처럼.

방으로 돌아온 유선은 욕실에 들어갔다. 김이 피어오를 정도의 뜨거운 물줄기 아래 서 있으니 조금 살 것 같았다. 수건으로 대충 몸의 물기를 닦고 머리카락은 그냥 손으로 털어 말렸다. 노곤해서 이대로 누워 한숨 자면 좋겠다 싶었다. 죽은 두만의 모습이 잔상처럼 남아 있었지만 피로감이 훨씬 강했다. 좀 쉬어야 머리가 돌아가고, 그래야 유현의 일도 불귀도에서 벌어진 사건에 대해서도 생각해볼 수 있을 것 같았다.

유선은 커튼을 칠 생각으로 창가로 다가갔다. 그때 창밖으로 뭔가가 보였다. 비가 너무 강하게 퍼부어 확실히 알아볼 수는 없었지만 흰색 옷을 입은 사람 같았다. 그 사람은 아무렇게나 늘어뜨린 긴 머리카락을 너풀거리면서 한쪽 다리를 절면서 걷고 있었다. 절뚝절뚝보다는 스윽스윽에 가까운 걸음걸이였다.

'여자? 아니면 남자?'

유선이 유심히 내려다보려는 찰나 노크 소리가 났다. 뒤이어 정우 목소리가 들렸다.

"유선 씨, 유선 씨."

"왜 그러시죠?"

"현정이가 사라졌습니다. 혹시 못 보셨습니까?"

"잠깐만요."

유선은 급히 옷을 입고 문을 열었다. 정우가 상기된 표정으로 서 있었다.

"방문을 아무리 두드려도 대답이 없기에 열쇠를 받아서 들어갔더니 비어 있었습니다."

"같이 가봐요."

유선은 슬리퍼를 신고 복도로 나갔다.

"현정이는 이 빗속에 어딜 돌아다닐 스타일이 아닙니다. 혹시나 해서 카운터에 물어봤는데 나가는 걸 보지는 못했답니다."

두 사람은 방문이 활짝 열린 현정의 방으로 들어갔다. 정우의 말 그대로 방은 텅 비어 있었다. 트렁크도, 헝클어진 침대도 그대로였다.

"화장실에는 가봤어요?"

"아니요."

"현정 씨."

유선은 현정을 부르며 화장실 문을 열었다. 현정은 보이지 않았다. 대신 바닥에 널브러져 있는 무언가가 시선을 끌었다. 천천히 다가갔다.

"뭡니까?"

"머리카락 같은데요."

축축하게 젖은 머리카락들은 금방이라도 꿈틀거릴 것처럼 뭉쳐 있었다. 그것은 현정의 머리카락이라기에는 지나치게 길고 검었다.

*

동주가 바다장에 온 것은 날이 저문 뒤였다. 폭풍우는 계속 몰아쳤다. 파도는 희번덕거리는 눈을 부라리며 방파제를 넘어 왔다. 여관댁이 유리창마다 테이프를 붙여놓았지만 바람이 조금만 더 세게 불어도 창문째로 뜯겨 나갈 것 같았다. 비행기가 이륙할 때나 날 법한 굉음이 들렸다.

동주는 흠뻑 젖은 채였다.

"우산을 써도 소용없었어요."

수건으로 머리카락의 물기를 닦으며 동주가 말했다.

"용케 안 날아가고 오셨네."

여관댁의 말에 동주는 슬쩍 웃었다.

"배가 불렀거든요. 욕을 하도 많이 먹어서."

"여기서 잘 거면 내가 방 하나 드릴게. 어차피 지금 이장 집에 가봐야 너무 늦었을 거고."

"감사합니다. 방값은 경비로 처리하겠습니다."

동주는 고개를 꾸벅 숙였다.

"그럼 또 욕이나 먹겠지."

여관댁은 흐흐 웃었다.

유선, 정우, 동주와 여관댁은 현정의 방에 모였다. 정우가 전후 사정을 설명하기 위해 동주를 데려왔고, 여관댁은 여분의 수건을 가지고 올라왔다가 합류한 것이었다.

"현정 씨가 어디로 갔는지 전혀 짚이는 게 없습니까?"

동주가 정우에게 물었다.

"네, 이런 날씨에 어디 돌아다닐 스타일이 아니거든요."

"이 두 사람한테도 말했지만 나도 나가는 걸 못 봤어."

여관댁이 끼어들었다.

"사장님께서는 계속 카운터를 지키셨습니까?"

동주의 물음에 여관댁은 고개를 저었다.

"아니. 그건 아니야. 화장실도 다녀오고 했으니까."

동주는 새삼 현정의 방을 둘러보며 말했다.

"물건은 그대롭니다. 누가 짐을 뒤진 흔적도 없어요. 현정 씨와 핸드폰만 사라졌습니다."

"그럼 현장에 남아 있는 건 역시……."

"머리카락뿐이죠."

정우가 말하자 유선이 입을 열었다. 그 길고 시커먼 머리카락은 여전히 화장실 바닥에 놓여 있었다. 동주도 그것을 확인했다.

"알겠습니다. 일단 조 경사님께 보고한 후 수색대를 꾸릴 수 있는지 확인해보겠습니다."

"이 날씨에, 그 사건까지 터졌는데 여기 사람들이 잘도 도와주겠네.”

여관댁의 말에 누구도 반박하지 못했다. 제법 긴 침묵을 깬 사람은 정우였다.

“그럼 저라도 근처를 둘러보겠습니다.”

“그건 안 돼요. 너무 위험해요.”

유선이 말했다.

“맞습니다. 혼자 돌아다닐 순 없어요. 아니, 우리 셋도 위험해요. 주민들 도움을 받지 않는 이상 지금 당장 수색은 불가능합니다.”

동주도 거들었다. 정우는 초조한 듯 안경을 만지작거렸다. 유선은 잠시 망설이다가 입을 열었다.

“사실은 뭔가, 아니 누군가를 봤어요.”

“언제요?”

“누구를?”

정우와 동주가 차례로 물었다.

“피디님이 제 방문을 두드리기 바로 전이었어요. 창밖으로 누군가가 걸어가는 걸 봤는데…… 이상했어요.”

유선은 그러면서 자기가 본 사람의 모습을 설명했다. 길게 늘어뜨린 머리카락과 한쪽 다리를 질질 끌던 걸음걸이까지. 이야기를 듣던 동주의 표정이 묘하게 일그러졌다. 유선은 그가 뭘 떠올렸는지 알 것 같았다. 아니나 다를까, 동주는 유선의 말이 끝나자 조용히 중얼거렸다.

"산발귀의 형상과 흡사하네요."

"그 산발귀라는 게 도대체 뭐죠? 동주 씨는 아세요?"

유선이 묻자 동주는 난처하다는 듯 웃었다.

"글쎄요. 저도 여기 와서 처음 들었습니다. 궁금해서 사람들한 테 물어봤더니 다들 비슷한 이야기를 해주더군요. 머리카락을 산발한 채 흰옷을 입고 다리를 절며 돌아다니는 귀신이라고."

"이 섬에서 내려오는 일종의 전설 같은 거 아닐까요?"

정우의 말이 떨어지기 무섭게 여관댁이 말했다.

"산발귀는 진짜야."

유선은 여관댁을 돌아봤다. 얼굴엔 핏기가 사라져 허옇게 변 하고 눈빛이 심하게 흔들렸다. 여유롭게 농담을 던지던 모습은 찾아볼 수 없었다.

"산발귀가 진짜라는 게 무슨 말씀입니까?"

이번에는 동주가 물었다.

"귀신이니 뭐니 하면 늙은이가 헛소리한다고 생각하겠지만 이 말은 명심해서 들어. 산발귀는 누가 꾸며낸 이야기도 아니 고 섬 무지렁이들의 모자란 소리도 아니야. 그 귀신은 불귀도를 돌아다니지. 스윽스윽 다리를 끌면서. 산발귀를 본 사람이 한두 명이 아니야. 절대 그냥 무시하고 넘어갈 게 아니란 거지."

유선은 어두운 표정으로 자기 팔을 쓸어내리는 여관댁을 보며 의문을 품었다. 거짓말을 하는 것 같지는 않았다. 그는 진지했다. 그랬기에 유선은 더 이해할 수 없었다. 불과 몇 시간 전만 해도 섬사람들과 자신은 다른 것처럼 말하더니 지금은 산발귀가 진짜라며 경고하고 있었다.

"조금 더 자세히 설명해주시겠습니까?"

동주의 말이 끝나기 무섭게 여관댁은 대답 없이 복도로 나가 버렸다. 예상치 못한 반응이었다. 남은 세 사람은 서로를 멀뚱히 바라봤다.

"겁에 질린 것 같습니다."

정우가 입을 열었다.

"뭔가 깊은 사연이 있는 게 아닐까요?"

유선의 말에 동주도 동의한다는 듯 덧붙였다.

"그러지 않고서야 저런 반응을 보일 리 없을 것 같네요."

"이제 어쩌면 좋죠?"

유선이 다시 물었다.

"현정이를 찾아야 합니다."

정우가 대답했다. 그때 문이 벌컥 열리고 여관댁이 다시 들어왔다. 손에는 붉은색 바가지를 쥐고서.

"그건 뭡니까?"

여관댁은 동주의 물음에도 아랑곳하지 않고 바가지에서 뭔가를 꺼내더니 방문 앞에 뿌리기 시작했다. 굵은 소금이었다.

셋은 아무 말도 못 하고 여관댁을 바라만 봤다. 바가지 한가득 담아 온 굵은 소금을 다 뿌리고 나서야 여관댁은 입을 열었다.

"됐어. 이제 얘기해도 돼."

"뭘 하신 거예요?"

유선이 물었다.

"비방(祕方)이야. 이렇게 하면 귀신이 자기 이야기 하는 걸 못 듣지."

여관댁은 바가지를 든 채로 세 사람을 바라봤다. 누구 하나 먼저 입을 열지 않았다. 방 안에는 묘한 분위기가 감돌았다. 에어컨은 켜지도 않았는데 공기가 서늘했다.

"진심이군요."

유선은 자기도 모르게 중얼거렸다. 여관댁의 행동은 꾸며낸 것 같지 않았다. 산발귀라는 이질적인 존재가 실재한다고 믿기에 나오는 자연스러운 반응처럼 보였다. 거기까지 생각이 미치자 산발귀에 대한 의문이 더욱 커졌다. 도대체 어떤 존재이기에 이토록 거대하고 생생한 영향력을 미치는 걸까?

"내가 산발귀에 대해 아는 대로 이야기해줄 테니 새겨들어. 두 번은 말 안 할 거니까."

여관댁이 천천히 입을 뗐다. 세 사람은 동시에 고개를 끄덕했다. 때마침 번개가 내리긋고 천둥이 쳤다. 세상이 환하게 변한 찰나의 순간, 흉포한 바람에 미친 듯이 날뛰는 바다가 똑똑히 보였다. 유선은 새삼 불귀도에 갇혔다는 것을 실감했다.

지금은 해결되지 않은 일만 가득했다. 누가 박두만을 죽였는지, 왜 핸드폰이 안 되는 건지, 현정은 어디로 사라진 건지, 유현은 과연 이곳에 있는 건지, 그리고…… 산발귀는 무엇인지…….

"이 지랄맞은 섬이 조선시대에 귀양지였다는 건 다들 알 거야. 그때는 워낙 척박한 섬이라 양반들이 귀양 오는 족족 시름시름 앓다가 죽어서 불귀라는 이름이 붙었다지 뭐야. 그런데 어느 해 가을인가, 슬기롭고 어진 선비 한 명이 이곳으로 귀양 왔지. 그 선비 덕분에 불귀도 사람들은 병악산에서 맑은 물을 끌어다가 마음껏 사용할 수 있었고, 염전도 만들 수 있었지. 그러니까, 여기 염전은 조선시대 때부터 내려온 거야."

"알고 있습니다. 서해안에서는 가장 오래된 염전 중 하나죠."

여관댁의 말에 정우가 맞장구를 쳤다. 여관댁은 목을 한번 가다듬은 후 이야기를 이어갔다.

"그 선비 덕분에 불귀도는 아주 비옥하고 활기 넘치는 곳이 되었지. 당시 사람들이 선비를 따랐던 거야, 두말하면 잔소리고. 그런데 그 소문이 임금 귀에까지 들어갔어. 당연히 못마땅했고 임금은 선비를 죽이라 명했어. 문제는 여기서부터 생겼지. 당시 불귀도로 온 고약한 관리(官吏)가 섬사람들이 직접 선비를 죽이게 한 거야. 선비는 나무에 목을 매달아도 죽지 않았어. 결국 칼로 여러 번 목을 치고 나서야 숨을 거뒀는데 그때 선비가 말했대. 불귀도에 발을 들여놓은 자, 피를 토하고 죽을 거라고. 그 뒤에 진짜로 무슨 일이 벌어졌는지는 아무도 몰라. 다만 선비가 죽은 뒤 술자리를 가지던 뭍의 관리들이 죄다 피를 토하며 죽었다는 거야. 그제야 사람들은 안 거지. 그 선비가…… 귀신이 됐다는 걸. 그 후 이 섬에 화를 입히려는 자들이 들어오거나 누군가가 나쁜 마음을 먹으면 산발귀가 나타나는 거야. 상투가 잘려 산발을 한 머리카락으로 스윽스윽 다리를 끌며 돌아다니는, 산발귀가!"

여관댁은 거기까지 말하고 세 사람을 찬찬히 바라봤다. 한기를 느낀 유선은 팔뚝을 쓸어내렸다. 동주가 조용히 손을 들더니 낮은 목소리로 물었다.

"하지만 어디까지나 옛날이야긴데, 여기 사람들이 다들 산발귀를 믿는 이유가 뭡니까?"

유선도 동주와 같은 의문을 품었다. 섬뜩한 이야기고 실제로 그런 사건이 벌어졌을 수도 있지만 무려 조선시대의 일이다. 섬이 아무리 폐쇄적인 공간이라 해도 그 옛날의 이야기 속 귀신이 지금까지 공포의 대상이 된다는 건 납득하기 어려웠다.

"직접 봤거든."

여관댁은 무표정한 얼굴로 말했다.

"실제로 보셨다고요?"

동주가 되물었다.

"여기 사람들은 산발귀를 봤어. 물론 나도. 산발귀는 필요한 때에 반드시 나타나니까."

유선은 멍하니 입을 벌린 채 여관댁을 쳐다볼 수밖에 없었다. 산발귀를 봤다는 말의 의미가 무엇인지 선뜻 와닿지 않았다. 필요할 때마다 나타났다는 말도. 유선이 질문하려던 순간, 방 안이 암흑에 휩싸였다.

"아!"

유선은 짧은 탄성을 내뱉고 나서 냉장고의 소음이 사라진 걸 깨달았다. 정전이었다.

어둠 속에서 할 수 있는 건 아무것도 없었다. 목소리를 잔뜩 죽이고 산발귀 이야기를 하던 여관댁도 입을 쏙 다물었다. 입을 연 사람은 유선이었다.

"이렇게 된 거 그냥 돌아가서 쉬죠."

"하지만 현정이는……."

정우는 계속 마음에 걸리는 모양이었다. 하긴 그럴 수밖에 없을 거였다. 곁에 있던 사람이 사라졌다. 그것도 감쪽같이. 그때 남은 사람이 어떤 마음을 품게 되는지 누구보다 유선은 잘 알고 있었다.

"날이라도 밝아야 찾아볼 수 있을 것 같습니다."

동주가 안타깝다는 듯 말했다.

"알겠습니다."

정우는 순순히 일어섰다. 유선이 그런 정우를 향해 핸드폰 조명을 비춰줬다.

"배터리 아껴. 전기, 언제 다시 들어올지 모르니까."

여관댁이 말하자 유선은 조명을 껐다. 네 사람은 어두운 복도를 더듬어 각자의 방으로 돌아갔다.

"도움 필요하면 누구든 소리치세요."

동주의 단단한 목소리가 어둠 속에서 들렸다. 그때 유선은 완전히 잊고 있던 사람들을 떠올렸다.

"그 세 명은 어디 있죠?"

"누구요?"

유선을 향해 동주가 되물었다.

"같은 배 타고 온 낚시꾼 세 명이요."

"그러고 보니 전혀 보이질 않네요."

이번에는 정우가 말했다.

"그분들은 이장 집에 갔는지도 모릅니다."

동주는 낮에 이장과 강두가 나눴던 이야기를 떠올렸다. 확신은 없었다. 굿을 할 때도, 그 소동이 일어났을 때도, 다시 이장 집을 찾았을 때도 모습을 보이지 않았으니.

"내일 아침이나 되어야 확인할 수 있겠네요. 일단 좀 쉬세요."

유선은 그렇게 말하고 방으로 들어갔다. 그러고는 침대 옆에 한참을 가만히 서 있었다. 막상 유선 자신은 쉴 수 없었다. 충격

115

적인 사건의 여파가 가시면서 유현이 더욱 선명하게 떠올랐기 때문에. 끔찍한 죽음과 더 끔찍한 날씨까지, 모든 게 유현을 찾는 일을 방해하기 위한 일 같았다. 그렇다고 해서 포기할 수는 없었다. 유선은 날이 밝으면 섬을 돌아봐야겠다고 다짐하며 입술을 지그시 깨물었다.

*

　동주는 몸이 천근만근이었다. 대충 씻고 침대에 쓰러지고 싶었지만 귀찮더라도 내일을 생각해서 움직여야 했다. 내일은, 분명 더 힘든 하루가 될 테니까.

　결국 어둠 속에서 샤워를 하고 옷까지 대충 빨아 넌 뒤에야 잠자리에 들 수 있었다. 여분의 옷 같은 건 없었다. 알몸에 샤워 가운만 두른 채 침대에 누웠다. 물에 젖은 솜처럼 몸이 무거웠지만 잠은 쉽게 찾아오지 않았다. 동주는 오늘 일어난 일을 가만히 떠올렸다. 경찰이 된 후 이렇게 정신없고 바빴던 적은 처음이었다. 이렇게 당황스럽고 절망적이었던 적도.

　자기도 모르게 한숨을 쉬고 동주는 돌아누웠다. 그때 복도에서 거슬리는 소리가 들렸다. 소리는 동주 방을 지나 멀어졌다가 다시 가까워지기를 반복했다. 동주는 천천히 일어나 귀를 기울였다.

스윽. 스윽.

발소리 같았다. 누군가가 한쪽 발을 질질 끌며 걷는 것 같은 소리.

'설마?'

심장이 빠르게 뛰기 시작했다. 침대에서 내려왔다. 그러고는 최대한 소리를 죽여 문 앞까지 다가갔다. 문에는 도어스코프가 달려 있었다. 거기에 가만히 눈을 가져다 댔다. 사물을 분간하기 힘들 정도로 어두웠다.

스윽. 스윽.

멀어졌던 소리가 다시 가까워지기 시작했다. 동주는 여차하면 달려 나갈 생각으로 문 손잡이를 꽉 잡았다. 스윽. 스윽. 그 소리가 바로 문 가까이에서 들렸다. 동주는 눈 한 번 깜빡이지 않고 숨을 참았다.

스윽······.

소리는 거기서 멈췄다. 아무것도 보이지 않았다. 동주는 필사적으로 눈을 돌렸다. 분명 누군가가 서 있었다. 어둠 속에 숨어서, 도어스코프가 비추지 못하는 공간에 기우뚱하게 선 그 누군가의 모습이 생생히 그려졌다. 동주는 숨을 크게 들이마신 후 최대한 소리를 죽여서 손잡이를 돌렸다. 무기가 필요할지 몰랐지만 그런 걸 찾을 여유가 없었다.

딸깍.

손잡이의 잠금장치가 풀리면서 생각보다 큰 소리가 났다. 그 순간이었다.

"끄으으."

복도에서 소름 끼치는 소리가 울려 퍼졌다. 동주는 문을 벌컥 열고 밖으로 튀어 나갔다. 누군가가 덮쳐 온 건 동주가 복도에 발을 들여놓기 전이었다.

"헉!"

평소 담이 크다고 자부하던 동주였지만 그 순간만큼은 숨을 삼킬 수밖에 없었다.

"끄으으."

그 누군가는 동주에게 매달려 차가운 숨을 내뱉었다. 동주는 상대방의 목을 잡고 힘껏 밀어냈다. 복도 벽에 부딪힌 검은 형체가 비틀거렸다.

"무슨 일이에요?"

맞은편 방문이 열리며 유선의 목소리가 날아들었다.

"나오지 마세요!"

동주가 외쳤지만 한발 늦었다. 한밤의 불청객은 쓰러질 듯 비틀대다가 유선을 향해 몸을 획 돌렸다.

"악!"

유선이 외마디 비명을 질렀다. 그 순간 유선의 바로 옆방 문이 열리며 핸드폰으로 조명을 켜고 정우가 달려 나왔다. 불빛이 얼굴로 날아들자 검은 형체가 멈칫했다. 동시에 동주가 달려들어 허리춤을 잡고 그대로 넘어뜨렸다.

"뭡니까?"

정우가 물었다.

"여기 좀 비춰주세요!"

동주가 외쳤다. 곧 빛이 쏟아져 내렸다. 핸드폰 조명 아래 만철의 얼굴이 드러났다.

"경사님……."

동주는 너무 놀라 다음 말을 이을 수가 없었다. 만철은 머리에서 피를 흘리며 신음을 쏟아냈다.

"괜찮으세요? 경사님!"

동주가 만철의 어깨를 흔들었지만 별다른 반응을 보이지 않았다.

"출혈이 심해요. 그냥 두면 안 돼요."

유선이 말하고는 어딘가로 달려갔다.

"같이 옮기죠."

동주와 정우는 만철을 들어 동주의 침대에 눕혔다. 그사이 유선이 여관댁과 함께 올라왔다. 여관댁은 구급 상자를 들고 있었다. 유선은 커다란 랜턴을 가지고 와 침대를 비췄다.

"제가 응급처치 하는 동안 피디님이 옷 좀 벗겨주세요."

동주는 그렇게 말하며 만철의 머리를 살피기 시작했다. 머리

왼쪽 위에 큰 상처가 나 있었다. 둔기에 맞은 듯 두피가 찢어져 있었다. 동주는 소독약으로 상처를 닦은 뒤 상처에 솜을 최대한 찔러 넣고 붕대를 감기 시작했다. 그러는 동안 정우가 만철의 신발과 옷을 벗겼다.

"경사님이 뭐라고 하는 것 같은데요?"

만철이 입술을 달싹달싹 움직이고 있었다. 동주는 만철의 입에 귀를 가져다 댄 후 물었다.

"경사님. 누가 공격했습니까? 범인이……."

순간 만철이 눈을 번쩍 뜨며 소리를 질렀다.

"산발귀다!"

동주와 다른 사람들 모두 얼어붙었다. 만철은 그렇게 외친 후 정신을 잃은 듯 스르르 눈을 감았다.

"아이고, 이를 어째! 소금. 소금 뿌려야지!"

여관댁이 중얼거리는 소리를 듣고 나서야 동주는 현실로 돌아왔다. 혈관을 타고 더운 피가 흐르는 듯한 느낌이었다.

"경사님은 제가 지켜보겠습니다. 다른 분들은 각자 방으로 가셔서 문 잘 잠그고 계세요."

유선이 물었다.

"어떻게 된 일일까요? 누구한테 공격을 받은 걸까요?"

"모르겠습니다."

동주는 솔직하게 말했다.

"산발귀라잖아!"

여관댁이 떨리는 목소리로 외치자 정우가 말했다.

"산발귀라면 굳이 머리를 때리지는 않았겠죠."

"이미 한 사람이 살해당했어요. 이제는 경찰까지 공격을 받았고요. 동일범일까요?"

유선이 다시 물었다.

"그럴 가능성이 높겠죠. 그것보다 더 궁금한 건 경사님이 왜 여기까지 왔냐는 겁니다."

동주는 이장 집에서 움직이지 않으려 하던 만철의 모습을 떠올렸다. 이 날씨에 어딜 돌아다니려는 거냐며 오히려 동주에게 되묻던 만철이었다. 경찰인 우리가 안전해야 불귀도 사람들을 도울 수 있다고 말했었고, 맞는 말이었다. 그럼에도 동주가 바다장을 찾은 것은 외지인들의 안전이 걱정되었기 때문이었다. 그랬던 만철이 도대체 왜 이곳에 왔는지 알 수 없었다.

"이번에도 답은 없네요. 아침이 되길 기다리는 수밖에."

정우가 말했다. 다들 동의하는 듯했다. 여관댁은 이미 소금을 가지러 갔는지 보이지 않았다.

"동주 씨도 눈 좀 붙이세요. 필요하면 제가 몇 시간 봐드릴게요."

유선이 말했다.

"괜찮습니다. 일단 가서 주무세요."

동주의 말에 유선과 정우가 밖으로 나갔다. 동주는 바닥에 그대로 앉아 만철을 바라봤다. 피를 흘려서 그런지, 아니면 어둠 속이라 그런지 만철은 핼쑥해 보였다. 아닐 거라 부정하면서도 동주의 머릿속에서는 그 단어가 떠나지 않았다.

산발귀.

모든 사건의 중심에 그게 있는 것 같았다.

연쇄살인

　새벽이 되었지만 불귀도를 감싼 폭풍우의 위력은 줄어들지 않았다. 유선은 밤새 자다가 깨다가를 반복했다. 그 탓에 목뒤가 뻣뻣하고 등도 쑤셨다. 가볍게 스트레칭을 해 몸을 푼 유선은 바람막이 점퍼를 입고 모자까지 쓴 다음 밖으로 나갔다. 먹구름이 아무리 두껍게 진을 치고 있다 한들 떠오르는 해를 막아내지는 못했다. 바다 저 멀리서 희미하게나마 동살이 비치는 걸 보는 것만으로도 유선의 기분은 한결 나아졌다.

　비바람을 뚫고 유선이 향한 곳은 바다장 반대편의 선착장 쪽이었다. 선착장을 지나 마을로 들어가는 길목에 조립식 건물 한 채가 서 있었다. 만약 유현이 이곳에 있다면 염전에서 일할 확률이 높았고, 그렇다면 어딘가에 갇혀 있을 것이라고 생각했다. 섬 노예. 유현에게서 전화가 걸려 온 후 유선의 머릿속에는 내 내 그 단어가 맴돌았다. 그랬기에 염전이 있는 불귀도는 동생이 있을 유력한 장소였다. 유선은 선착장 근처의 그 건물이 사람들을 가둬두는 용도가 아닐까 짐작했다.

유선은 직접 눈으로 확인하기 위해 달렸다. 저만치 떨어진 곳에 눈여겨보았던 그 건물이 서 있었다. 파란 지붕에 얼기설기지은 것 같은데도 용케 버티고 있었다.

건물로 다가가자 원래는 흰색이었을 건물 벽이 물때가 잔뜩 껴서 거의 회색으로 보였다. 창문도 깨지고 지붕도 갈라져 있었다. 아무래도 버려진 지 제법 오래된 모양이었다. 누군가가 살 만한 공간은 아니었다. 유선은 문을 조금 열고 핸드폰 조명을 켜 안쪽을 비췄다. 창백한 빛줄기 사이로 언뜻 뭔가가 보였다. 건물의 제일 구석에 누군가가 벽을 본 채 웅크리고 앉아 있었다.

"유현아!"

유선은 거의 본능적으로 외치며 달려 들어갔다. 바닥에는 군데군데 물 웅덩이가 있고, 퀴퀴한 악취가 심했지만 그것을 신경 쓸 틈이 없었다. 유선은 순식간에 다가가 웅크린 이를 향해 손을 뻗자 그는 힘없이 쓰러졌다.

"아······."

그것은 담요였다. 유선은 다리 하나가 절반쯤 부러져 기우뚱

하게 선 의자와 그 아래 떨어진 담요를 내려다봤다. 허탈함이
밀려왔다.

유선은 실망감을 애써 누르며 건물에서 빠져나왔다.

'내가 따라갔더라면…….'

후회해봐야 소용없다는 걸 알면서도 유선은 또 자책했다.

그날, 유현은 평소와 달리 심하게 졸랐다. 병원에 혼자 가기
싫다고, 누나와 같이 가고 싶다고. 유선은 동생이 이유 없이 떼
를 쓰는 거라 생각했다. 무엇보다 그때 유선은 우석의 죽음으로
인해 엉망인 상태였다. 결국 유선은 혼자 가라고 소리를 지르고
말았다.

유현은 고개를 숙이고 어깨를 축 늘어뜨린 채 집을 나섰다.
그게 마지막 모습이었다.

"내가 꼭 찾아줄게."

유선은 그렇게 중얼거리며 다시 밖으로 나섰다.

바다장으로 돌아왔을 때는 새벽을 지나 아침이 되어 있었다.
유선은 방으로 들어가 대충 세수만 했다. 그때 복도에서 여관댁
의 목소리가 들렸다.

"다들 빨리 나와봐."

유선은 문을 열고 고개를 내밀었다. 정우의 방문과 맞은편 동
주의 방문이 동시에 열렸다.

"왜 그러십니까?"

정우가 묻자 여관댁이 계단 아래를 가리켰다.

"청년회장이 왔어. 우리 모두 마을회관으로 데려가겠대."

"왜요?"

"그게 더 안전하니까."

유선의 물음에 대답한 사람은 강두였다. 그는 비옷을 걸친 채 계단을 올라서며 말을 이었다.

"섬 전체가 정전이 됐소. 올 때 보니까 전신주에 벼락이 떨어졌더군. 핸드폰은 왜 안 되는지 모르겠는데 이런 상황이면 흩어져 있는 것보다 한곳에 모이는 게 안전하다고 이장님께서 말씀하셨지."

"그러니까 지금 이장 명령으로 우릴 데려가겠다는 건가요?"

유선은 강두를 똑바로 바라봤다. 강두의 커다란 덩치는 복도를 가득 채웠다. 보는 것만으로도 숨이 막혔다.

"명령이라기보다는 권유지. 나는 위험하다고 반대했지만."

어제 오후 소금창고에서 외지인들이 더 의심스럽다고 으르렁대던 강두의 모습이 떠올랐다. 유선은 동주와 정우를 차례로 봤다. 정우가 안경을 고쳐 쓰며 말했다.

"다른 피해는 없었습니까?"

"조 경사님이 사라졌어."

"조 경사님은 여기 있습니다. 머리에 부상을 입고 정신을 잃

126

은 상태입니다."

동주가 말하자 강두가 중얼거렸다.

"간밤에 갑자기 없어졌다 했더니 여기에 온 건가?"

"어떻게 할 거야? 나는 일단 따라가야겠어. 전기도 안 들어오고 먹을 것도 없어서 이대로 버틸 순 없거든."

여관댁의 말을 듣자 유선도 어느 정도 상황을 파악할 수 있었다. 아무리 날씨가 궂다 해도 여름은 여름이었다. 지난밤부터 에어컨이 나오지 않아 공기가 후텁지근했다. 냉장고 안의 음식도 곧 상할 것이 분명했다.

"마을회관에는 이럴 때를 대비해 비상 발전기가 설치돼 있어. 며칠은 버틸 거야. 자, 같이 갈 사람은 아래층으로 내려와. 이미 다른 사람들은 모두 마을회관에 모여 있어."

강두는 그 말을 끝으로 계단 아래로 사라졌다. 여관댁이 그 뒤를 따랐다.

"어떡할까요?"

정우가 유선과 동주를 향해 물었다.

"따라갈 수밖에 없겠어요. 대책 없이 여기 있을 순 없잖아요."

유선의 말에 동주도 고개를 끄덕였다.

"조 경사님도 더 치료를 받아야 하니 일단 옮기죠. 대신에 우리끼리는 붙어 있는 게 좋을 것 같습니다. 그래야 서로 지켜줄 수 있으니까요."

127

유선이 물었다.

"우리 중에 범인이 없다고 어떻게 확신하시죠?"

"확신이라기보다는 이럴 때는 내부에 범인이 있을 확률이 높다고 배웠거든요. 누군가가 죽으면 가족을 제일 먼저 의심해야 하는 것처럼."

동주는 쓴웃음을 지으며 대답했다. 그러는 사이 정우가 현정의 방문을 열고 안을 들여다봤다.

"있어요?"

유선이 물었지만 정우는 어두운 표정으로 고개만 저었다.

"이장에게 현정 씨를 찾아달라는 이야기도 해야 하니 마을회관으로 가는 게 더 낫겠네요."

동주가 말했다.

"알겠습니다. 그럼 짐을 챙기겠습니다."

정우는 자기 방으로 들어갔다. 유선도 방으로 들어가려는데 동주가 불러 세웠다.

"저기……."

"네?"

유선은 동주를 돌아봤다.

"괜히 오해 살 수 있으니 절대 혼자 움직이지 마세요."

"왜 그럴 거라 생각하시죠?"

"그냥 관광하러 온 것 같지 않아서요."

유선은 동주의 얼굴을 물끄러미 봤다. 자신이 새벽에 나갔다 온 걸 아는구나, 하고 생각하면서.

"알겠어요."

유선은 방문을 닫고는 작게 한숨을 쉬었다. 불귀도에 온 지 이틀째가 되었는데 상황은 더 나빠졌다. 유현이 이곳에 있는지 확인할 기회조차 사라지는 것 같아 초조했다.

마을회관에는 이미 불귀도 사람들이 많이 모여 있었다. 삼삼 오오 모여서 바닥에 앉은 사람들은 지치고 힘들어 보였다. 하지 만 다들 외지인을 향한 경계의 눈빛만큼은 생생했다.

"숨 막히는 분위기네요."

정우가 속삭였다. 그는 계속 카메라를 들고 있었다. 뭘 찍고 있는지 알 수 없었다. 유선은 동주를 도와 이불을 깔고 만철을 바닥에 눕혔다. 그들을 향해 거식이 다가왔다. 거식은 어제의 충격에서 벗어난 듯 말끔한 표정이었다. 마을회관 안에서 유일 하게 생기 넘치는 인물이었다.

"조 경사님은 좀 어떻습니까?"

"출혈은 멎었는데 여전히 의식이 없습니다."

동주가 거식에게 대답했다.

"큰일이군요."

"경사님이 왜 이장님 댁을 떠났는지 아시는 거 있습니까?"

"전혀 모르겠습니다. 저희 아버님에 대해 계속 이야기하다가 자기 방으로 돌아갔고 그 이후에는 보지 못했으니까요."

"여기에 지금 마을 주민 모두가 모인 겁니까?"

"그럴 겁니다. 그러고 보니 황 무당은 안 보이네요. 그 여자는 워낙에 제멋대로라서."

유선은 미친 듯이 춤을 추던 황 무당을 떠올렸다. 무당이 그토록 부르짖던 산발귀도. 아침인 데다 여러 사람이 모여 있었지만 순간 유선의 팔뚝에 소름이 돋았다.

"이장님."

강두가 이장을 부르자 거식은 고개를 끄덕여 보인 후 자리를 떴다.

"우리도 앉죠."

동주가 말하자 유선과 정우는 벽에 등을 기대고 앉았다. 동주는 만철 옆에 앉아 마을회관 안을 둘러봤다. 그때 셔츠에 재킷까지 챙겨 입은 처음 보는 남자가 반색하며 다가왔다.

"외지에서 오신 분들이죠? 이쪽은 경찰관님이시고."

"누구시죠?"

동주가 물었다.

"아! 저는 김다함 목사입니다. 그냥 김 목사라고 불러주세요."

피곤한 기색 없이 활기차 보이는 김 목사는 동주를 시작으로 유선과 정우와도 차례로 악수했다.

"어제 만나 뵙고 싶었는데 상황이 상황인지라……. 그래도 이렇게 뵙게 되니 좋네요."

뭐가 좋다는 건지 알 수 없었지만 김 목사는 활짝 웃기까지 했다. 유선은 그를 찬찬히 살펴봤다. 많아야 사십대 중반인 것 같고 혈색이 좋았다. 짙은 눈썹에 이목구비도 뚜렷해서 강한 인상을 풍겼다. 웃고 있지 않을 때는 고집이 무척 세 보였다. 특히 눈에 들어오는 건 사각턱이었다. 근육이 툭툭하게 붙은 턱 덕분에 힘이 넘쳐 보였다. 흰색 셔츠에 검은색 재킷도 이미지와 잘 어울렸다.

"불귀도에 교회가 있던가요?"

질문을 던진 정우에게 김 목사가 고개를 돌렸다. 환한 미소가 얼굴에 걸려 있었다.

"작은 집회소가 있습니다. 근처 섬을 돌며 순회 집회를 열고 있습니다. 이번 주에는 불귀도에서 예배를 드릴 예정이었는데 예기치 못한 일이 생겨버렸네요."

"어제는 왜 뵙지 못했을까요?"

동주가 날카롭게 물었다.

"이해하시리라 생각합니다만, 제가 굿판 이런 건 또 체질이 아니거든요, 하하. 그래서 소식을 늦게 알았습니다."

김 목사는 재치 있는 농담을 했다는 듯 만족한 표정으로 웃었다.

"왜 저희를 만나고 싶으셨어요?"

이번에는 유선이 물었다. 김 목사가 자신을 바라보자 유선은 그 강력한 눈빛이 부담스러워 슬며시 눈을 돌렸다.

"사실 제가 범인을 알고 있습니다."

김 목사는 조금 전과 달리 목소리를 잔뜩 낮추고 속삭였다.

"그게 누굽니까?"

동주가 되물었다. 김 목사는 주위를 둘러본 후 다시 말했다.

"황 무당입니다. 범인은 그 여자가 틀림없습니다."

"왜 그렇게 생각하시는 겁니까?"

"황 무당은 정신이 나간 것처럼 행동하고 다니지만 실은 아주 멀쩡합니다. 저는 그 여자가 연기하고 있다는 걸 잘 압니다. 사탄이 흔히 쓰는 방법이죠. 게다가⋯⋯ 그 여자는 두만 어르신과 건전하지 못한 사이였습니다."

흥분한 듯 김 목사의 말이 빨라졌다.

"그 여자는 두만 어르신에게 버림받은 이후 악감정을 품고 있었습니다. 그냥 버림받은 정도가 아니라 강제로 낙태까지 했다고 하더군요. 황 무당이 두만 어르신을 죽이려 했다는 건 이 섬의 공공연한 비밀입니다. 지금까지는 그저 소문뿐이었는데 이번에 제대로 실행한 거죠."

"하지만 무슨 수로⋯⋯."

유선의 말을 자르며 김 목사가 확신에 찬 어조로 속삭였다.

"공범이 있을 수도 있습니다."

"공범의 정체도 아십니까?"

동주가 묻자 김 목사는 어깨를 으쓱했다.

"그건 주님만이 아시겠죠."

김 목사는 그렇게 말하고는 벌떡 일어났다. 사람들 사이를 휘적휘적 지나쳐 강두가 있는 회관 앞쪽까지 걸어갔다.

"형제님들, 자매님들."

김 목사가 우렁우렁한 목소리로 입을 열자 모두 그를 바라봤다. 김 목사는 미소를 지은 채 눈을 지그시 감고 팔을 앞으로 뻗었다.

"시련의 이 순간, 주님의 은혜와 사랑이 있어 모두 한자리에 모였습니다. 제가 이곳 불귀도를 위해 기도를 드리겠습니다."

"아멘."

누군가가 중얼거리자 김 목사는 목소리를 높이기 시작했다.

"오, 주여! 전지전능하신 만군의 하나님! 당신의 크고 강한 팔로 이 섬을 보호하사 폭풍우가 삼키지 못하게 하시오며, 사탄의 간교한 혀를 가진 이가 죽음으로 이 땅을 능멸하지 못하게 하시옵소서. 아멘."

김 목사의 우렁찬 기도가 끝나자 산발적으로 "아멘" 소리가 들렸다. 사람들은 김 목사의 행동이 익숙한 듯했다. 어제까지만 해도 굿판에 있던 사람들이 오늘은 또 목사의 기도에 호응하다니, 유선으로서는 쉽게 이해가 가지 않았다. 유선의 그런 마음을 읽기라도 한 듯 정우가 조용히 말했다.

"섬사람들은 뭐든 다 믿습니다. 아니, 믿으려고 합니다. 이왕이면 둘 이상의 신에게 안전을 비는 게 더 든든하니까요."

그럴 수도 있겠다고 유선은 생각했다. 자신도 우석의 죽음 이후 종교를 가져볼까 고민하지 않았던가.

"목사의 얘기에 대해선 어떻게들 생각하세요?"

유선은 동주와 정우에게 물었다.

"글쎄요. 확실히 더 물어봐야 할 것 같아요."

동주 역시 유선과 비슷한 의견인 듯했다.

"전 그것보다 지금 당장은 현정이를 찾는 게 우선입니다."

정우가 말했다.

"제가 한번 이야기해보겠습니다."

동주가 자리에서 일어났다. 마침 김 목사가 연단을 떠났고 거식이 뒤이어 올라갔다. 김 목사는 이장을 향해 목례했다. 강두가 말했다.

"이장님 말씀하십니다."

술렁이며 자기들끼리 이야기하기 바쁘던 사람들이 일제히 입을 닫았다. 동주는 그 자리에 엉거주춤 서 있었다.

"밤사이 큰일이 더 일어나지 않아 다행입니다. 예보에 따르면 이번 폭풍우는 내일쯤 지나간다고 합니다. 그래도 뱃길이 열리기까지는 하루 더 걸릴 겁니다. 배가 다시 다녀야 전기는 물론이고 통신도 회복되고, 무엇보다 어제 일어난 사건도 해결될 겁니다. 그 전까지는, 우리 모두의 안전을 위해 제 지시하에 이 곳에서 단체 생활을 하는 게 좋겠다는 판단을 내렸습니다. 이는 불귀도 주민 전체를 위한 일이니 다들 따라주시기 바랍니다."

거식은 침착하고 부드러운 목소리로 말했지만 내용은 사실 상 통보였다. '바란다'는 말속에 '거절할 수 없다'는 뜻이 담겼다 는 건 누구라도 알 수 있었다. 거식은 말을 이었다.

"아버님께서 돌아가신 일에 다들 슬픔을 표해주셔서 감사합 니다. 약식으로 장례를 치르려고 하니⋯⋯."

"이장님, 잠시만요."

동주가 손을 들며 외쳤다. 거식은 무슨 일이냐는 듯 동주를 바라봤다. 그 옆에 선 강두의 표정이 일그러졌다.

"장례라니 지금 무슨 말씀을 하시는 건지 잘 모르겠습니다."

"장례가 무슨 뜻인지 몰라?"

강두가 말하자 사람들 몇 명이 김빠진 웃음을 흘렸다.

"박두만 씨의 죽음은 엄연히 사건성이 있습니다. 반드시 부검 이 필요합니다. 그런데 벌써 장례를 치른다고요?"

동주는 강두의 말을 무시하고 거식에게 말했다. 사람들이 웅 성거리며 동주와 거식을 번갈아 봤다.

"사건성이라고 하셨습니까?"

거식이 되물었다.

"네."

"이를테면 누군가가 아버님을 죽였다는 말입니까?"

"어제 현장에 계셨던 분들이라면 충분히 납득했을 텐데요. 이 자리에 있는 권정우 피디님이 지적한 대로 자살은 성립이 안 되는 것으로……."

"자살입니다."

"네?"

"유서가 나왔습니다. 아버님은 자살하신 게 맞습니다."

"유서……요?"

당황한 듯 동주의 목소리가 가볍게 떨렸다.

"어제 아버님 방에서 발견했습니다."

"보여주십시오. 제가 확인해봐야겠습니다."

동주는 물러서지 않았다.

"원하신다면 얼마든지 보여드릴 수 있습니다. 다만 김동주 순경님이 아닌 조만철 경사님께 보여드리고 싶습니다. 상급자인 조 경사님의 판단을 따르는 게 맞지 않습니까?"

"경사님은 그럴 수 있는 상태가 아닙니다. 알고 계시지 않습니까?"

동주가 연단을 향해 한 발 다가가자 강두도 움직였다. 가만히 있던 정우가 자리에서 일어났다. 정우는 카메라로 모든 상황을 찍고 있었다.

"찍지 마."

강두가 소리쳤다. 정우는 카메라를 내리지 않았다.

"찍지 말라니까!"

"목소리 낮추게."

거식의 한마디에 강두는 비루먹은 개처럼 바로 꼬리를 내렸다. 그런 채로 씩씩거리기만 할 뿐이었다.

"그렇다면 조 경사님이 깨어날 때까지 기다려야겠군요. 그 전까지는 김 순경님도 유족인 제 의견을 따라주십시오."

"만에 하나 살인사건인 경우 어떻게 하시겠습니까? 범인이 이 안에 있다면 잡아야 하지 않겠습니까? 그것만이 아닙니다. 어제 방파제에서 발견한 사체에 대해서도 의문인 점이 많습니다. 저는 두 사건에 대해 모두 조사할 의무와 권한을 가지고 있습니다. 그러니……."

"섬에는 섬의 사정이 있는 법입니다, 김 순경님."

거식은 웃고 있었지만 말투만은 단호했다.

"그 사정이라는 게 뭡니까?"

"외지인들은 결코 이해할 수 없을 겁니다. 그러니 혼란을 부추기지 말고 제 지시를 따라주셨으면 합니다. 설마 대를 이어 이장으로 봉사하고 있는 저보다 이제 갓 순경이 된 본인의 경험이 더 풍부하다고 생각하는 건 아니겠지요?"

"이건 경험의 문제가 아니라……."

"비상 상황에서는 경험이 더 우선시됩니다. 적어도 섬에서는, 이곳 불귀도에서는 그렇습니다!"

거식은 선언하듯 말했다. 무언가 더 이야기하려는 동주를 향해 섬사람 중 누군가가 외쳤다.

"그만하고 좀 앉아!"

그러자 여기저기서 목소리가 터져 나왔다.

"이장님 말씀이 백번 맞는구면."

"왜 자꾸 살인이라고 해? 무서워죽겠는데."

"뭍에서 왔다고 섬사람 무시하는 거요?"

"그게 아닙니다. 모두 여러분을 위해서 이러는 겁니다."

목소리를 높이는 동주의 어깨를 유선이 가만히 잡았다. 유선은 동주의 귀에 대고 속삭였다.

"일단은 앉아요. 분위기가 안 좋아요."

주위를 살펴본 동주는 조용히 앉았다. 정우도 자리에 앉았지만 카메라를 내려놓지는 않았다. 거식은 고개를 한번 끄덕이고는 말했다.

"좋습니다. 소동도 가라앉았으니 그럼 위치에 맞게 앉아주시기 바랍니다."

'위치?'

유선이 의아해할 새도 없었다. 사람들은 거식의 말이 떨어지자마자 익숙한 듯 일사분란하게 자리를 옮기기 시작했다. 맨 앞줄, 가운데, 뒷줄로 세 그룹이 나뉘어 앉았다.

나눠 앉은 같은 그룹의 사람들은 서로 친근하게 이야기를 나누기 시작했다. 그때 앞줄에 앉은 노파 한 명이 무릎을 짚고 일어나 맨 뒷줄을 바라보며 말했다.

"여산댁, 냉장고 가서 사이다 좀 가져와라."

여산댁이라 불린 이가 일어나는 걸 보고 유선은 깜짝 놀랐다. 여산댁은 명령조로 말한 노파보다 훨씬 늙어 보였다.

"무슨 사이기에⋯⋯."

동주가 혼잣말처럼 중얼거렸다. 여산댁은 기역 자로 꺾인 허리를 두드리며 주방으로 향했다. 누구 하나 돕지 않았고, 의문을 제기하지 않았다. 당연한 일이라는 듯 태연했다. 오히려 위치가 나뉘기 전보다 더 편안한 표정이 되어 느긋하게 이야기를 나누었다. 여산댁은 잠시 후 사이다와 컵을 들고 나타났다. 한 걸음, 한 걸음 내딛는 것 자체가 힘들어 보였다.

"여기 있습니다."

여산댁은 컵에 사이다를 따라 노파에게 건넸다. 말투며 행동이 공손했다. 노파는 곧장 사이다를 들이켰다.

"자, 그러면 앞으로 식사는 어떻게 할 건지 의논하도록 하겠습니다."

강두의 말에 유선은 연단 쪽을 바라봤다. 거식은 흐뭇한 미소를 지으며 의자에 앉아 있었다. 모든 걸 굽어보는 듯한 그 표정이 거슬렸다.

"그런데 그거 알아요? 낚시꾼 셋은 여기에도 없다는 거."

유선이 동주에게 속삭였을 때였다.

"컥!"

사이다를 마신 노파가 사레에 들린 듯 기침을 쏟아냈다.

"컥, 커억!"

격렬하게 기침하던 노파가 시뻘건 피를 내뿜는 순간 주위가 얼어붙었다. 노파는 모로 쓰러져 버둥거렸다. 밖으로 비죽 튀어 나온 혀는 검푸르게 변한 채 꿈틀거렸고 입과 코에서는 쉴 새 없이 피가 흘러나왔다.

"으아악!"

노파는 목을 쥐어뜯으며 비명을 질렀다. 바닥은 곧 피범벅이 되었다. 사람들이 물러섰다. 계속해서 경련하던 노파는 뭍으로 끌려 나온 생선이 최후의 발악을 하듯 온몸을 꺾어대더니 곧 그 움직임을 멈췄다.

"주, 죽었다."

누군가가 중얼거렸다. 마을회관 안은 조용했다. 차갑고 선명 한 정적만이 허공을 맴돌았다. 사람들이 숨을 삼키는 소리만이 침묵의 빈칸을 채웠다. 노파가 토해낸 피는 사방으로 퍼져나갔 다. 멍하니 서 있던 노인이 피가 발에 닿자 화들짝 놀라며 물러 섰다.

먼저 정신을 차린 건 동주였다.

"모두 움직이지 마세요!"

동주의 말에 하나둘 정신을 차렸다. 그러자 곧 동요가 일었다. 동주의 당부가 무색하게 모두 입구를 향해 내달리기 시작한 것이다.

"나가면 안 됩니다!"

소용없었다. 사람들은 너나 할 것 없이 비명을 지르며 문을 향해 움직였다.

"멈춰!"

거식의 한마디가 울려 퍼진 순간, 사람들은 총성이라도 들은 것처럼 그 자리에 딱 멈춰서 목을 움츠렸다. 늙고 병든 초식동물 같은 노인들은 벌벌 떨기만 할 뿐 움직이지 못했다. 유선은 거식을 돌아봤다. 그는 어느새 침착한 표정으로 돌아와 사람들을 하나하나 노려보고 있었다.

"아무도 나가지 마."

거식은 명령했다. 그제야 강두가 외쳤다.

"전부 제자리에 앉아요!"

"하지만 사람이 또 죽었는데…… 이런 식으로 누가 죽은 적은 한 번도…….."

누군가의 겁먹은 목소리를 거식이 막았다.

"그러니까 움직이지 말란 거잖아!"

또다시 침묵이 맴돌았다. 잠시 후 사람들이 거식의 눈치를 살피며 자리에 앉기 시작했다.

"일단 제가 시신부터 살피겠습니다."

거식은 말없이 고개를 끄덕였다. 동주가 죽은 노파 곁으로 다가가는데 유선이 정우에게 말했다.

"어떻게 된 일일까요?"

"가봅시다. 가능하면 동주 씨와 같이 움직이는 게 좋겠어요."

두 사람은 동주의 뒤를 따랐다. 모여 있던 사람들이 좌우로 갈라지며 길을 터줬다. 유선은 시체를 내려다보지 못했다. 피웅덩이를 보는 것만으로도 속이 울렁거리고 눈앞이 아찔해졌다. 정우는 동주와 함께 죽은 노파를 살폈다.

"이분이 평소에 지병이 있었습니까?"

동주가 물었다.

"우리 나이에 지병 없는 사람이 어디 있소?"

노인 한 명이 가래 끓는 소리를 내며 말했다.

"갑자기 각혈하면서 죽을 정도의 병은 없었습니다."

그렇게 말한 사람은 거식이었다.

"아무래도 저게 의심스럽죠?"

정우는 바닥에 떨어진 컵과 거기서 쏟아져 나온 사이다를 가리켰다. 사이다의 탄산은 여전히 보글거리며 거품을 뿜어내고 있었다.

"그, 그럼 사이다에 누가 독이라도 탔다는 거야?"

강두가 외치자 사람들이 다시 동요하기 시작했다.

"독?"

"독이 아니면 사이다 먹고 왜 죽었겠어?"

"그러면 혹시……."

사람들의 시선이 한곳으로 향했다. 그 끝에 여산댁이 바들바들 떨며 앉아 있었다. 여산댁의 얼굴은 너무나 창백해 금방이라도 쓰러질 것처럼 보였다.

"여산댁! 뭐 아는 거 없어?"

다른 노인이 날카롭게 물었다. 유선은 혼란스러운 상황 속에서도 사람들이 따로 모여 있다는 사실을 깨달았다. 아까 나눠 앉은 그 위치 그대로였다. 여산댁을 향해 물은 노인은 맨 앞줄 그룹에 있었다. 같이 모인 사람들 사이에서 연달아 질문이 쏟아졌다.

"빨리 말 좀 해봐. 아는 거 없냐고!"

"사이다에 여산댁이 뭘 어떻게 한 거 아냐?"

"몰라요."

여산댁이 넋이 나간 표정으로 중얼거렸다.

"똑바로 말해!"

처음 물었던 노인이 호통을 쳤다. 여산댁은 움찔할 뿐 다른 말을 하지 않았다. 아니, 할 말이 없는 듯했다. 그러자 분위기가 순식간에 험악해졌다.

"여산댁이 사이다에 독을 탄 게 분명해!"

"잠깐만요!"

동주가 소리쳤지만 아무런 소용도 없었다. 동주는 할 수 없이 거식을 바라봤다. 그때까지 상황을 지켜보기만 하던 거식이 테이블을 내리쳤다.

"그만!"

거짓말처럼 사람들은 또 입을 다물었다. 거식이 동주를 한번 보더니 말을 이었다.

"다들 조용히 하고 김 순경님 이야기를 좀 들어보지."

동주는 어색한 표정으로 거식을 향해 고개를 숙여 보인 후 목을 가다듬었다.

"섣부르게 판단해서는 안 됩니다. 지금부터는 제가 책임지고 조사할 테니 다들 진정하세요."

사람들은 불만 섞인 표정으로 입을 꾹 닫았다. 그러자 강두가 말했다.

"시체는 어떻게 할 거야? 이대로 둘 순 없잖아."

"제가 조금 더 살펴보겠습니다."

"그 후엔 여기 냉동고에 넣어두면 될 겁니다. 뭍에서 배가 올 때까지."

거식이 말했다.

"알겠습니다."

동주는 그렇게 대답한 뒤 유선과 정우를 향해 눈짓을 보냈다. 도와달라는 뜻이었다.

"어떻게 도와드릴까요?"

유선이 묻자 동주가 낮은 목소리로 말했다.

"피디님은 시체를 꼼꼼하게 찍어주시고, 유선 씨는 제가 말하는 걸 핸드폰에 메모해주세요."

"알겠어요."

유선은 핸드폰을 꺼냈다.

"괜찮겠어요?"

정우가 슬쩍 물었다.

"그럼요."

유선은 최대한 아무렇지 않게 대답하려 했지만 목소리가 떨려 나오는 건 어쩔 수 없었다. 유선은 동주 옆에 쪼그리고 앉았다. 죽은 노파는 끔찍한 표정을 짓고 있었다. 고통이라는 단어를 얼굴로 표현한다면 딱 이런 표정이 아닐까 하고 유선은 생각했다.

"사망한 분은 사이다를 마신 직후 고통을 호소했습니다."

유선은 메모 앱을 켜고 그대로 기록했다.

"말려 들어간 혀는 청색으로 변색되었고 얼굴 또한 같은 색입니다. 사망한 분이 고통을 느끼며 목 근처를 긁어 손톱자국이 그대로 남았습니다. 또한 다량의 피를 토한 상태입니다. 이것으로 봤을 때 독극물에 의한 사망일 확률이 매우 높습니다."

'피를 토한 상태'라고 메모하는 순간 유선은 알 수 없는 오싹함을 느꼈다.

"그러니까 사망한 분이 직전에 마셨던 사이다에 독극물이 들어 있을 확률 역시 높습니다."

동주가 거기까지 말했을 때였다.

"저주야."

여산댁이 중얼거렸다. 다시 한번 여산댁에게로 시선이 집중됐다.

"저주는 무슨 저주?"

강두가 금방이라도 달려들 듯 으르렁거렸다. 여산댁은 무시한 채 천천히 일어났다. 그는 초점 없는 눈으로 허공의 어딘가를 보더니 다시 모두를 스윽 훑었다.

"몰라서들 물어? 산발귀가 천벌을 내리는 거야. 산발귀의 저주라고."

이번에는 강두도 대꾸하지 못했다. 여산댁은 그저 조용히 웅얼거릴 뿐이었지만 목소리에 괴괴한 기운을 품고 있었다.

"너희들이 끼리끼리 모여 악행을 일삼는 걸 산발귀가 더는 보고 있지 않으려는 거야. 그래서 이렇게……."

여산댁의 목소리는 점점 커졌다.

"……피를 토하고 죽게 만드는 거라고! 산발귀가 온다. 스으스으윽 다리를 끌면서 온다!"

여산댁은 그렇게 외치며 눈을 까뒤집고 쓰러졌다. 뒷목을 잡고 풀썩 주저앉은 여산댁을 향해 유선이 재빨리 다가갔다.

"누가 좀 도와줘요."

유선이 여산댁을 부축하며 외쳤지만 누구 하나 반응하지 않았다. 한발 늦게 동주와 정우가 달려와 여산댁을 바닥에 눕혔다. 여산댁은 숨을 몰아쉬며 고통스러운 표정을 지었다.

"쇼크인 것 같네요."

정우가 말했다.

"괜찮을까요?"

유선이 물었다.

"맥박과 호흡은 괜찮습니다. 조금 있으면 정신을 차리지 않으실까 싶어요."

동주의 말에 정우가 대꾸했다.

"그럴 것 같습니다."

"누가 물이라도 좀 가져다줘."

거식이 말하자 노인들 몇 명이 움직였다. 그때 정우가 나섰다.

"안 됩니다."

"뭐가 안 된다는 거야?"

강두가 소리쳤다.

"현재 이 마을회관 안에 있는 음식이나 음료는 모두 위험할 수 있습니다. 어디에 어떤 독극물이 들어 있는지 모르는 상황이니까요."

"뭐?"

사람들의 얼굴에 당혹감이 번졌다.

"피디님 말이 맞습니다. 누가 범인인지는 알 수 없지만 불특정 다수를 노리고 독을 탔다고 의심할 만한 상황입니다. 그러니 다들 아무것도 드시지 않아야 합니다."

동주도 정우를 거들고 나섰다. 그 순간 잠자코 지켜보기만 하던 거식이 말했다.

"그럼, 범인이 불귀도 주민이라는 거군."

낮은 목소리였지만 그 안에 깃든 노여움을 읽어내기에는 충분했다. 거식은 동주와 정우 그리고 유선을 차례로 노려봤다. 마치 범인이 셋 중 하나라도 된다는 것처럼. 유선은 그 눈빛을 피하지 않고 똑바로 바라봤다. 그러고는 말했다.

"불귀도 주민이 아닐 수도 있죠. 그렇다고 저희 셋 중 범인이 있다고 말씀드리는 건 아니에요."

"그러면?"

거식이 물었다.

"지금 이 자리에 없는 사람 중 범인이 있을 수도 있죠."

"누구? 무당?"

이번에는 강두가 물었지만 유선은 그쪽으로 눈길조차 주지 않았다. 계속 거식만 바라봤다.

"누구를 말하는지 모르겠습니다만."

"어제 저희랑 같이 배를 타고 들어온 낚시꾼 셋. 지금 그 사람들은 어디 있죠?"

거식의 얼굴에 당황한 표정이 떠올랐다. 강두도 마찬가지였다. 두 사람은 잠시 시선을 교환했다. 거식의 서늘한 눈빛이 날아들자 강두는 겁먹은 생쥐처럼 쭈뼛거렸다. 마을회관에 모인 사람들은 거식과 외지인들 사이를 번갈아 보며 눈치를 살폈다.

"어떻게 된 거야?"

거식이 낮은 목소리로 물었다.

"제가 깜박하고……."

강두는 말끝을 흐렸다.

"그분들 짐만 풀고 나갔어요."

여관댁이 끼어들었다.

"내가 직접 모시라고 했잖아!"

거식이 버럭 소리를 질렀다. 모르긴 몰라도 그 낚시꾼 셋이 꽤 중요한 손님인 모양이라고 짐작할 수 있었다. 아니면 거식과 잘 아는 사이거나. 거식의 표정이 험악하게 변하자 사람들은 안절부절못했다. 동요하는 게 여실히 드러났다. 이장의 심기에 따라 이토록 분위기가 변하다니, 평소의 위세가 어떨지 훤히 알

149

수 있었다. 유선은 그런 생각을 하며 동주와 정우를 봤다. 동주는 생각에 잠긴 얼굴이었다. 정우는 카메라를 들여다보느라 정신이 없었다.

"지금 당장 찾아보겠습니다."

강두가 말했다.

"제가 돕겠습니다, 이장님."

김 목사가 거들고 나섰다.

"좋아. 바다장에도 다시 가봐. 지금쯤 돌아왔을지도 모르니."

거식의 명령에 강두는 고개를 꾸벅 숙이고는 바로 달려 나갔다. 김 목사가 뒤를 따랐다. 사람들은 그 모습을 보며 한숨 돌리는 듯했다. 그런 가운데 누군가가 중얼거렸다.

"이제 어떻게 하나?"

"일단 쉬고 계십시오. 청년회장이 돌아오면 식사 배급부터 다 해결해드리겠습니다."

거식은 어느새 차분한 표정으로 돌아와 말했다.

"네, 믿습니다. 이장님께서 알아서 해주시겠죠."

노인 한 명이 그렇게 대답하자 너도나도 비슷한 말을 했다.

"그럼요."

"알겠습니다. 기다리겠습니다."

유선은 그 모습을 보며 정우에게 속삭였다.

"섬사람들은 뭐든 다 믿는다고 했죠? 제일 독실하게 믿는 존재는 여기 이장인 것 같네요."

정우는 혼잣말처럼 말했다.

"불귀도에서는 이장 일가의 말이 곧 법이라서."

"우선 시신부터 옮겨야겠습니다."

동주가 거식을 향해 말했다. 맞는 말이었다. 후텁지근한 날씨에 시체를 방치할 수는 없었다. 유선으로서는 끔찍한 몰골로 죽은 사람과 한자리에 있다는 것만으로도 꺼림칙했다. 멀찍이 떨어져 앉은 불귀도 사람들 역시 같은 마음인 것 같았다.

"그렇게 합시다. 냉동고는 주방에 있습니다. 누가 좀 도와드리지."

거식이 말하자 맨 마지막 그룹에서 노인 둘이 일어났다. 동주는 그중 한 명을 알아봤다. 마을회관에서 의자를 깔고 있을 때 말을 걸어왔던 노인이었다. 그때와 달리 노인의 표정은 어두웠다.

"제가 상체를 들 테니 두 분은 하체를 들어주세요."

동주는 노인들과 힘을 합쳐 시체를 들고 주방으로 갔다. 유선이 그 뒤를 따랐다. 냉동고는 평범한 가정용 크기가 아니었다. 성인 남자 두세 명쯤은 쉽게 들어가고도 남을 만큼 컸다. 유선은 한발 먼저 다가가 냉동고 문을 열었다. 그러고는 자기도 모르게 숨을 삼켰다.

"헉!"

냉동고 안에는 먼저 자리를 차지한 시체 두 구가 들어 있었다. 방파제에서 유선이 발견했던 여자와 두만이었다. 둘 다 허연 성에가 낀 채 얼어붙어 있었지만 이상할 정도로 생기 넘쳐 보였다. 금방이라도 냉동고에서 걸어 나올 것 같았다.

"또 죽으면 넣을 데도 없겠는데."

노인 한 명이 농담처럼 말했다. 유선은 동주와 노인들이 시체를 넣는 사이 잠시 돌아서 있었다. 주방은 꽤 넓었다. 유선은 옆에 있는 냉장고를 열어보았다. 안에는 여러 음식과 음료가 가득했다. 냉장고 안을 보던 유선의 눈에 한 반찬통이 들어왔다. 유선이 그것을 꺼내 보니 냉장고 맨 윗칸 옆면에 글씨가 적혀 있었다. 유선은 붉은색 글씨를 어렵지 않게 알아봤다.

―불귀도에 발을 들여놓은 자, 피를 토하고 죽으리라!

"동주 씨."

유선은 다급하게 동주를 불렀다.

"무슨 일입니까?"

다가온 동주에게 냉장고 속 글씨를 가리켜 보였다.

"이 정도면 연쇄살인이라고 볼 수도 있겠네요."

"그렇죠. 귀신이 이렇게 글씨를 남기지는 않을 테니까요."

유선은 그렇게 말하고는 뒤를 돌아봤다. 노인 둘이 냉동고 앞에 멀뚱히 서 있었다. 그중 유독 어두운 표정의 노인이 웅얼거리듯 말했다. 주방의 희미한 조명처럼 꺼질 듯 말 듯 아슬아슬

한 목소리였다.

"더 죽을 거야."

"네?"

동주가 되물었지만 노인은 주방을 나갔다.

"방금 무슨 말씀을 하신 거죠?"

남아 있던 노인은 질문을 받자 당황하더니 몸을 돌렸다. 주방에 둘만 남은 유선과 동주는 다시 냉장고 안을 들여다봤다.

"이 음식들 다 못 먹는다고 보면 되겠죠?"

유선이 물었다.

"배가 고프긴 하지만 그렇다고 봐야죠. 어디에 뭐가 들어갔을지 모르니까."

동주의 말을 들으니 유선도 새삼 배가 고팠다. 어제부터 지금까지 한 끼도 먹지 못했다. 그럴 새도 없이 연달아 사건이 터졌고 이제는 꼼짝없이 굶어야 할 상황이었다.

"근데 사이다에 뭘 넣은 걸까요?"

유선은 궁금했다. 어떤 독이기에 몇 모금 마신 것만으로 피를 토하고 사지를 꺾으며 죽게 되는 걸까.

"그건 저도 잘 모르겠습니다. 한 가지 확실한 건 독이 무색무취라는 거죠. 사이다는 투명한 그대로였고 다른 냄새도 나지 않았습니다."

"다른 피해자가 나오지 않아야 할 텐데요."

더 죽을 거라는 노인의 말이 마음에 걸렸다. 누구도 거식의 죽음을 예상하지 못했고 사이다에 독이 들어 있을 거라는 것도 짐작하지 못했다. 앞으로 어떤 사건이 더 일어날지 아무도 모르는 일이었다.

"그렇게 안 되도록 막아야죠."

동주가 그렇게 말하자 뒤에서 대답이 돌아왔다.

"그러자면 빨리 범인을 찾아야 합니다."

돌아보니 주방 입구에 정우가 서 있었다. 그는 피곤한 얼굴로 두 사람을 바라봤다. 그래도 예리한 눈빛만은 그대로였다. 유선은 거식의 시체 앞에서 살인사건이라 외치던 정우의 모습을 떠올렸다. 오늘도 마찬가지였다. 다른 음식에도 독이 들었을지 모른다고 말한 이도 정우였다. 어쩌면 지금 이곳 불귀도에서 가장 냉철한 사람은 카메라를 든 정우일지도 모른다고 유선은 생각했다.

"혹시 짚이는 거라도 있으세요?"

유선이 묻자 정우는 난처한 표정을 지었다.

"솔직히 저도 잘 모르겠어요. 범인이 한 사람인지, 아니면 다수인지 확실하지 않으니까."

"다수라면?"

이번에는 동주가 물었다.

"어제 사건의 범인과 오늘 사건의 범인이 다를 수도 있다는 거죠."

정우가 대답했다.

"하지만 여길 보세요. 범인은 같은 메시지를 적어놓았어요."

유선은 정우가 쉽게 볼 수 있도록 냉장고 앞에서 비켜섰다.

"어때요?"

"글쎄요. 이것만 가지고 확신할 순 없겠어요. 어제 일어난 사건은 모르는 사람이 없잖아요. 누군가 일부러 이걸 적어 넣었을 가능성도 있죠."

"아무래도 여러 가능성을 열어두고 조사해야겠습니다. 혹시 두 분께서 도와주실 수 있습니까?"

동주가 물었다.

"전 우선 현정이를 찾아볼 생각입니다."

"아…… 네, 그러셔야죠."

"같이 수색해줄 사람들이 있을까요?"

유선이 물었다. 정우는 쓴웃음을 지었다.

"없겠죠. 아니, 있다 하더라도 큰 도움은 안 될 것 같네요."

"그럼 제가 같이 가드릴게요."

유선은 현정이 걱정되는 것도 사실이었지만 마냥 마을회관에 갇혀 있기는 싫었다. 아니, 그럴 수 없었다. 모두가 한곳에 모인 지금이야말로 유현의 흔적을 찾기 가장 좋을 때일 수도 있었다. 유선은 이 틈을 타 섬 구석구석을 빠짐없이 돌아봐야겠다고 생각했다.

"음…… 알겠습니다. 그렇게 해주시면 저야 좋죠."

정우는 잠시 망설이는 것 같더니 고개를 끄덕였다.

"할 수 없네요. 사람 찾는 게 우선이니 여긴 제가 맡겠습니다. 두 분 조심해서 다녀오세요."

결론을 내린 셋은 주방을 나섰다. 그러자 기다렸다는 듯 거식이 동주에게 다가와 물었다.

"이제 어떡할 겁니까?"

"유선 씨와 피디님은 동료를 찾기 위해 다녀올 겁니다. 저는 이곳에 남아 마을분들의 안전을 지키는 한편 범인이 누구인지 밝혀내도록 하겠습니다. 이장님의 협조 부탁드립니다."

"알겠습니다."

거식은 의외로 순순히 대답하더니 유선에게 말했다.

"입구에 비옷이 준비돼 있으니 두 분 다 그걸 입고 가시면 되겠네요."

"감사합니다."

유선은 갑자기 친절을 베푸는 거식이 의아했다. 찜찜한 마음을 뒤로한 채 유선은 정우와 함께 마을회관 입구로 향했다. 거식의 말처럼 검은색 비옷이 몇 장 걸려 있었다. 비옷을 챙겨 입고 있을 때 동주가 따라 나와 말했다.

"조심하셔야 합니다. 위험한 일은 피하세요."

"네."

유선과 정우가 동시에 대답했다. 문을 열자 대번에 비바람이 몰아쳤다. 폭풍우의 위세는 줄어들기는커녕 시간이 지날수록 커지는 것만 같았다. 거의 사선으로 날리는 빗줄기가 폭격하듯 여기저기 내리꽂혔다.

"어디부터 가볼까요?"

유선이 소리쳤다. 목소리를 높이지 않고서는 대화가 불가능할 정도로 바람 소리가 우렁찼다.

"바다장이요!"

정우도 크게 외쳤다. 유선은 고개를 끄덕였다. 두 사람이 마을회관 밖으로 나가자마자 큰 소리로 문이 닫혔다. 유선은 잠시 뒤를 돌아봤다. 굳게 닫힌 문은 다시는 열리지 않을 것처럼 보였다.

*

현정은 없었다. 돌아왔다 나간 흔적도 보이지 않았다. 방은 지난밤 그대로 텅 빈 채 을씨년스러운 분위기만 풍기고 있었다.

"역시 없네요."

"혹시 섬 뒤쪽에 있는 산으로 간 건 아니겠죠?"

유선은 물으면서도 그건 아닐 거라 생각했다. 바다장에서 산

입구까지는 꽤 거리가 있었다. 현정이 비를 뚫고 그곳까지 가는 모습이 쉽게 그려지지 않았다. 아니나 다를까 정우도 고개를 저었다.

"그건 아닐 겁니다. 오히려 염전으로 간 게 아닐까 싶습니다."

"무슨 이유라도……."

"저희는 사실 생활정보 프로그램에서 나온 게 아닙니다."

정우의 말에 유선은 이미 알고 있었다고 하려다가 말았다. 현정의 말실수를 굳이 꺼낼 필요는 없을 것 같았다.

"그럼요?"

유선은 모르는 척 물었다.

"저는 보도국 피디입니다."

"보도국이라면……."

"탐사 보도 프로그램을 제작하죠. 불귀도에 오게 된 건 제보를 받았기 때문입니다. 이곳에서 사람을 감금해서 섬 노예로 부리고 있다는 제보였습니다."

섬 노예라는 말에 유선의 심장이 뛰었다. 어쩌면 정우에게 도움을 받을 수 있을지도 몰랐다. 정우가 말을 이었다.

"저와 현정이는 진실을 밝히기 위해 잠입 취재를 결심했습니다. 그런데……."

"예상하지 못했던 사건이 터진 거군요."

"네."

"현정 씨가 따로 움직일 이유라도 있나요?"

"그건 저도 모르겠습니다. 다만 현정이는 아주 의욕적이었습니다. 혼자서라도 특종을 잡으려 했는지 모릅니다. 그래서 염전에 간 게 아닐까 짐작하는 겁니다."

유선은 말을 해야 하나 말아야 하나 망설였다. 자신이 불귀도로 오게 된 이유를 지금 이 순간에 털어놓는 게 맞을까? 고민하고 있는데 정우가 뜻밖의 말을 했다.

"유선 씨는 꼭 따라오지 않으셔도 됩니다. 날씨가 이렇게 험한데 괜히 폐를 끼치는 것 같아서요. 피곤하실 텐데 저 혼자 찾아볼 테니 쉬세요."

"아니에요. 저도 갈게요."

왠지 지금 정우를 따라가야 할 것 같았다. 일종의 예감이었다. 유선의 감은 언제나 잘 맞는 편이었다. 우석이 죽던 날도 그랬다. 햇빛이 출렁이는 바다에 난반사되어 찬란한 빛 알갱이가 흩뿌려지던 그날, 모두가 즐거운 탄성과 함께 웃음을 터뜨렸지만 유선만은 예외였다. 명치끝이 묵직하게 조여왔고 팔뚝에는 오소소 잔털이 들고 일어났다.

"그렇다면 신세 좀 질게요."

정우가 대답과 함께 복도로 나가려 할 때였다. 유선이 정우의 어깨를 재빨리 잡았다. 놀란 정우가 어둠 속에서 고개를 돌렸다.

"쉿."

159

유선은 검지를 입술에 가져다 대며 턱짓으로 복도를 가리켰다. 누군가가 계단을 밟고 올라오는 소리가 들렸다. 철벅철벅. 철벅철벅. 발소리는 하나가 아니라 둘이었다. 정우가 살며시 방문을 닫았다. 그러고는 핸드폰 조명을 껐다. 유선도 정우를 따라 문에 붙어 섰다. 곧이어 4층 복도로 올라온 두 사람의 대화가 들렸다.

"여기도 없는 것 같습니다만."

"이장님 댁에도 없고 다들 어디 간 거야?"

김 목사와 강두였다.

"그냥 나가죠."

정우는 유선에게만 겨우 들릴 정도로 조용히 속삭였다. 맞는 말이었다. 굳이 숨을 필요는 없었다. 하지만…….

"조금만 기다려요."

유선이 낮은 목소리로 말했다. 지금 나가면 안 된다. 그런 예감이 온몸을 훑고 지나갔다. 정체를 알 수 없는 불안감이 벌레처럼 등허리를 타고 목덜미까지 기어올랐다. 강두 목소리가 다시 들렸다.

"진짜로 이 양반들이 사고 친 건 아니겠지?"

"에이, 설마요. 그냥 소금 가지러 온 사람들인데."

김 목사가 대답했다.

'낚시꾼들이 소금을 가지러 왔다고?'

유선은 의아했다. 소금을 사는 건데 왜 굳이 낚시꾼 행세를 했고, 이장은 무슨 이유로 그 셋의 정체를 숨기려 했던 걸까.

두 사람의 대화에 유선은 귀를 기울였다.

"사람들 벗겨 먹는 게 전문인 양반들이잖아. 무슨 짓을 벌일 지 모른다고."

"그래도 거식 어르신을 죽이지는 않았겠죠. 사이다에 독을 탈 이유도 없잖아요."

"그쪽에서 우리 물건을 가로채려고 했다면?"

"저는 황 무당 짓이라고만 생각했는데……."

"그 여자도 의심스럽기는 해. 아니, 제일 의심스러운 건 역시 이장님인가? 크크."

순간 유선은 자기 귀를 의심했다.

"어휴, 그런 말씀 마세요. 누가 듣기라도 하면……."

"왜? 여기 나랑 김 목사뿐인데 누가 듣는다고. 설마 일러바칠 건가? 아니지. 잠깐 있어봐. 뭍에서 온 그 셋이랑 제일 잘 아는 건 김 목사 당신이잖아, 안 그래? 혹시 우리들 모르게 뭐 꿍꿍이 속이라도 있는 거야?"

"아뇨, 그럴 리가요. 저야 심부름하는 정도인데요, 하하. 그런 데 이장님이 그 정도로 절박한 상황인가요?"

"자네한테는 돈 이야기 안 하던가?"

"했죠. 했는데……."

"잠깐. 바닥에 물이 떨어져 있는데?"

유선은 숨을 삼켰다. 정우도 긴장하는 게 느껴졌다. 문은 잠겨 있지 않았다.

"그러네요. 이 방으로 이어져 있네요."

김 목사의 말이 떨어지자마자 유선과 정우는 약속이라도 한 듯이 동시에 화장실로 향했다. 두 사람이 화장실에 들어가자마자 방문이 열렸다. 정우는 유선을 끌어당긴 뒤 살며시 샤워 커튼을 닫았다.

"여기가 누구 방이지?"

강두 목소리가 똑똑히 들렸다. 두 사람은 방 안을 둘러보는 듯 조용했다. 손전등의 강렬한 불빛이 화장실까지 훑었다. 유선은 자기도 모르게 정우의 팔을 꽉 쥐었다. 들어서는 안 되는 이야기를 듣고 말았다. 그 사실을 알면 강두가 어떻게 나올지 알 수 없었다.

"화장실에 가봐."

"네."

김 목사가 안으로 들어오는 것 같았다. 물에 젖은 신발이 타일 바닥을 밟자 찌익찌익 소리가 났다.

"뭐 있어?"

강두가 물었다.

"아뇨."

김 목사가 그 말과 함께 샤워 커튼을 잡고 드르륵 열었다.

"헉."

유선은 움찔하며 벽에 붙어 섰다. 김 목사와 눈이 딱 마주쳤다. 정우가 앞으로 나가려는 순간 김 목사가 손을 들어 보였다.

"아무도 없어요."

김 목사는 그렇게 말한 후 샤워 커튼을 닫고 돌아섰다.

"그러면 가지. 빌어먹을 산을 둘러봐야겠어."

강두의 말을 끝으로 두 사람은 방을 나간 것 같았다. 그들의 발소리가 완전히 멀어질 때까지 유선과 정우 둘 다 움직이지 않고 한참을 더 기다렸다. 긴장감의 파도가 잦아들기 시작한 건 천둥과 번개가 한번 치고 지나간 다음이었다. 유선이 물었다.

"괜찮겠죠?"

"네. 간 것 같습니다."

정우는 샤워 커튼을 걷었다. 조용한 어둠뿐이었다. 두 사람은 조심스럽게 방으로 갔다. 아무도 없는 걸 확인하고 나서야 유선은 한숨을 쉬었다.

"김 목사는 왜 우릴 못 본 척했을까요?"

이해할 수 없었다. 굳이 따지자면 김 목사는 이장 쪽 사람이었다. 그런데 왜?

"김 목사도 나름의 꿍꿍이가 있는 것 같습니다."

정우가 말했다. 유선은 자신의 꿍꿍이에 대해서는 언제 털어

놓아야 하나 고민하며 정우를 바라봤다.

*

"산발귀 짓이 틀림없다니까."

"쓸데없는 소리 그만 좀 해."

따로 모여 앉은 사람들이 자기들끼리 수군거렸다. 거식은 연단 위 의자에 피곤한 얼굴로 앉아 있었다. 동주는 사람들을 새삼 찬찬히 훑어봤다. 모두 늙고 약해 보였다. 세월을 각인해 넣은 것 같은 깊은 주름과 그 주름 사이에 피어난 검버섯은 이들이 살아갈 날이 얼마 남지 않았다는 걸 말해주고 있었다.

대부분의 낙도가 그렇듯 불귀도 역시 10여 년 안에 인구가 절반으로 줄 것이다. 염전업으로 생계를 유지한다 해도 새로 들어오는 사람이 없으면 결국 쇠퇴할 수밖에 없다. 어쩌면 이번 사건이 불귀도의 몰락을 부추기게 될지도 모른다고 동주는 생각했다. 서둘러 범인을 찾아야 했다. 산발귀라는 귀신이 살인을 저질렀을 리는 없었다. 동주는 귀신 따윈 믿지 않았다.

시간이 흐르자 수군거리던 소리가 잦아들었다. 노인들은 찬 바닥에 눕거나 벽에 기댔고 개중에는 웅크린 채 잠을 청하는 이도 있었다. 그런 상황에서도 세 번째 그룹 사람들은 불편한 자세로 앉아 있었다. 동주는 일어나 복도로 향했다. 화장실에 갈 생각이었다. 비는 여전히 퍼붓고 바람의 세기도 줄지 않았다. 하필이면 이런 날씨에 살인사건이 벌어진 건지, 아니면 범인이 이런 날씨를 노린 건지 동주는 궁금했다. 화장실로 막 들어가려 할 때 누군가 동주를 불렀다.

"저기……."

돌아보니 불귀상회의 주인이었다.

"무슨 일이십니까?"

"드릴 말씀이 있어서……."

노파는 조심스럽게 말하며 강당 안쪽을 돌아봤다.

"이쪽으로 오시죠."

동주는 노파와 함께 화장실을 지나 복도 끝까지 갔다. 노파는 그제야 마음이 조금 놓이는 듯 얼굴에 긴장이 가셨다.

"어르신, 하고 싶은 이야기 맘껏 하세요."

동주가 말했다.

"숙자."

"네?"

"다들 최씨라고 부르는데 내 이름이 숙자요. 최숙자. 영감쟁이 죽고 나서 가게 이름을 숙자상회라고 바꾸고 싶었는데 주인님이 허락을 안 해주시는 바람에 못 바꿨어요. 내 이름 단 가게 하나 내는 게 꿈이었거든요."

이야기가 엉뚱하게 흘러가는 것 같았지만 동주는 고개를 주억

거리며 들었다. 숙자는 한탄하듯 한숨을 푹 쉬더니 말을 이었다.

"그런데 그거 하나도 내 맘대로 할 수가 없더라고요. 여기가 원래 그래요. 오죽하면 언제 똥 누고, 언제 잘지도 주인님 허락을 받아야 한다는 말이 있을 정도였으니까. 나는 말이요, 주인님이 천년만년 살면서 불귀도를 다스릴 거라고 생각했어요. 그런데 이렇게 허망하게 가시고 또 흉흉한 일들이 생기니까 지금껏 너무 바보처럼 살아왔다는 생각이 들지 뭡니까. 아마 다들 비슷한 생각일 거요. 그러니까 내 말은…… 이런 작은 섬에서 뭔 놈의 주인이고 뭔 놈의 하인인지 참 한심하다는 겁니다."

"주인과 하인이요?"

"순경님은 불귀도에 처음 온 거라 모를 거요. 아니, 자주 왔어도 모를 수 있지. 여긴 겉으로 보기엔 아주 평화로운 섬이니까. 그런데 말이야, 세상에는 보이는 게 전부가 아니에요. 요 코딱지만 한 섬에 주인이 있고, 양반이 있고, 평민이 있고, 천민이 있다면 믿으시겠어요?"

"아! 그래서……."

동주는 세 그룹으로 나눠 앉은 사람들을 떠올렸다. 그들 사이에 보이지 않는 벽이 있다는 건 느껴졌지만 그게 계급과 연관되어 있으리라는 건 상상도 하지 못했다. 게다가 양반과 평민 그리고 천민이라니.

"나는 평민입니다. 평민은 평민끼리 친하고, 천민은 또 천민

166

끼리 친하죠. 평소에는 격 없이 지내다가도 섬에 큰일이 생기면 지금처럼 신분에 따라 움직이라고 주인님이 명했지요. 그렇게 해야 가끔 들어오는 외지인한테도 이상하게 보이지 않는다고. 그러니까 우린 외지인과 있을 땐 연기를 하는 셈이죠."

"신분은 누가 정해주는 겁니까?"

숙자는 무슨 말을 하느냐는 듯 어리둥절한 얼굴로 천천히 입을 열었다.

"신분은 타고나는 겁니다."

"그럼 태어나서 죽을 때까지 이곳의 신분에 따라 산다는 말씀인가요?"

"그렇지요. 양반으로 난 사람은 대대로 양반으로, 천민은 늙어 죽을 때까지 천민으로 삽니다. 무슨 생각하는지 알아요. 젊은 순경님은 이해를 못 하겠죠. 하지만 말이에요, 이 작고 오래된 섬에 복닥복닥 우리끼리 모여 살다 보면 이상하다, 부당하다 이런 생각은 못 하게 되는 법입니다. 순응하게 된다고나 할까."

숙자는 눈을 가늘게 뜨고 설명했다. 그 눈에 떠오른 건 체념의 빛이었다. 동주는 숙자의 말이 이해가 되는 듯싶다가도 되지 않았다. 불귀도 노인들은 핸드폰을 사용하고 텔레비전을 보고 뭍과 왕래한다. 아무리 불귀도라는 고인 물에 있다 한들 지금 이 시대에 자신들만의 계급 사회에 적응해 살아간다니 선뜻 받아들이기 어려웠다.

"아무도 불평하지 않습니까?"

"불평하면 여기서 살 수 없으니까, 그리고 반항했다가는……."

숙자는 말끝을 흐렸다.

"반항했다가는?"

"아니, 내가 그 말씀을 드리려던 게 아니고 실은 말이에요."

숙자는 말을 돌리며 동주 옆으로 붙어 서더니 주위를 살핀 후 목소리를 잔뜩 낮춰 속삭였다.

"주인님 죽인 놈이 누구인지는 몰라도 사이다에 독 탄 사람은 알 것 같아서……."

"그게 누굽니까?"

"천민 중에 강 영감이라고 있어요. 정신이 좀 오락가락하는 영감쟁이인데, 그 영감 집에 메소밀이 많아요. 일전에 한번 들렀던 적이 있는데 그때 봤거든요. 메소밀을 제초제로 쓴다고……."

"강 영감님이라는 분이 누군지 알려주실 수 있나요?"

동주가 그렇게 물었을 때였다.

"으악!"

강당 안에서 비명이 들렸다. 동주는 숙자를 남겨두고 재빨리 달려갔다.

모두 얼어붙은 채 한곳을 보고 있었다. 거기에는 바닥을 뒹구는 노인이 있었다. 불과 몇 시간 전과 똑같은 광경이었다. 노인은 목을 쥐어뜯으며 괴로워했다. 울컥 피를 토하며 몸을 배배 꼬았다. 도저히 인간의 것이라고는 믿을 수 없는 괴성을 질러댔다.

"크아아!"

동주는 노인에게 다가갔지만 할 수 있는 게 아무것도 없었다. 이미 손쓸 수 없는 상황이었다.

"끄윽. 끄윽."

괴성이 잦아들었다. 코와 입에서 뿜어져 나오던 피의 양도 줄어들었다. 노인은 눈을 뜬 채 숨을 거뒀다. 혀와 입 주변도 검게 변해 있었다.

"도대체 어떻게 된 겁니까?"

딱딱하게 굳어 있던 거식이 한 박자 늦게 동주를 바라봤다.

"뭘 드신 겁니까?"

"물을…… 마셨을 뿐인데."

"물이요?"

"목이 마르다고 싱크대에서 물을 틀어 마셨어요."

누군가가 덧붙여 말했다.

"수돗물을 마셨는데 이렇게 됐다고요?"

"설마 거기도 독이 들었을 거라고는 생각 못 했습니다."

거식은 관자놀이를 문지르며 말했다. 동주는 주위를 둘러봤다. 사람들은 단순히 겁에 질린 게 아니라 좌절하고 절망하고 있는 것 같았다. 동주는 지금 이 순간이야말로 정신을 바짝 차려야 할 때라고 생각했다. 자신이 무너지면 이곳의 상황은 걷잡을 수 없이 흘러갈 것 같았다.

"물은 어디서 흘러오는 겁니까?"

"불귀도에는 수원이 두 개 있습니다. 작은 우물 하나와 병악
산에서 끌어오는 물. 우물은 주로 농수로 쓰고 식수는 병악산
물을 물탱크에 받아다가 사용합니다. 수도꼭지에서 나온 물은
물탱크에 들어 있는 겁니다."

거식이 대답했다. 동주는 병악산 아래 있던 노란색 물탱크를
떠올렸다.

"물탱크에 독이 들어 있을지도 모릅니다. 이제 수도에서 나오
는 물도 사용해선 안 됩니다."

동주가 말하자 여기저기서 탄식이 들렸다.

"도대체 누가 이렇게까지……."

"이건 우리를 다 죽이려는 수작 아니야?"

"일단 진정하고 앉으세요. 조심하면 독에 당하는 일은 없을
겁니다. 범인은 제가 꼭 잡겠습니다."

동주의 말에 사람들이 하나둘 자리에 앉기 시작했다. 물론 죽
은 노인에게서 멀찌감치 떨어진 채. 동주는 냉동고에 더는 공간
이 없다는 사실을 떠올렸다. 이제는 복도에 두고 담요라도 덮어
두어야 할 판이었다.

"아무나 좀 도와주세요."

죽은 노인의 상체를 들며 동주가 말하자 노인 둘이 나섰다.

아까와 같은 사람들이었다. 아마도 저들이 천민이겠지. 동주는 그렇게 생각했다.

"아무래도 메소밀 같습니다."

"네?"

시체를 옮기려던 동주는 거식의 말에 멈칫했다. 거식은 예리한 눈빛으로 시체를 보며 말을 이었다.

"메소밀은 농약으로, 냄새도 맛도 색깔도 없습니다. 하지만 독성이 강해 조금만 먹어도 목숨을 잃게 됩니다. 2012년부터 금지했는데 여전히 여기저기서 사용하는 게 현실입니다."

"메소밀이라고 생각하시는 이유가……."

"전에 본 적이 있습니다. 메소밀을 마신 사람을. 그 사람, 꼭 저렇게 죽었습니다. 고통에 몸부림치다가 피를 토하면서 숨이 끊어졌지요. 혀도 시커멓게 변하고."

그때였다.

"아! 잘 좀 들어, 강 영감."

동주를 도와주러 나온 노인 중 한 명이 나머지 한 명에게 말했다. 강 영감이라 불린 사람은 눈만 껌벅이고 있었다. 동주는 그가 누구인지 금세 알아봤다. 어제 자신에게 농담을 건넸던 노인, 누군가 또 죽을 거라고 말했던 그 노인이었다.

어두운 비밀

쏟아지는 폭우 탓에 바다와 하늘의 경계가 흐릿했다. 빛과 어둠의 경계도 마찬가지였다. 사방이 회색빛으로 물들어 있었다. 몇 시나 되었는지 짐작할 수 없었다. 햇빛은 심해어의 퇴화한 눈처럼 흔적만 남아 있을 뿐이었다.

바로 지척에 번개가 떨어졌다. 하늘과 바다 사이에 빛의 그물이 드리웠다가 사라졌다. 지금껏 본 적 없는 엄청난 번개였다. 잠시 눈앞이 보이지 않을 정도였다. 뒤이어 하늘이 무너지는 듯한 소리가 났다. 보이지 않는 거대한 손이 목덜미를 잡고 내리누르는 것 같았다. 유선은 자기도 모르게 몸을 움츠렸다.

"괜찮아요?"

"네! 빨리 가요."

걱정해주는 건 고맙지만 폐를 끼치기는 싫었다. 도움이 되고
싶었다. 누군가를 찾는 일이 얼마나 힘든지 유선은 잘 알고 있
었다. 그리고 얼마나 애가 타는지도.

정우는 앞서 걸음을 옮겼다. 등에 멘 백팩이 눈에 들어왔다.
저 백팩은 정우와 거의 한 몸인 것 같았다. 유선은 얼른 정우 뒤
로 따라붙었다. 두 사람은 한동안 어깨를 나란히 하고 걸었다.
바람이 괴성을 지르는 듯 불어왔다. 맞바람을 이기려면 최대한
고개를 숙이고 걸을 수밖에 없었다.

"다 왔네요."

어느새 염전이었다. 정우는 빗물이 고여 저수지처럼 변한 염
전을 가리키며 말했다.

"나눠서 찾아보면 어떨까요? 저는 저쪽 끝부터 둘러볼게요."

유선은 주위를 둘러봤다. 염전 옆에는 여러 채의 건물이 있었
다. 죽은 두만이 발견된 소금창고는 그중 하나였다. 우선은 염
전을 따라 무작정 걸었다. 뭐라도 좋으니 흔적이 나오길 바라면
서. 유선의 바람과는 달리 보이는 거라고는 온통 물뿐이었다.

유선은 고개를 돌려 소금창고를 바라봤다. 꺼림칙하기는 했
지만 둘러보지 않을 수 없었다. 무자비한 바람에도 소금창고는
용케 버티고 서 있었다. 나무로 얼기설기 지은 것 같은데 의외
로 튼튼한 모양이었다. 하긴 그랬으니 오랜 세월 동안 무너지지

않았을 거라고, 유선은 생각했다. 소금창고와 불귀도가 닮았다는 생각도 했다.

희미하게 방울 소리가 들린 건 유선이 소금창고에 다가가 막 문을 열려던 때였다. 처음에는 바람에 뭔가가 흔들리며 나는 소리라 생각했다. 그런데 아니었다. 방울 소리는 분명 소금창고 안에서 들려왔다.

'뭐지?'

오싹했다. 사람이 죽어나간 소금창고에서 들리는 방울 소리. 유선은 두리번거리며 정우를 찾았지만 보이지 않았다. 할 수 없이 조심스레 문을 열었다. 문은 잠겨 있지 않았다.

딸랑. 딸랑.

문을 열자마자 다시 울리는 방울 소리와 함께 기이하면서도 섬뜩한 광경이 유선의 눈에 들어왔다.

황 무당이었다. 흰색 저고리와 치마를 입은 황 무당이 두만이 매달려 있던 바로 그 자리에 서서 알 수 없는 말을 중얼거리고 있었다. 바닥에는 여러 개의 초를 밝혀놓고 군데군데 향도 피우고 있었다. 황 무당은 허공을 보며 말하다가 몸서리치듯 팔을 흔들었는데 그때마다 방울 소리가 났다. 오른손에 든 방울은 유선이 전에 본 적 없이 크고 화려한 것이었다.

유선은 어떻게 해야 할지 몰라 보고만 있었다.

"왔으면 문부터 닫아."

황 무당이 유선에게 등을 보이고 선 그대로 말했다. 문을 닫자 그제야 유선을 돌아봤다. 마을회관 앞에서 굿을 할 때와는 전혀 다른 인상이었다. 짙은 화장이 지워진 맨얼굴은 초췌하지만 한편으로는 어려 보였다.

황 무당은 유선을 물끄러미 쳐다봤다. 촛불이 어른거리는 탓에 표정을 읽기 어려웠다. 그늘이 드리웠다가 사라지기를 반복했다. 소금창고 안에는 보통의 향냄새와 다른 알싸하고 매캐한 냄새가 맴돌았다.

"혹시 여기 다른 사람은 안 왔나요?"

유선이 먼저 입을 열었다.

"너는 누굴 찾고 있구나."

황 무당이 말했다.

"네! 노현정 씨라고, 어제 저랑 같은 배를 타고……."

"왜 귀신을 달고 다니니?"

"네?"

유선이 놀라 되물었다.

"귀신이 너를 노려보고 있어."

"그게 무슨 말이죠?"

"죄지은 놈들이 마땅히 죗값을 치른다면 이 폭풍우는 물러갈 거야."

유선은 황 무당 쪽으로 한 발 다가갔다.

"무슨 말인지 설명해주세요."

유선이 묻자 황 무당은 몸을 부르르 떨었다. 방울 소리가 났다.

딸랑. 딸랑. 딸랑.

고개를 함께 흔들던 황 무당이 멈췄을 때 그 입에서는 전혀 다른 목소리가 흘러나왔다.

"언니, 이리 와봐. 내가 재밌는 거 보여줄게."

황 무당은 새침한 여자아이 같은 미소를 지으며 유선을 향해 손짓했다.

"빨리 와봐."

유선은 대답할 말을 찾지 못하고 서 있었다. 장단을 맞춰줘야 하는지 아니면 무시해야 하는지 판단이 서지 않았다. 천진한 아이처럼 변한 황 무당은 멀쩡했을 때보다 더 섬뜩한 기운을 내뿜고 있었다.

"나는 두만 할아버지가 왜 죽었는지 알거든."

황 무당은 비밀을 이야기하듯 유선에게 속삭였다.

"왜 죽었는데요?"

유선이 묻자 황 무당은 키득키득 웃었다.

"그 할아버지는 아주 못된 사람이야. 사람을 죽였어. 그러니까 벌을 받은 거지."

"누굴, 언제 죽였다는 거죠?"

유선은 빨리 이곳을 빠져나가고 싶었다. 갑갑했다. 비옷 안으로 땀이 차올라 피부가 근질거렸다. 머리가 아프고 숨쉬기가 점점 힘들어졌다. 공황발작이 왔나 싶었지만 그것과는 조금 달랐다.

"내가 말해줄 테니까 빨리 와."

황 무당은 은근한 말투로 유선을 불렀다.

"알았어요."

유선은 황 무당에게로 다가갔다. 두만이 매달려 있었던 바로 그 서까래 아래였다. 황 무당은 유선을 보며 키득키득 웃더니 속삭였다.

"두만 할아버지는 말이야. 어쩔 수 없이 사람을 죽였다고 했어."

"그게 무슨 소리죠?"

유선이 물었다.

"언니는 알잖아."

황 무당의 목소리는 더 작아졌다.

"언니도 그랬잖아."

"무슨······."

"언니도 어쩔 수 없이 사람 죽여봤잖아, 크크크."

순간 머리가 웅, 하고 울리는 듯하고 눈앞이 흐려졌다. 유선은 비틀거리면서도 간신히 한마디를 했다.

"나는 아니야."

"불귀도 사람들 다 그렇게 말해. 나는 아니라고. 나는 잘못이 없다고. 나는 모른다고."

"나는……."

어지러웠다. 향냄새가 콧속을 파고들었다. 소금창고 안 풍경이 흑백이었다가 총천연색으로 변했다가 반복되었다. 황 무당의 말이 꼭 노랫소리처럼 들렸다.

"옛날에도 사람들이 그랬대. 나는 잘못이 없다고. 나는 책임이 없다고. 근데 언니, 언니 뒤에 달고 온 귀신은 그게 아니라고 말하는데?"

유선도 왠지 웃고 싶었다. 아니, 실제로 웃음을 터뜨렸다. 한바탕 크게 웃은 후 유선은 쓰러졌다. 유선이 의식을 잃기 전 마지막으로 본 것은 자신 앞에 우뚝 서 있는 한 남자였다. 물에 퉁퉁 불어 이목구비를 알아볼 수 없게 된 남자.

그날의 날씨는 찬란하게 눈부셨다. 구름 한 점 없는 짙푸른 하늘, 청량하게 불어오던 바람, 그리고 투명하고 잔잔한 바다까지. 모든 게 반짝였다. 그 풍경들을 한 장의 그림으로 담아 '완벽한 하루'라는 이름을 붙여도 전혀 모자람이 없었다.

유선의 대학교 수영부가 동해로 훈련 겸 단합 대회를 떠나는 것은 연례행사였다. 훈련이라는 전제가 붙기는 했지만 사실상 엠티에 가까웠다. 그때만큼은 엄격한 코치들도 학생들을 풀어줬다.

수영부 부원들은 숙소에 짐을 두고 곧장 바다로 향했다. 모두

들뜬 표정을 감추지 못했다. 수영장에서는 절대 입을 일 없는 과감한 비키니를 준비해 온 학생도 있었다.

"와! 바다 냄새 진짜 최고다. 수영장 소독약 냄새하고는 차원이 다르다니까!"

누군가가 너스레를 떨며 말하자 다들 웃었다. 헬륨을 잔뜩 넣은 풍선처럼 모두의 마음이 두둥실 떠올라 높이높이 올라가고 있었다.

"수영 좀 한다고 까불지 말고 바다에서는 다들 튜브 타는 거다. 알겠지?"

"네!"

코치가 웃으며 말하자 학생들이 일제히 대답했다.

"자, 그럼 열심히 놀도록."

코치의 말이 떨어지기 무섭게 모두 함성을 지르며 바다로 내달렸다. 유선은 바닷가에 서서 바다로 뛰어드는 학생들을 보고만 있었다.

"유선아, 왜 안 와?"

먼저 달려갔던 우석이 바다 앞에 멈춰 서서 물었다. 희고 말간 얼굴에 햇빛이 매달려 달랑거리고 있었다. 모든 풍경 중에서 우석의 얼굴이 제일 눈부셨다. 유선은 자기도 모르게 웃었다.

"먼저 가요, 선배. 나는 좀 있다가 들어갈게."

"피곤해?"

피곤한 것도 사실이었다. 유선은 바로 어제 시대회에 참가하고 왔으니까. 유선은 그 대회에서 개인 신기록을 갱신했고 금메달을 땄다. 그로써 국가대표에 한 걸음 더 가까워졌다. 기뻐할 만한 일이고 실제로도 기뻤지만 웬일인지 어제부터, 정확히 말하자면 자정 무렵부터 기분이 가라앉아 그때까지 이어지고 있었다.

"아니요. 준비 운동 좀 하려고요!"

유선은 애써 밝은 목소리로 대답했다.

"알았어. 빨리 와."

우석은 웃으며 손을 들어 보이고 다시 바다로 향했다. 우석의 듬직하고 탄탄한 등을 보고 있으니 마음이 약간 놓이는 것도 같았다. 우석과 정식으로 사귀기 시작한 지 3개월이 넘은 때였다. 유선은 우석을 계속 선배라고 부르기는 했지만 그 단어 안에 진심어린 애정이 담겨 있었다. 우석의 한없이 투명한 마음에 자신이 가득 들어차 있다는 것 역시 알았다. 두 사람의 연애 소식은 수영부 부원들이라면 다 알고 있었다.

유선은 몸을 풀기 시작했다. 하지만 그러는 동안에도 꺼림칙한 예감은 사라지지 않았다. 심장이 요동치듯 두근거리고 뒷목이 뻣뻣하게 굳어왔다. 이유를 알 수 없으니 속절없이 불안했다.

'아무 일도 없을 거야.'

유선은 그렇게 생각하며 바다로 향했다. 바닷물은 따뜻하고,

발바닥을 간지럽히는 젖은 모래는 더없이 부드러웠다.

"유선아, 어서 들어와!"

친구들이 유선을 보고 손짓했다.

"눈치 없긴. 쟤는 우석 선배랑 놀아야지!"

다른 친구가 장난스레 말하자 유선은 피식 웃고 말았다.

"난 너희랑 놀 거야!"

유선은 힘차게 소리치며 바다로 뛰어들었다. 그러자 불안한 예감이 조금 옅어지는 것도 같았다.

걱정과는 달리 바다에서 노는 건 즐거웠다. 같은 물이라도 수영장과는 달랐다. 수영장의 물이 가르고 헤치고 나아가야 하는 장애물이라면 바닷물은 온몸을 편안하게 감싸주는 보호막 같았다. 유선은 마음 놓고 즐기기 시작했다.

"이제 나가자."

"해변까지 제일 늦게 가는 사람이 아이스크림 쏘기!"

유선은 이 여유로움을 조금 더 느끼고 싶었다.

"먼저 가. 난 좀 더 있을게."

유선은 튜브에 올라타 엉덩이만 집어넣고 하늘을 올려다봤다. 둥실둥실 떠 있는 느낌이 나쁘지 않았다. 눈을 감자 잔잔한 파도가 그대로 느껴졌다. 설핏 졸음이 밀려오며 동시에 유선을 짓누르고 있던 부담감과 걱정도 거짓말처럼 사라졌다.

유선의 가정 형편으로는 계속 운동하기가 어려웠다. 아빠 없이 엄마만 벌어서는 유현의 치료비를 대기도 벅찼다. 다른 운동과 마찬가지로 수영도 돈이 많이 들었다. 연습 때문에 유선은 아르바이트를 할 수도 없었다. 마음 편히 운동을 지속하려면 국가대표로 뽑히는 게 최선이었다. 그러자면 지금보다 더 잘해야 했다.

바람이 멈췄다. 유선은 문득 그 사실을 깨달았다. 슬그머니 눈을 뜨자 갑자기 돌풍이 불어왔다. 한 박자 늦게 제법 큰 파도가 밀려왔고 유선이 타고 있던 튜브가 높이 치솟았다.

아찔한 느낌에 유선은 소리를 질렀다. 유선이 이상을 눈치챈 것은 해변으로 밀려갔던 파도가 무시무시한 속도로 빠져나가는 걸 본 직후였다. 마치 수영장 바닥의 마개를 뺀 것처럼 바닷물이 빠지기 시작했다. 튜브는 그 흐름을 타고 먼바다로 떠밀려갔다. 이안류였다.

유선이 미처 무언가 조치를 취해보기도 전에 튜브가 뒤집혔다. 바닷속에서는 물살과 물살이 맞부딪쳐 소용돌이치고 있었다. 유선은 거기 휘말렸다. 헤엄을 치려고 해도 소용없었다. 보이지 않는 손이 유선의 다리를 붙잡고 늘어지고 머리를 내리눌렀다. 코와 입 속으로 바닷물이 마구 들어왔다.

숨이 막혔다. 눈을 떴지만 보이는 거라고는 시커먼 물과 흰색 거품뿐이었다. 유선은 허우적거렸다. 물에 빠진 건 태어나서 처음이었다. 전국에서 제일이라 소문난 잠영 실력은 아무런 도움도 되지 않았다. 정신을 차릴 수 없었다. 물이 머릿속까지 가득 차버린 것 같았다. 고통스럽고 괴로웠다.

죽는다!

그 사실이 선명하고 확실한 깨달음이 되어 유선의 온몸을 흔들었다.

그 순간 누군가가 유선의 손을 잡았다. 유선은 거기에 매달려서 수면 위로 얼굴을 내밀었다. 하지만 이미 패닉에 빠진 유선은 숨을 쉴 수 없었다. 미칠 것 같은 두려움이 혈관을 타고 맹렬히 휘돌았다.

"유선아! 정신 차려."

우석이었다. 우석의 목소리였다. 그걸 알지만 아무런 반응도 할 수 없었다.

"힘을 빼! 안 그러면……."

이 사람을 놓으면 죽는다. 오직 그 생각만 했다. 죽음의 공포는 유선의 정신을 잠식했다. 우석도 버둥거리기 시작했다. 그럴수록 유선은 우석에게 더 매달렸다. 다시 파도가 쳤다. 거대하고 흉포한 파도였다. 유선과 우석은 동시에 바다 밑바닥까지 내려갔다. 그제야 유선의 시야에 우석의 모습이 들어왔다. 우석은 휘둥그레 눈을 뜨고서 필사적으로 무언가를 말하고 있었다.

유선은 우석을 뿌리치고 정신없이 헤엄쳤다. 바다 쪽인지 해변 쪽인지 알 수도 없었다. 아니, 앞으로 나아가고 있는지조차 알 수 없었다. 그저 발버둥 치는 수준이었다.

조금이나마 정신을 차린 것은 한참 후의 일이었다.

"유선아! 괜찮아?"

그제야 유선은 자신이 해변으로 밀려왔음을 깨달았다.

"꺼억. 꺼억."

유선은 바닷물을 토해냈다. 폐가 뒤집히는 것 같았다. 머리가 깨질 듯 아팠다.

"우석 선배는?"

누군가가 그렇게 물었지만 유선은 대답할 수 없었다. 그대로 정신을 잃었기 때문이었다. 거친 숨을 토해내며 점점 사라지는 의식의 한 줄기를 부여잡고 있던 유선의 눈앞에 환영처럼 누군가가 보였다.

그건······ 원망하듯 유선을 내려다보는 우석이었다.

우석의 퉁퉁 불은 시체가 발견된 것은 다음 날의 일이었다.

유선은 자신이 환각에 빠져 있다는 걸 알았다. 그건 꽤 익숙한 느낌이었다. 몸은 한없이 가라앉는데 정신만 붕 떠서 침수하는 자신을 내려다보는 느낌. 고삐 풀린 정신은 여름날 아지랑이처럼 혹은 한 줄기 흰 연기처럼 흐느적거리며 날아올라 허공을 부유하는 느낌. 기분이 좋기도 하고 나쁘기도 하며 두렵기도 했다. 정신은 흩어졌다가 모이기를 반복하고 그때마다 전기가 통하듯 찌릿한 감각이 보이지 않는 신경을 타고 흘렀다. 모든 게 일그러진 괴물처럼 보일 때도 있고 동화에서나 나올 법한 총천 연색으로 보일 때도 있었다. 그에 따라 유선은 울거나 웃었다.

그 사고 이후 우울증과 공황장애가 찾아왔다. 유선은 충동적으로 약을 털어 넣을 때가 많았다. 삶이 지긋지긋할 때나 죽음이 간절할 때 주로 그랬다. 수면제, 항우울제, 항불안제 등을 한번에 넣고 우두둑 우두둑 씹어 삼키면 몇 분 지나지 않아 환각에 빠졌다. 몸은 잠들어 있지만 정신은 깨어 있는 상태, 피부가 벗겨져 신경만 드러난 듯 온몸의 감각이 한껏 예민해진 상태가 되는 것이다. 그동안에는 적어도 괴로움에 대해서는 잊을 수 있었다.

일종의 중독이었다. 그 중독을 벗어나기 위해 유선은 무던히 노력했고 지금은 최소한의 약으로 버티는 데까지는 왔다.

그랬는데…….

'지금 보이는 건 진짜가 아니야.'

유선은 필사적으로 정신을 부여잡으며 생각하고 또 생각했다. 너무나 갑자기 찾아온 환각 상태가 당황스러웠지만 이것이 영원히 계속되지는 않으리라는 건 자각할 수 있었다. 깨어나야 했다. 환각에 빠져 있는 동안 어떤 위험에 노출될지 알 수 없었다. 유선은 약에 중독된 채로 한 시간 넘게 동네를 배회한 적도 있었고 위험하게 가스불 앞에 서 있던 적도 있었다. 하지만 모두 기억에 없었다. 둥둥 뜬 기분 그대로 옥상에서 뛰어내리는 사람도 있다는 의사의 말을 들은 후 유선은 정말로 중독에서 벗어나야겠다고 생각했다. 죽고 싶었지만 죽을 수 없었다. 유현을 돌보기 위해서라도.

우석의 모습이 차츰 사라졌다. 원망어린 얼굴이 가장 마지막에 없어졌다. 따갑도록 느껴지던 적대적인 시선도 옅어졌다.

'이제 끝난 거야.'

하지만 유선의 예상과 달리 환각은 쉽게 물러가지 않았다. 다음 장면이 이어졌다. 마치 B급 공포 영화에서 등장하는 예측할 수 없는 장면처럼 툭, 하고 아무런 예고 없이 전혀 다른 장면이 나타났다.

유현이 있었다. 마르고 하얗던 얼굴이 검게 그을리긴 했지만 유현이 틀림없었다. 유현은 누군가가 하는 말을 들으며 고개를 끄덕였다. 오른손 검지를 관자놀이 근처에서 까딱거리기도 했다. 그건 유현이 무슨 말인지 이해했다는 뜻이었다.

그리고 다음 장면.

유현이 누군가의 다리를 힘주어 잡고 있다. 유현의 눈은 멍하고, 얼굴에 떠오른 표정은 딱딱하기만 했다. 유선은 그것이 무얼 말하는지 잘 알았다. 유현은 지금 자신이 이해하지 못하는 일을 기계적으로 하고 있는 것이었다.

유현아!

환각이라는 걸 알면서도 유선은 동생의 이름을 불렀다. 하지만 소리는 입 밖으로 나오지 않았다. 아니, 아까와 달리 유선 자신이 현실에 존재하는지도 인식할 수 없었다. 그저 유령처럼 떠돌고 있는 것만 같았다.

유현이 잡고 있는 다리의 주인은 두만이었다. 두만이 소금창고 바닥에 쓰러져 있었다. 가느다란 신음을 토해내며 조금씩 몸을 비틀며 움직이는 것이 똑똑히 보였다. 하지만 그뿐이었다. 더 이상 다른 건 보이지 않았다. 나머지 공간은 어둠이었다. 어둠 속에 무언가가 도사리고 있는 건 분명한데 무엇인지 알 길이 없었다.

유현아!

다시 동생을 불렀다. 유현은 마치 그 소리를 듣기라도 한 것처럼 움찔하더니 이내 무표정한 얼굴로 돌아왔다. 초점 없는 눈동자가 어딘가로 향했다. 유선도 그곳을 바라봤다. 거기는 비교적 덜 어두워서 소금창고 모서리에 선 존재를 알아볼 수 있었다.

산발귀였다.

길고 뻣뻣한 머리카락이 가슴 근처까지 내려와 얼굴을 온통 가리고 있었다. 흰색 옷은 피가 잔뜩 묻고 여기저기 찢어져 있었다. 얼굴은 머리카락에 가려졌지만 번뜩이는 안광만은 똑똑히 보였다. 검은자위 없는 눈이 유선을 노려봤다.

이번에는 사정없이 비가 쏟아졌다. 유현이 달리고 있었다. 거

187

친 숨소리가 생생하게 들렸다. 한쪽 다리를 저는 유현은 달리는 걸 힘들어했다. 누나가 시키는 건 뭐든지 해보려는 유현이었지만 유독 달리기는 거부했었는데 그런 유현이 달리고 있었다. 폭풍우가 몰아치는 불귀도 어딘가를.

기우뚱거리며 달리는 유현을 보며 유선은 불안감을 떨칠 수 없었다. 유현이 손에 들고 있는 공구 상자 때문만은 아니었다.

유선은 동생의 얼굴을 살필 수 있었다. 생동감 넘치는 눈빛으로 입을 단단히 다문 채였다. 즐겁다는 뜻, 자신의 의지로 무언가를 하겠다는 뜻이기도 했다. 고장 난 텔레비전을 고친 후 유선을 바라볼 때도 그런 표정이었다.

유현은 산속을 누비는 것 같았다. 쏟아지는 장대비 너머로 작은 건물이 보였다. 네모반듯한 시멘트 건물 위로 길쭉한 안테나가 서 있었다. 유선은 무슨 건물인지 대번에 알아챘다.

무선 기지국. 유현이 그곳을 향해 달리고 있었다.

안 돼!

이번에도 소리쳤지만 입 밖으로 소리가 나오지 않았다.

안 돼!

다시 한번.

안…….

*

"유선 씨!"

환각을 뚫고 현실의 목소리가 날아들었다. 유선 주위로 펼쳐졌던 장면들에 실금이 가기 시작했다.

"정신 차리세요!"

소리는 들리지 않았지만 유선은 느낄 수 있었다. 분명 무언가가 깨지고 갈라지는 것을. 동시에 실금의 범위가 넓어졌다. 가느다란 균열이 굵고 선명하게 바뀌었다. 모든 풍경, 나무, 시커먼 하늘, 바위, 시멘트 건물과 안테나, 그리고 유현까지 순식간에 깨졌다. 산산조각 났다. 유선은 숨을 몰아쉬며 깨어났다.

"괜찮아요?"

정우가 내려다보고 있었다.

"여기……."

눈을 껌벅이며 주위를 둘러봤다. 여전히 소금창고 안이었다. 황 무당은 사라지고 없었지만 타다 만 초와 향은 그대로였다. 하얗게 변한 향에서 연기 한 가닥이 올라오고 있었다. 비와 바람의 하모니는 광시곡을 만들어내는 중이었다. 소금창고는 도로시의 집처럼 통째로 날아가버리는 게 아닐까 싶을 정도로 삐걱대고 있었다.

"아무 데도 안 보여서 와봤더니 쓰러져 있었어요."

정우가 말했다.

"황 무당은요?"

유선이 물었다.

"제가 왔을 땐 유선 씨뿐이었어요."

유선이 바닥을 짚고 일어나 앉는 걸 정우가 도왔다. 환각을 경험하고 나면 으레 그렇듯 머리가 깨질 듯 아팠다. 머릿속에 연기가 가득 찬 것 같았다.

무거운 몸을 옆으로 돌려 향로를 끌어당겼다. 남아 있는 향은 붉은색이었다. 평범한 향은 아닌 것 같았다. 매캐한 냄새를 맡자 다시 눈앞이 어질어질했다.

"왜 그래요?"

정우의 물음에 유선은 대답했다.

"이 향냄새를 맡고 기절했어요. 그냥 향이 아닌 것 같아요."

정우는 유선에게서 향로를 받아들고는 코에 가져갔다. 잠시 냄새를 맡던 정우는 향을 가리키며 말했다.

"이건 그냥 향이 아니라 어떤 잎을 말려서 대마초처럼 동그랗게 만 것 같은데요. 하지만 이건 대마초가 아닙니다. 냄새가 달라요."

"그럼 이건 뭘까요? 무슨 잎일까요?"

정우는 잠시 생각하더니 타다 만 향을 챙겼다.

"모르겠습니다. 나중에 알아보려면 챙겨둬야 할 것 같아요."

"이 냄새를 맡고 환각을 경험했어요."

"환각이요?"

"네. 그런데 그게 꼭 없었던 일인 것 같지는 않아서……."

"없었던 일이 아니라면?"

유선은 어디까지 말해야 하나 고민했다. 물에 빠진 자신을 구하러 온 애인을 물귀신처럼 끌어당겨서 자신만 살아남았다고, 그 뒤로 애인의 귀신이 들러붙어 있는 것 같다고 얘기할 순 없었다. 실종된 동생을 찾으러 왔는데 동생이 불귀도에서 벌어진 살인사건과 관련이 있는 것 같다고도 말할 수 없었다.

"우선 여기서 나가죠."

정우가 말했다.

"그럼 이제 어디를 찾아봐야 할까요?"

"유선 씨 상태도 좋지 않으니 마을회관으로 돌아가는 게 맞을 것 같습니다."

"그렇게 해요."

유선은 일어서며 뭔가를 발견했다. 서까래, 두만이 매달려 있던 바로 그 위치에 날카로운 무언가로 홈을 파놓은 흔적이 남아 있었다.

"저거 보여요?"

유선은 서까래를 가리키며 말했다.

"뭔가요?"

정우가 유선 옆으로 다가왔다. 유선은 핸드폰을 꺼내 서까래를 찍었다. 플래시가 터지자 홈이 한층 선명하게 보였다.

"보이죠? 저기에 일부러 파놓은 것 같은 홈이 있어요."

"흠…… 저게 무슨 의미가 있을까요?"

"저 높은 곳에 누가 인위적으로 흔적을 만들어놓은 거잖아요. 피디님이 말했죠. 발판도 없이 높은 서까래에 목을 매다는 건 혼자 힘으로 불가능하다고. 그래서 타살이라고. 근데 그건 살인에서 똑같이 적용할 수 있잖아요. 아무런 도구 없이 사람을 그렇게 매달아 죽이는 건 진짜 어려운 일이죠. 그런데 저것 봐요. 저렇게 홈을 파고 장치를 했다면 가능하지 않겠어요?"

"그건 그러네요. 하지만……."

정우는 꽤 신중한 표정이었다. 할 말이 있는데 망설이는 것 같기도 했다. 잠시 후 정우가 조심스럽게 입을 열었다.

"문득 그런 생각을 했어요. 이대로 두는 편이 우리에게 더 좋지 않나 하는."

"그게 무슨 말이에요?"

"여기 사람들은 살인이라는 걸 믿지 않으려 해요. 누군가가 자신들의 주인님을 죽였다는 사실을 받아들이지 않겠다는 뜻이죠. 적어도 제가 느끼기에는 그랬어요. 독을 탄 것도 누군가의 악의적인 행위라는 걸 알면서도 애써 모른 척하는 분위기였잖아요. 그걸 보고 생각했어요. 차라리 지금 당장은 산발귀의 짓으로 두고 이 사람들을 통제하는 게 편하지 않을까 하고."

"그게 무슨……."

"모르겠어요, 유선 씨? 우린 지금 꽤 위험한 상황이에요. 뭍에서 멀리 떨어진 섬이에요, 이곳은. 게다가 상당히 폐쇄적이고 자신들만의 전통이라고 할까, 문화라고 할까, 악습이라고 할까 아무튼 뭐라 불러도 좋으니 그런 걸 가지고 있어요. 이런 곳에서 제일 중요한 건 내부 단속이에요. 내부에 혼란을 가져오는 누군가가 있다면 과감히 제거하기도 하죠. 그런데 지금 봐요. 불귀도는 엄청난 혼란에 빠졌어요. 연쇄살인이 불귀도 내부자의 소행이라 인정해버리면 여기 사람들은 아마 견디지 못할 거예요. 유선 씨가 이장이라면 어떻게 하겠어요?"

유선은 곰곰이 생각하다가 대답했다.

"외부의 누군가를 범인으로 지목하겠죠."

"맞아요. 실제로 그런 시도가 있었고. 지금 불귀도 사람들은 언제 터질지 모르는 시한폭탄 같은 상태일 거예요. 누군가가 저희를 범인으로 지목하면 그 순간 제거하려 들걸요. 그러곤 시치미를 떼버리면 나중에 뭍에서 경찰이 온다고 해도 밝혀낼 방법 같은 건 없어요."

충분히 가능한 일이었다. 자신들이 아무리 무죄를 주장한다고 해도, 이곳 사람들이 광기에 휩싸인다면 어떤 끔찍한 일이 벌어질지 몰랐다. 유선이 불귀도에 온 진짜 목적을 알게 된다면 더욱 그럴 것이다.

"그럼 계속 산발귀의 짓이라고 몰아가자는 거죠? 그래야 여기 사람들이 겁을 먹을 테니까."

"적어도 이런 흔적을 보여주며 사람의 범행이라고 말해줄 필요는 없다는 거죠."

"알겠어요. 무슨 말인지 이해했어요."

"폐쇄된 곳에서 발화하는 집단 광기의 무서움은 경험해보지 않으면 절대 몰라요."

정우는 혼잣말처럼 중얼거렸다. 표정이 무척 어두워 보였다.

다시 천둥이 쳤다. 소금창고 바로 옆에 포탄이라도 떨어진 것 같은 큰 소리가 들렸다.

"날씨가 이럴 줄 알았으면 오는 게 아니었는데."

이번에는 유선이 중얼거렸다.

"저도 이 정도일 줄은 몰랐어요."

정우가 말하고는 문을 가리키며 덧붙였다.

"어서 나가죠. 더 험해지기 전에 마을회관으로 갑시다."

"네."

유선은 정우를 따라 나가며 핸드폰으로 찍은 사진을 확인했다. 서까래 둘레로 파놓은 홈이 똑똑히 보였다. 사진을 지울까 하다가 그대로 뒀다. 적어도 동주에게는 보여주고 싶었다.

*

194

"어젯밤에 뭘 하셨습니까?"

동주가 강 영감을 복도 끝으로 불러낸 건 30분 전의 일이었다. 그리고 같은 질문을 벌써 네 번째 반복하고 있었다. 이번에도 엉뚱한 대답이 돌아왔다.

"산발귀 짓이 틀림없어."

"산발귀가 뭘 했다는 겁니까?"

"저주."

"저주요?"

"불귀도에 발을 들여놓은 자, 모두 피를 토하고 죽으리라."

강 영감은 멍한 얼굴로 중얼거렸다.

"어르신, 그건 저주가 아니라 그냥 전설일 뿐입니다. 산발귀가 있다 한들 왜 이곳 사람들을 죽이겠습니까?"

동주는 달래듯 말했다. 잔뜩 겁먹은 강 영감에게서 뭐라도 이야기를 들으려면 그 편이 나을 것 같았다.

"왜냐하면…… 우린 다 죄를 지었거든."

"무슨 죄를 지었습니까?"

강 영감은 고개를 저었다. 동주는 마지막이라는 심정으로 다시 물었다.

"영감님 댁에 메소밀이 있습니까?"

"메소밀? 있지, 있어."

"혹시 그걸 다른 데 사용하신 적 있으세요?"

195

강 영감은 대답 없이 동주를 한참 바라봤다. 교묘하게 머리를 굴리는 것 같지는 않았다. 쭈그러든 뇌 안에서 나름 열심히 답을 찾고 있는 모양새였다.

"메소밀은 아주 위험해. 마시면 큰일 나."

동주는 한숨이 나오려는 걸 간신히 참았다. 강 영감에게서 뭔가를 얻어내는 건 불가능해 보였다.

"알겠습니다. 다시 들어가시죠."

동주는 앞장섰다. 그때 뒤에서 강 영감이 작은 목소리로 말했다.

"내가 항상 말해주거든, 그 사람들한테. 메소밀 위험하다고."

동주는 뒤를 돌아봤다.

"그 사람들이 누굽니까?"

"몰라."

강 영감은 씩 웃은 후 동주를 지나쳐 비척비척 걸어갔다. 동주는 의심의 끈을 놓지 않고 강 영감의 뒤를 따랐다.

이제는 불귀도에 대해 제법 많은 걸 알게 되었다. 하지만 이 섬의 핵심에는 도달하지 못한 느낌이었다. 숨겨진 진짜 거대한 비밀에는 아직 접근조차 하지 못했다. 그 누구라도 동주가 물으면 입을 닫아버렸으니까.

마을회관 안으로 들어가니 사람들이 만철 주위에 몰려 있었다. 동주는 사람들 사이를 비집고 들어가 만철의 상태를 확인했다. 여전히 초점이 없긴 했지만 눈을 뜨고 있었다.

"경사님!"

"으으."

동주가 부르자 만철이 반응했다. 신음을 흘리는 수준이었지만 최악의 상황은 면한 듯했다.

"제 말 들리세요?"

만철은 희미하게 고개를 끄덕였다. 그때 요란하게 앞문을 열고 비에 젖은 강두와 김 목사가 들어왔다.

"무슨 놈의 비가 이렇게 쏟아지는지. 비옷 입어도 소용이 없어, 소용이! 에이."

동주는 힐끔 뒤를 돌아봤다. 두 사람은 곧장 거식에게로 갔다.

"찾았나?"

거식이 묻자 강두가 고개를 저었다.

"안 보입니다. 산에도 다녀왔는데 거기도 없었습니다."

"흐음."

"어떻게, 상태가 좀 나아졌습니까?"

김 목사가 동주에게 물으며 다가왔다.

"정신을 차린 것 같습니다."

동주의 말에 김 목사가 만철을 살폈다. 눈도 들여다보고 맥도 짚어보는 모습이 꽤 능숙해 보였다. 동주의 시선을 눈치챘는지 김 목사가 말했다.

"군 생활 할 때 군의관 보조로 있었거든요. 자격증은커녕 관련 공부도 안 했지만 어깨너머로 배운 게 꽤 됩니다. 덕분에 섬마다 다니면서 간단히 건강 상태를 봐드리기도 하죠. 물론 법을 지키는 선에서. 하하."

"경사님 상태는 어때 보입니까?"

"확실히 의식은 있으시네요. 경사님, 지금 어디가 불편하세요?"

김 목사가 묻자 만철은 기어들어 가는 목소리로 대답했다. 발음이 부정확했다.

"아파…… 머리…… 몸이……."

"일단 진통제를 드리는 게 좋겠습니다."

김 목사가 말했다.

"구급 상자에서 가져오겠습니다."

동주의 말에 김 목사는 고개를 저었다.

"그 정도로는 안 될 겁니다. 제가 가지고 다니는 진통제를 드리죠. 이건 물 없이도 침으로 녹여 드실 수 있습니다."

김 목사가 주머니에서 꺼낸 건 흰색 약통이었다. 그 안에는 둥글고 하얀 알약이 들어 있었다. 김 목사는 하나를 꺼내 만철의 입으로 가져갔다.

"잠깐."

동주가 김 목사의 팔을 잡았다.

"왜 그러십니까?"

김 목사가 미간을 찌푸리며 물었다.

"무슨 약입니까? 확인되지 않은 약을 드릴 순 없습니다."

동주는 김 목사를 똑바로 바라봤다. 목사라 하더라도 마냥 믿을 수만은 없었다. 불귀도의 모든 이들이 꿍꿍이를 품고 있는 것 같았다. 동주는 자신의 신경이 지나치게 곤두섰다는 것을 알았다. 모든 게 다 의심스러웠다. 같은 편이라 할 수 있는 유선과 정우가 없는 지금은 더 그랬다. 하지만 눈앞에서 사람들이 죽어나가는 마당에 마음을 놓는다는 건 불가능한 일이었다.

"걱정하지 않으셔도 됩니다. 독이 든 것도 아니고 아무 문제 없습니다. 제가 한번 먹어볼까요?"

동주는 잠시 고민하다가 고개를 저었다. 김 목사는 빙긋 웃더니 만철에게 약을 먹였다. 약효는 금세 나타났다. 잔뜩 찡그리고 있던 만철은 곧 편안한 표정이 되더니 숨을 고르게 쉬며 잠에 빠져들었다. 앓는 소리도 더는 내지 않았다.

"감사합니다. 제가 예민하게 군 건 사과드립니다."

"이해합니다. 상황이 이러니……."

김 목사는 다 안다는 듯 조용히 웃었다.

"목사님도 좀 쉬세요. 힘들게 다녀오셨는데."

"그래야겠습니다. 그냥 걸어 다닌 것뿐인데 폭풍우가 워낙 심해 진이 다 빠지네요. 주님께서 단단히 노하셨나 봅니다."

김 목사는 거식과 강두 쪽으로 걸어갔다. 셋은 심각한 표정으로 이야기를 나누기 시작했다. 동주에게까지는 들리지 않았다. 사람들은 패잔병처럼 바닥에 널브러져 앉았다. 물론 각자의 계급에 맞춰서. 보이지 않는 경계선이 그들 사이에 있었다.

동주는 만철 옆에 앉으며 가벼운 절망감을 느꼈다. 할 수 있는 게 없었다. 경찰인데도 사람들을 보호하기는커녕 죽어가는 이들을 그냥 지켜보기만 하고 있었다. 귀신의 소행이 아닐까 두려워하는 노인들을 안심시키지도 못했다. 귀신 같은 건 없고 누군가가 범행을 저지른 것 뿐이라 말하고 싶었지만 그럴 자신이 없었다. 누가 범인인지 짐작조차 되지 않았다. 어쩌면 경찰이 되겠다고 했을 때 어머니가 했던 말이 맞았을지도 몰랐다.

"우리 집안 남자들은 경찰하고는 안 맞아! 모르겠어?"

동주의 할아버지와 아버지 모두 경찰이었다. 할아버지는 파출소 소장으로 퇴임했고 아버지는 강력계 형사 생활을 오래 했다. 두 사람 다 어린 동주에게는 우상이자 영웅이었다. 어릴 때부터 경찰을 꿈꾼 건 자연스러운 일이었다. 거실 벽에 나란히 걸린 할아버지와 아버지의 정복을 보면 그렇게 멋질 수가 없었다.

비극은 할아버지의 퇴임과 동시에 찾아왔다.

파출소 소장 시절 잡아넣은 동네 잡범 하나가 출소 후 술에 취해서 찾아와 복수한답시고 할아버지를 찔렀다. 흉기는 과도였고 어설픈 공격으로 딱 한 곳을 찔렸지만 그게 치명상이 되고 말았다. 작고 무딘 칼은 할아버지의 폐를 파고들었다. 잡범은 도망쳤고 할아버지는 쓰러졌다. 겨울이라 두꺼운 검은 점퍼를 입은 탓에 피가 밖으로 흘러나오지 않아 사람들은 길에 쓰러진 할아버지를 노숙인 정도로 생각하고 그냥 지나쳤다. 결국 할아버지는 과다출혈로 사망했다.

동주의 아버지는 범인을 잡기 위해 눈에 불을 켰다. 아버지의 동료들도 발 벗고 나섰다. 금세 잡을 수 있을 것 같았다. 그러나 금세가 며칠이 되고, 며칠이 몇 주가 되었다. 그사이 아버지의 분노는 식기는커녕 걷잡을 수 없이 활활 타올랐다. 아버지는 분노를 다스리기 위해 술을 마셨다. 취하면 할아버지를 찾으며 울었다.

"아버지, 제가 그 개새끼를 꼭 잡을게요! 잡아 죽일게요!"

아버지의 분노는 결국 자신을 태우고 말았다. 거의 매일 술을 퍼붓고 폐인 같은 꼴로 범인을 잡기 위해 전국을 돌아다니는 동안 아버지 얼굴은 점점 까맣게 변했다. 그때쯤 아버지는 곧잘 이상한 소리를 했다.

"동주야, 어젯밤에 할아버지가 다녀가셨다. 같이 가자고 하시더라."

결국 아버지는 쓰러졌다. 간이 돌처럼 딱딱하게 굳었다고, 의사가 말했다. 어머니는 통곡했다.

"귀신이 내 남편을 데려가네. 아이고!"

그 후 한 달 동안 아버지는 피를 토하고, 악을 쓰고, 헛소리를 하다가 결국 숨을 거뒀다. 동주는 아버지가 마지막에 한 말을 잊지 못했다. 아버지는 누리끼리한 눈으로 동주를 보며 말했다. 그 눈동자 안에는 이미 생명의 기운이라고는 하나도 없었다.

"동주야. 같이 갈래? 으흐흐."

동주가 꿋꿋하게 경찰이 된 것은 할아버지와 아버지의 명예를 회복하고 싶었기 때문이었다. 그 두 사람이 틀리지 않았다는 걸 증명하고 싶었다. 훌륭한 경찰이 된다면, 초라하게 죽은 할아버지와 미쳐서 죽은 아버지가 조금은 마음을 풀 수 있을 것 같았다.

그러니 포기할 수 없었다. 더는 사람이 죽지 못하게 막아야 했다. 할아버지였다면, 아버지였다면 분명 그렇게 했을 테니까. 동주는 새삼 마음을 다잡았다.

'범인은 누굴까? 아니, 범인이 노리는 건 뭘까?'

두만을 죽인 건 개인적인 원한이라 해도 독을 넣어 불귀도 주민들을 무차별적으로 죽인 이유는 짐작 가지 않았다. 범인은 이렇게까지 할 정도로 원한이 깊은 것일까, 아니면 단순히 미친 것일까. 만약 원한이라면 그건 어디에서부터 시작된 것일까.

앞문이 열리며 유선과 정우가 들어왔다. 두 사람을 보자 동주는 비로소 안심이 됐다. 지금 이 순간 믿을 사람은 저 둘뿐이었다. 하지만 둘의 표정은 어두웠다.

"못 찾았습니까?"

"어디에도 없어요."

유선이 답했다.

"큰일이네요. 이 날씨에……."

동주는 다음 말을 아꼈다. 여태 찾지 못했다면 현정에게 비극적인 일이 생겼을지도 몰랐다.

"두 분 다 쉬세요."

정우는 피곤한 듯 바닥에 털썩 주저앉았다. 유선도 동주와 정우 사이에 앉았다. 한동안 셋 다 아무 말도 하지 않았다. 정우는 안경에 김이 서렸지만 닦을 생각도 하지 않고 멍하니 앞을 보고 있었다.

"또 다른 사건이 일어났습니다."

동주는 두 사람의 눈치를 살피다가 입을 열고 사건에 대해 설명했다.

"그럼 그 메소밀이라는 농약이 물탱크에도 섞였다는 거잖아요, 맞죠?"

"맞습니다."

유선의 말에 동주가 대답했다.

"범인은 불귀도 사람 모두를 죽이려 하는 거군요."

가만히 있던 정우가 말했다.

"도대체 이렇게까지 하는 이유를 모르겠습니다."

동주가 중얼거리자 유선이 천천히 곱씹듯 말했다.

"여기 사람 모두에게 원한이 있을지도 모르잖아요."

"도대체 무슨 이유로?"

동주는 목소리를 낮춰 물었다. 유선은 동주와 정우를 차례로 본 후 잠시 망설이다가 거의 속삭이듯이 입을 열었다.

"전 사실 여기에 동생을 찾으러 왔어요."

유선은 두 사람에게 불귀도에 오게 된 사정을 털어놓았다. 섬 노예라는 말이 나오자 동주의 표정이 달라졌다.

"동생분이 불귀도에 있는 게 확실합니까?"

"제게 걸려 온 번호로 지역까지 특정할 수는 없지만 인천의 공중전화라는 건 확인할 수 있었어요. 거기에 제가 들었던 소리까지 더해서 전 동생이 섬에 있다고 생각했던 거예요. 현재까지 공중전화가 설치되어 있는 인천 지역 섬이란 섬은 다 뒤졌고 이곳 불귀도가 마지막이에요."

유선이 말했다.

"그런데 여기서 공중전화는 못 본 것 같은데요."

동주는 고개를 갸우뚱했다.

"있습니다, 공중전화."

잠자코 듣고 있던 정우가 끼어들었다. 그는 이제 조금 정신이 돌아온 듯 안경을 벗어 닦고 있었다.

"어디서 보셨어요?"

유선이 물었다.

"바다장에 공중전화가 놓여 있는 걸 우연히 봤어요. 로비가 아니라 뒷문 쪽에 있었어요."

"그럼 여관 주인분이 뭔가를 알고 있을지도 모르겠네요."

동주가 말했고 유선은 사람들 사이에서 여관댁을 찾기 시작했다. 그러고 보니 마을회관으로 온 후에는 정신이 없어 이야기를 나누지도 못했다. 여관댁은 두 번째 그룹에 끼어 앉아 고개를 숙이고 있었다. 언뜻 졸고 있는 것처럼 보였다.

"지금은 상황이 좋지 않으니까 나중에 따로 물어보죠."

정우가 말했다. 맞는 말이었다. 무엇보다 유선도 몹시 피곤했다. 젖은 몸은 한없이 무거웠고 계속 졸음이 쏟아졌다. 정우도 그래 보이기는 마찬가지였다.

"알았어요. 저도 좀 쉬어야겠어요."

유선은 벽에 머리를 기대고 눈을 감았다. 수많은 생각들이 머릿속을 스치고 지나갔지만 수마(睡魔)의 벽을 넘지는 못했다. 눈을 떴을 때 맑은 하늘이 펼쳐지면 좋겠다고 생각하며 유선은 그대로 잠들었다.

얼마나 시간이 지났을까. 알 수 없는 기척을 느낀 유선은 반쯤 눈을 떴다. 자신이 꿈을 꾸는 것인지 아니면 깨어난 것인지 알 수가 없었다. 유선은 몽롱한 상태 그대로 주위를 둘러봤다. 어두웠다. 사람들은 모두 바닥에 누워 있었다. 모두가 다 시체

처럼 보여 순간 정신이 번쩍 들었다. 그러고는 깨달았다. 시커
먼 형체가 자신을 내려다보고 있다는 것을.

유선은 고개를 들었다. 거식과 눈이 마주쳤다.

"아······."

거식은 검지를 들더니 자기 입에 가져다 댔다. 유선은 말을
삼켰다.

"깨우십시오."

거식은 동주를 가리키며 말했다. 동주는 벽에 기댄 채 잠들어
있었다. 거식의 표정은 심상치 않았다. 지금껏 보여주던 거만하
고 자신만만하던 모습이 아니었다. 그는 떨고 있었다.

"동주 씨."

유선은 동주를 흔들어 깨웠다. 동주는 바로 일어났다. 그는
잠기운이 채 가시지 않은 표정으로 유선을 보다가 거식을 발견
했다.

"무슨······."

"조용히 따라오십시오."

거식이 목소리를 낮춰 말했다. 유선과 동주는 서로를 마주 봤
다. 각자의 얼굴에 떠오른 불안감과 의문의 표정을 감지한 짧은
순간, 유선이 먼저 고개를 끄덕였다.

두 사람은 살며시 일어나 거식의 뒤를 따랐다. 마을회관 안에
는 코 고는 소리와 밭은 숨소리 그리고 가래 끓는 소리만 들렸

다. 귀신이 곡하듯 음산하게 울려 퍼지는 바람 소리만 없다면 언뜻 평화로운 풍경 같기도 했다. 다들 어린 시절로 돌아가 한자리에 모여 늦게까지 놀다 잠든 것처럼.

거식은 복도로 나가더니 화장실 옆에 있는 창고 문을 열쇠로 열었다. 온갖 잡동사니가 어둠 속에 쌓여 있었다.

"들어오세요. 여기서 이야기 나누는 게 좋을 것 같습니다."

먼저 창고 안으로 들어가며 거식이 말했다. 유선과 동주가 들어가자 거식이 스위치를 눌렀다. 천장에 달린 알전구가 깜박거리다가 밝아졌다. 유선은 핸드폰 조명을 껐다. 주황빛 전구에서 지잉, 하는 소리가 났다.

"할 이야기가 있으십니까?"

동주가 거식에게 물었다.

"그렇습니다."

거식이 대답했다. 그는 눈알을 뒤룩뒤룩 굴리며 자꾸 주위를 살폈다. 누가 숨어 있는 건 아닌지 찾는 것처럼. 유선은 한편으로는 의아하면서도 한편으로는 통쾌함을 느꼈다. 거만과 허세라는 가면을 벗고 맨얼굴을 드러낼 수밖에 없게 된 이유가 무엇인지는 몰라도 통쾌했다.

"말씀해주십시오."

동주가 먼저 말을 꺼냈다.

"그것이……."

207

거식의 얼굴은 땀으로 번들거렸다.

"무슨 일이 생겼습니까?"

"아닙니다. 아니, 또 생기겠죠. 이대로 가만히 있다가는."

"그게 무슨 뜻이에요?"

이번에는 유선이 물었다.

"다음 차례는 제가 될 겁니다. 아버지를 살해한 범인은 저를 노리는 게 확실합니다."

"조금 더 자세히 말씀해주시죠."

잠시 시간이 흐른 후 거식이 입을 열었다. 그의 목소리는 저 아래 어둠 속에서 끄집어 올린 듯 낮게 잠겨 있었다.

"전 누가 범인인지 압니다. 낚시꾼 셋, 그놈들입니다. 그자들은 낚시를 하러 온 게 아니라 돈을 받으러 왔습니다. 악질 조폭들이죠. 제게 돈을 못 받자 아버님을……."

거식은 아랫입술을 지그시 깨물었다.

"도대체 무슨 돈을 왜 받으러 온 겁니까?"

동주가 물었다. 거식의 말은 어딘지 앞뒤가 맞지 않았다. 중요한 부분은 의도적으로 빠뜨리고 있는 것 같았다.

"제가…… 그놈들한테 빚을 좀 졌습니다."

거식은 고통스러운 표정으로 털어놓았다.

"빚이라면?"

"도박."

동주를 힐끔 본 후 거식이 대답했다. 유선은 이제야 조금 퍼즐이 맞춰진다고 생각했다. 조폭들이 거식에게 도박 빚을 받으러 불귀도를 찾았다. 그러고는 두만을 죽였다. 두 개의 커다란 퍼즐 조각은 나름대로 모양을 갖추고 제자리에 들어갔다. 이제는 그 사이를 채울 작은 퍼즐 몇 개만 더 찾으면 완성될 것 같았다.

거식은 말을 이었다.

"종종 소금 관련해서 뭍으로 갈 일이 있습니다. 그럴 때 가끔 도박을 했습니다. 저희 물건 받아 가는 거래처에서 재미 삼아 카드 몇 번 돌리는 수준이었어요. 처음에는 꽤 따기도 했죠. 그랬더니 거래처 인간들이 더 쏠쏠한 판이 있다며 저를 데려갔습니다. 인천의 한 사설 도박장이었어요. 바카라를 했는데 그게 사달이 난 겁니다. 아무리 해도 잃기만 했고 결국은……."

"빚을 지게 되셨군요."

유선은 액수가 어느 정도일지 궁금했다. 섬까지 찾아와 사람까지 죽일 정도라면 어마어마한 금액일 것 같았다.

"제 힘으로는 도저히 갚을 수가 없어서 아버지께 도움을 청했습니다. 하지만 아버지는 단번에 거절하셨습니다. 제가 그 얘기를 하니 조폭들이 불귀도로 찾아온 겁니다. 조폭들도 알고 있었습니다. 이 섬에서 돈을 가진 사람은 아버지뿐이란 걸. 저는 이장이긴 하지만 허울만 좋을 뿐 실권은 아버지가 가지고 있었습니다. 주민들에게 걷는 세금도 결국 아버지 주머니로 다 들어갔습니다. 저도 압니다. 그 때문에 이곳 사람들이 저희를 원망한다는 걸. 미움받으며 살게 하기 싫어서 제 처자식을 모두 뭍으로 보냈습니다. 아버지가 돌아가셔서 잘됐다고 생각하는 사람들이 대부분일 겁니다. 불귀도 사람 중 아버지에게 빚을 지지 않은 이는 없으니까요. 사람들은 저도 죽길 바랄 겁니다."

거식은 말을 마치고 이마의 땀을 훔쳤다. 얼굴이 핼쑥했다. 유선은 지금껏 거식이 보였던 반응에 대해 그제야 이해할 수 있었다. 이장은 아버지의 죽음 앞에서도 너무나 태연했다. 그게 다 누가 범인이고, 왜 이런 사건이 일어났는지 알기에 그런 것이었다. 굳이 자살로 몰아가려 했던 이유도 숨기는 게 있기 때문이었으리라.

"조폭들이 아버님에게 그 돈을 대신 갚으라고 요구했는데 그렇게 하지 않자 살해했다고 생각하시는 겁니까?"

"맞습니다. 경고의 의미겠죠. 독을 푼 것도 그놈들일 겁니다. 놈들은 돈을 못 받으니 아예 불귀도를 차지하려는 겁니다."

"그게 가능한 일이에요?"

유선이 물었다.

"저까지 죽는다면 불가능한 일도 아니겠죠."

"조폭들이 불귀도를 차지해서 뭘 하려는 겁니까?"

"아무래도 염전이 돈이 되니까……."

동주의 물음에 거식은 말끝을 흐렸다. 유선은 의아했다. 불귀

210

도의 염전은 생각보다 그 규모가 작았다. 과연 염전만으로 섬 전체가 먹고살 수 있을까 싶을 정도였다. 궁금한 건 또 있었다.

"사건 현장에는 글귀가 적혀 있었잖아요. 조폭들이 산발귀 이야기를 어떻게 알고 있죠?"

"그건 저도 잘 모르겠습니다. 아마 불귀도 주민 누군가에게서 듣지 않았을까요?"

유선은 자기가 봤던 서까래의 홈에 대해 이야기할까 하다가 입을 다물었다. 정우의 당부가 있기도 했지만 그것보다는 정신을 잃었을 때 본 환각이 더 마음에 걸렸다. 그 환각 속에서 두만의 다리를 잡고 질질 끌던 것은 조폭들이 아니라 유현이었다.

"그 조폭들은 현재 자취를 감춘 상태죠?"

"아마 어딘가에서 호시탐탐 기회를 노리고 있을 겁니다."

"그렇군요."

동주는 생각에 잠긴 얼굴로 말했다. 유선은 그런 동주를 보며 자신과 같은 의문을 품고 있으리라 짐작했다. 얼핏 보면 맞는 조각 같지만 막상 대보니 미세하게 어긋나 있었다. 물론 거식이 거짓말하는 것 같지는 않았다. 거짓말할 이유도 없어 보였다. 다만 단순히 조폭들의 소행으로 몰아가기에는 석연찮은 부분이 있었다. 그렇다고 또 감쪽같이 사라진 그 셋이 의심스럽지 않다고 하기에도 무리가 있었다.

"아무래도 이장님께서는 절대 이곳을 떠나지 말고……."

동주가 말하고 있을 때 갑자기 불이 꺼졌다. 창고는 순식간에 어두워졌다.

"발전기가 나갔나?"

거식이 중얼거렸다. 유선은 핸드폰 조명을 켰다. 그 순간 비명과 함께 누군가의 외침이 들려왔다.

"산발귀다!"

동주는 바로 달려 나갔고 유선도 뒤를 따랐다. 마을회관은 어둠에 휩싸여 있었다. 짧은 복도를 달리는 시간이 유선에게는 한없이 길게 느껴졌다. 비명은 계속됐다. 맹수를 만난 초식동물들이 일제히 울어대는 것 같았다.

동주가 한발 먼저 강당으로 들어섰다. 강당 안에는 사람들이 저마다 켜놓은 핸드폰 조명이 어지럽게 얽혀 있었다. 유선도 그 빛의 그물 안으로 뛰어들었다.

"다들 괜찮으세요?"

동주가 물었다.

"산발귀를 봤어!"

"분명해요. 여기 산발귀가 서 있었어요."

사람들은 새된 소리를 냈다. 유선은 우뚝 서서 머리를 감싸고 있는 여관댁을 발견했다. 번득이는 핸드폰 조명이 잔뜩 겁에 질린 여관댁의 얼굴을 스쳤다. 비명을 지르려던 모습 그대로 굳어 있었다. 유선은 여관댁에게 다가갔다.

"왜 그러세요?"

"저기…… 있었어."

여관댁은 초점 없는 눈으로 중얼거리며 강당 구석을 가리켰다. 손가락이 덜덜 떨렸다.

"산발귀가요?"

"내가 말했잖아. 진짜로 있다고."

여관댁은 목구멍의 좁디좁은 틈을 비집고 목소리를 쥐어짜내는 것 같았다. 유선은 여관댁이 가리킨 방향으로 핸드폰 조명을 비췄다. 어둠 말고는 아무것도 없었다. 어둠 너머에 강당 뒷문이 있다는 걸 유선은 알았다. 그쪽에서 서늘한 바람이 불어들어왔다.

'누가 문으로 들어왔던 건 아닐까?'

진짜 귀신이라면 문을 열고 들어왔을 리 없다. 그 생각이 유선을 움직이게 했다. 동주는 계속 노인들을 상대하고 있었다. 유선은 혼자 뒷문 쪽으로 향했다. 감당할 수 없는 공포가 사람들을 짓누르고 있었다. 유선은 핸드폰을 꽉 쥐고 중얼거렸다.

"산발귀는 없어."

소금창고에서 발견한 흔적은 인간이 범행을 저질렀다는 증거였다. 거식의 말처럼 낚시꾼, 아니 조폭 세 명의 소행일 수도 있었다. 그게 아니어도 산발귀의 짓일 리는 없었다. 냉정해져야 했다.

유선은 뒷문 앞에서 걸음을 멈췄다. 문이 조금 열려 있고 바닥이 젖어 있었다. 빗물을 뚝뚝 흘린 채 선 누군가의 모습을 어렵지 않게 상상할 수 있었다. 유선은 돌아섰다.

"저……."

그 순간, 유선은 기척을 느꼈다. 차갑고 날선 기운이 유선의 어깨를 넘어 몸을 감쌌다. 마치 끌어안기라도 하는 것처럼.

'뒤에…… 누가 있다.'

고개를 돌리려 했지만 본능이 거부했다. 다시 그 예감이 찾아왔다. 찾아와서는 머리가 울릴 정도로 외쳐댔다.

'돌아보면 안 돼!'

"흐윽. 흐윽."

그런 소리가 들렸다. 흐느낌 같기도 하고 고통을 참으며 내는 신음 같기도 했다. 어쩌면 목이 매달린 채 간신히 숨을 뱉어내는 소리일지도 몰랐다. 소름이 돋았다.

"흐윽. 흐윽."

소리는 더 가까워졌다. 몸이 굳었다. 움직일 수 없었다. 유선은 숨만 거칠게 몰아쉬었다. 조금 전까지 들리던 사람들의 웅성거림은 아래로, 저 아래 깊은 곳으로 잠겨버렸다. 물속에 들어온 것처럼 귀가 먹먹했다. 슬로모션처럼 눈앞의 장면들이 천천히 흘러갔다. 그마저도 어둠이 점점 잠식하고 있었다. 시야가 좁아졌고 눈을 제대로 뜰 수 없었다. 한 줌도 안 되는 핸드폰 조명이 너무나 보잘것없게 느껴졌다. 혼자 남겨진 기분이었다. 아니, 혼자가 아니었다.

산발귀가 뒤에 서서 노려보고 있었으니까.

유선은 손톱이 손바닥을 파고들 정도로 주먹을 꽉 쥐었다. 돌아보면 안 된다는 걸 알지만 돌아봐야 했다. 확인해야 했다. 그렇게 하지 못한다면 어둠에 삼켜질 것 같았다. 유선의 두려움을 산발귀가 파고들어 영영 지배할 게 확실했다. 그리고…… 피를 토하고 죽을 것이다. 틀림없이.

마음을 다잡고 고개를 돌리려던 그때, 축축하고 가느다란 무언가가 유선의 뺨을 스쳤다. 그게 무엇인지 유선은 단번에 깨달았다.

'머리카락!'

유선은 황급히 몸을 돌리고 조명을 비췄다.

거기에 산발귀가 서 있었다.

"흐윽. 흐윽."

"아……."

유선은 뒷걸음질 쳤다. 가슴 근처까지 치렁치렁 내려온 긴 머리카락이 산발귀의 얼굴을 가린 채 늘어져 있었다. 머리카락 사이로 탁한 눈이 보였다. 조명이 정면으로 비추고 있었지만 산발귀 주위는 오히려 더 어두웠다. 흐윽. 흐윽. 그 소리를 낼 때마다 아지랑이처럼 어둠이 피어오르는 것 같았다. 몸이 덜덜 떨렸다.

턱이 제멋대로 움직여 이 부딪히는 소리가 났다.

죽는다. 그 생각이 머릿속을 스치고 지나간 순간 유선은 눈을 감았다. 산발귀가 덮쳐 오리라고 확신하며.

"유선 씨!"

유선은 눈을 떴다. 동주가 눈앞에 서 있었다.

"괜찮습니까?"

"저기…… 분명히……."

아무것도 없었다. 조금 열린 강당 뒷문만 보였다. 그 열린 틈으로 어둠이 굼실굼실 기어들어 오고 있었다. 유선은 자기도 모르게 뺨을 쓸어내렸다. 그 감촉, 젖은 머리카락이 피부를 스치던 그 느낌이 생생했다. 꿈도 착각도 아니었다.

"정신 차려야 합니다, 유선 씨. 우리까지 휘둘리면 걷잡을 수 없게 됩니다."

동주가 말했다.

"하지만……."

유선은 말을 잇지 못했다. 뒷문이 벌컥 열리고 거식이 뛰어들어왔다. 요란한 소리에 사람들이 일제히 돌아봤다. 거식의 눈은 튀어나올 듯 커진 상태였다.

"이장님!"

누군가가 거식을 불렀지만 거식은 대답하지 않았다. 대신에 동주를 향해 다급히 다가왔다.

"왜 그러십니까?"

거식은 무작정 동주의 손을 잡고 끌어당겼다. 당황한 동주가
거듭 물었다.

"무슨 일인데 이러십니까?"

"봐. 가서 봐야 해!"

거식이 소리를 질렀다. 동주는 어쩔 수 없이 거식의 뒤를 따
랐다. 둘은 뒷문을 빠져나가 사라졌다. 유선도 재빨리 움직였
다. 거식은 동주를 데리고 무서운 기세로 남자 화장실로 들어갔
다. 잠시 망설이던 유선도 따라 들어갔다.

"내가 잘못 생각했어."

거식이 중얼거렸다.

"결국 이것 때문이었어. 그걸 이제야 알았지."

거식은 화장실의 마지막 칸 앞에 섰다. 그러고는 그 안을 가
리켰다.

"도대체 무슨……."

거식 옆으로 다가간 동주가 말을 멈췄다. 그는 화장실 칸 안
을 들여다보며 경직되었다. 유선이 다가가려 하자 동주가 손을
들어 막았다.

"괜찮아요."

이제 와서 더 두려워할 것도 없었다. 그렇게 자신하며 동주
곁에 선 유선은 순간 너무 놀라 숨을 멈췄다.

"헉."

누군가가 변기에 앉아 있었는데 머리가 없었다. 잘린 목 부위에서 흘러나온 피가 바닥을 흥건히 적셨다. 잘린 머리는 바로 그 피바다 위에서 뒹굴고 있었다. 유선은 눈도 감지 못한 채 죽은 그 머리의 주인이 누구인지 알아봤다.

강두였다.

귀신의 일

―불귀도에 발을 들여놓은 자, 피를 토하고 죽으리라!

또 그 글귀였다. 강두의 잘린 목이 너무 비현실적인 반면 피로 적힌 글씨는 생생하고 선명하게 번득였다.

"아이고."

뒤따라 온 노인들이 탄식했다. 이제 비명을 토해낼 힘도 없는 듯했다. 유선도 마찬가지였다. 옆에 선 동주의 팔을 꽉 잡고 쓰러지지 않으려 버티는 게 다였다. 핸드폰을 든 손이 벌벌 떨렸다. 숨이 턱 막히고 명치끝이 아팠다.

"모두 여기서 나가주십시오."

동주가 잔뜩 잠긴 목소리로 말했다. 유선은 동주도 간신히 평정심을 유지하고 있다는 것을 알 수 있었다. 동주가 숨을 몰아쉴 때마다 어깨가 들썩였다.

"어떻게 이런 일이……."

어느새 옆으로 다가온 정우도 말을 잇지 못했다. 정우는 비옷을 걸치고 있었다. 모자에서 떨어진 차가운 빗방울이 유선의 팔에 닿았다. 유선은 선득한 느낌에 정우를 바라봤다.

"누가 발전기를 부쉈더군요."

정우가 말했다. 유선은 이 밤이 영원히 계속될 것만 같다고 생각했다. 불귀도의 모든 사람이 죽을 때까지 날이 밝지 않을지도 몰랐다. 끔찍한 상상이 머릿속을 떠나지 않았다.

"다시 말씀드립니다. 모두 강당으로 돌아가주십시오."

동주가 다시 말하자 사람들은 천천히 흩어졌다. 화장실 바깥에 있던 사람들이 무슨 일이냐고 묻는 소리가 들렸다. 누군가가 강두의 죽음을 알렸는지 곧 웅성거림이 잦아들었다.

"그놈들이 아니었어."

거식은 또 알 수 없는 소리를 했다. 유선이 보기에 그는 정신이 반쯤 나간 것 같았다. 동주가 물었다.

"어떻게 발견하셨습니까?"

"강두가 안 보여서 찾아다니다가……."

"그러다가 화장실까지 왔는데 이런 상황이었다는 겁니까?"

"피 냄새가 났어, 피 냄새가."

거식은 멍한 표정이었고 대답도 미묘하게 초점이 어긋나 있었다. 유선은 동주의 팔을 슬쩍 잡아당겼다. 동주가 고개를 끄덕였다.

"이장님, 강당에 가 계십시오. 나중에 다시 질문하겠습니다."

동주의 말이 떨어지기 무섭게 거식은 비척거리며 자리를 떴다. 독기와 허세가 쫙 빠진 그의 뒷모습은 무너지기 직전의 건물처럼 위태로워 보였다.

화장실에는 외지인 셋만 남았다. 셋 다 한동안 아무 말도 하지 않았다. 고여 있던 핏물이 점점 퍼져나가며 유선의 발치까지 다가왔다. 유선은 한 발 뒤로 물러섰다. 검붉은 피가 바닥 타일을 따라 움직였다.

"조폭들 짓일까요?"

유선이 동주에게 물었다.

"모르겠습니다. 이장의 말도 다 믿을 수는 없으니까요."

유선의 생각도 비슷했다. 거식은 조폭들이 불귀도를 차지하려고 범행을 저지른 거라고 말했지만 쉽게 납득하기는 어려웠다. 게다가 자신이 좀 전에 본 산발귀는 그야말로 진짜 같았다.

"정말로 산발귀 짓은 아니겠죠?"

유선은 그렇게 물을 수밖에 없었다. 아니라는 대답을 들어야 안심할 수 있을 것 같았다.

"아닙니다."

221

유선의 바람을 들어준 건 동주였다. 동주는 차분한 목소리로 말했다. 그는 참혹한 현장을 정면으로 보며 말을 이었다.

"처음에 우린 산발귀가 나타났다는 소리를 듣고 바로 달려갔습니다. 범인은 모두가 산발귀에 정신이 팔려 있을 때 범행을 저지른 겁니다. 정말로 귀신의 소행이라면 그런 소동 없이도 누군가를 죽일 수 있었을 겁니다."

"굳이 발전기를 부수지도 않았겠죠. 큰 돌멩이로 아예 박살을 냈더군요."

정우가 거들었다. 유선은 고개를 끄덕였지만 불안한 마음은 여전했다. 해결되지 않은 의문이 불안감에 불을 지폈다. 범인을 잡지 못한다면 또 끔찍한 사건이 벌어질 것이다. 그리고 그때는 자신이 표적이 될지도 몰랐다.

"아무래도 사람들에게 이장의 이야기를 공유해야겠습니다. 조폭들이 범죄를 저지른 것일지도 모른다는 것, 적어도 산발귀의 짓은 아니라는 것 말입니다."

"전 반대입니다."

정우의 말에 동주는 의아하다는 표정으로 바라봤다.

"지금은 이곳 사람들이 산발귀의 공포에 떠는 편이 낫습니다. 그래야 우리를 공격하지 못할 겁니다."

"공격이라고요? 그게 무슨 뜻입니까?"

"공포에 빈틈이 생기면 그 감정은 곧 분노로 바뀝니다. 공포와 분노는 동전의 양면과 같으니까요. 공포가 분노로 뒤집힐 때 날 선 감정의 끝이 어디로 향할지는 뻔합니다. 바로 우리들입니다. 사람들은 본능적으로 우리를 범인으로 몰아갈 겁니다. 내부에 적이 있다고 생각하는 것보다 외부의 적을 만들어내 다 같이 공격하는 게 공동체의 유지를 위해서는 훨씬 더 효과적이니까요. 이런 섬에 오래 살아온 사람들은 무의식중에 그런 생각을 합니다."

"하지만 상황이 달라졌어요. 이장의 태도가 변했거든요."

유선이 말했지만 정우는 고개를 저었다.

"제가 보기에는 그게 더 위험합니다. 이장이 불귀도를 장악하지 못한다면 이곳 상황은 걷잡을 수 없이 흘러갈 확률이 높아요. 산발귀라는 무시무시한 존재가 사람들을 내리누르고 있을 때 우리는 안전을 도모할 방법을 생각해야 합니다."

동주는 생각에 잠겨 정우와 유선을 번갈아 봤다. 그때였다. 화장실로 누군가가 조심스레 들어왔다. 세 명은 동시에 고개를 돌렸다. 여관댁이었다.

"빨리 와보셔야 할 것 같아. 경찰관님이 깨어났어."

여관댁은 복도 쪽을 가리키며 말했다. 유선이 동주 뒤를 따라가려 하는데 정우가 불러 세웠다.

"유선 씨, 잠깐만요."

"네?"

정우는 유선에게 다가오더니 목소리를 낮춰 속삭였다.

"동생이 여기 있을지 모른다고 했죠?"

"맞아요."

"이름이 혹시 하유현인가요?"

"어, 어떻게 아세요?"

유선은 놀라서 말까지 더듬었다.

"이런 걸 주웠어요."

정우는 주머니에서 뭔가를 꺼내 유선에게 건네주었다.

"이건……."

그건 작은 펜던트가 달린 목걸이였다. 너무나 잘 아는 물건이었다. 유선은 떨리는 마음을 애써 가라앉히며 자신이 직접 유현의 목에 걸어줬던 그 목걸이의 펜던트를 열었다.

펜던트의 한쪽에는 이름과 연락처가 적힌 종이가 들어 있고, 나머지 한쪽에는 엄마와 유현 그리고 유선이 함께 찍은 사진이 있었다. 사진 속 유현은 밝게 웃고 있었다. 유선도 마찬가지였다. 사진을 보자 갑자기 눈물이 터졌다. 뜨거운 눈물이 뺨을 타고 흘러내렸지만 유선은 닦을 생각도 하지 못했다.

있다. 여기, 이곳 불귀도에 유현이 있다.

"이걸 어디서?"

유선은 눈물이 그렁그렁한 채로 정우를 보며 물었다.

"발전기 옆에 떨어져 있었어요."

"발전기요?"

그 순간 복도에서 떠들썩한 소리가 들렸다. 황 무당이었다. 찢어질 듯한 그 목소리만은 알아들을 수 있었다.

"큰일 났다!"

"재앙이 내린다!"

"저주가 시작된다!"

황 무당은 미친 듯이 외쳐댔다.

"가봐요."

유선은 정우에게 말하며 목걸이를 꼭 쥐고 먼저 복도로 달려나갔다.

*

세상에 날 때부터 계급이 정해진 거라고, 두만은 종종 이야기했었다. 어린 거식은 그 말이 무슨 뜻인지 몰랐지만 어른들이 자신에게 고개 숙이는 게 좋았다. 계급이란 고개를 드는 것과 숙이는 것 사이에 존재하는 무엇인지도 모른다고 거식은 어렴풋이 짐작했다. 그리고 그 짐작은 거식이 성장해가며 점점 확신이 되었다.

불귀도는 작은 섬이라 동쪽에서 서쪽까지 가로질러 걸어도 두어 시간이 채 안 걸렸다. 50여 년 전, 거식이 어릴 때는 제법 많은 사람이 살았었다. 그때는 물고기도 잘 잡혔고 소금 생산량도 많았다. 풍요롭던 시절이었다. 거식은 도련님 소리를 들으며 자랐다. 당시만 해도 학생이 스무 명 정도 되는 중학교 분교도 있었다. 아버지가 불귀도의 이장이자 주인인 것처럼 학교에서는 거식이 대장이었다.

한번은 뭍에서 불귀도로 한 가족이 이사 온 일이 있었다. 그 집엔 아들이 하나 있었는데 거식보다 한 살 많고 덩치도 컸다. 분교에는 반이 하나밖에 없어 1학년부터 3학년까지 함께 공부했다. 전학 온 아이는 유일한 3학년생이었다. 이제는 이름도 기억나지 않는 그 아이는 거식에게 대뜸 반말을 했다.

"반갑다. 너도 나보다 동생이니까 앞으로 말 잘 들어."

거식은 그 아이의 뺨을 올려붙였다. 그건 아버지의 가르침이기도 했다. 누구든, 그게 어른이라도 주제를 모르고 함부로 대하면 따끔한 맛을 보여주라고.

그날 거식은 그 아이에게 흠씬 두들겨 맞았다. 힘으로는 상대가 안 됐다. 다른 아이들도 감히 말릴 생각을 못 했다. 누군가에게 그토록 맞아본 건 그때가 처음이었다. 너무 화가 나고 자존심이 상해 눈물 한 방울 나지 않았다. 거식은 당장 아버지에게 일러바쳤다. 아버지는 딱 한마디를 했다.

"누가 이 섬의 주인인지 보여줘라."

거식은 그 말을 마음대로 해도 된다는 뜻으로 받아들였다. 아무렵, 불귀도의 주인은 아버지와 자신이었으니까.

다음 날 거식은 그 아이가 마시려고 떠놓은 물에 미리 준비해 간 메소밀을 탔다. 몇 방울이었지만 효과는 확실했다. 그 아이는 물을 마시자마자 사지를 비틀며 눈을 까뒤집고 피를 토했다.

거식은 괴로움에 몸부림치는 그 아이를 물끄러미 내려다봤다. 이상할 정도로 아무런 느낌이 없었다. 통쾌하지도 않고 그렇다고 무섭지도 않았다. 주인이 개의 고통을 헤아릴 필요는 없으니까.

난리가 났다. 선생님이 학생들을 추궁했지만 모두 입을 다물었다. 거식은 누가 그랬는지 안다고 했다.

"누가 그랬니?"

뭍에서 발령받아 온 햇병아리 선생님은 흥분하며 물었다.

"산발귀요."

거식은 대답했다.

"산발귀가 그랬어요. 불귀도에 발을 들여놓은 자, 피를 토하고 죽는다고."

그 아이는 목숨은 건졌지만 뭍에 있는 병원으로 실려 갔고 영영 돌아오지 못했다. 덩달아 그 아이의 가족들도 불귀도를 떠났다. 아버지는 그 일에 대해 가타부타 묻지 않았다. 다만 자신이 잘 해결했으니 걱정하지 말라고만 했다. 거식은 아주 단순한 진리를 깨달았다. 주인 대접을 받으려면 그에 맞는 행동을 해야 한다는 것.

거식이 처음으로 뭍에 나가 혼자 인천에서 생활하게 된 건 고등학교에 입학하면서부터였다. 재미있었다. 비록 아무도 주인 대접을 해주지는 않았지만 뭍에는 불귀도에서 누리고 즐길 수 없는 게 무수히 많았다. 그 작은 섬에만 틀어박혀 있던 자신이 바보처럼 느껴질 정도였다.

꿈이 뭐냐는 질문을 받은 것도 그때가 처음이었다. 그 전까지는 한 번도 생각해본 적이 없었다. 나이가 들면 당연히 불귀도 이장이 될 줄 알았고 그래야만 하는 줄 알았다. 거식은 고민했다. 자신을 둘러싼 세계가 넓어진 만큼 고민의 크기도 커지고 깊이도 깊어졌다. 거식은 선생님이 되고 싶었다. 오랜 고민 끝에 내린 결론이었다.

"선생님? 그딴 걸 왜!"

고등학교 2학년 여름방학 때 불귀도로 돌아간 거식이 아버지에게 꿈 이야기를 하자 돌아온 대답이었다.

"아이들을 가르치고 싶습니다."

선생님이 되고 싶은 이유를 곰곰이 생각하는 동안 거식은 놀랍게도 자기가 누군가를 가르치는 걸 좋아한다는 사실을 깨달았다. 거식은 똑똑했다. 불귀도에서도 다른 아이들 공부를 곧잘 도와주곤 했다. 그 일이 꽤 즐거웠다. 거식은 섬과 관련한 일은 하고 싶지 않았다. 뭍에 쭉 살면서 선생님이 되고 싶었다.

"거식아, 얼마든지 떵떵거리며 살 수 있는데 왜 딴짓을 하려는 거냐?"

아버지는 물었다.

"사회에 보탬이 되고 싶습니다."

거식이 그렇게 대답하자 아버지는 피식 웃었다. 그러고는 말했다.

"너는 뭍에서 못 산다. 우리 박씨 일가는 불귀도가 체질이다. 여기가 고향이고, 여기가 우리 땅이다."

"작은 섬에서 평생을 살기는 싫습니다."

거식은 결국 속마음을 털어놓았다. 좁아터진 섬에서 왕 노릇을 해봐야 뭍의 평범한 생활보다 못하다는 걸 거식은 알아버렸다.

"우리가 여태 살아온 게 불귀도 덕분인데 저버리려는 것이냐? 불귀도는 축복받은 섬이다. 일제 때도 평화로웠고 전쟁 때도 이곳만은 안전했다. 앞으로도 그럴 것이다."

아버지가 고집이 센 만큼 거식의 고집도 만만치 않았다. 거식은 고등학교를 졸업하고도 섬으로 돌아가지 않았다. 악착같이 공부해 결국 사범대학에 들어갔다. 아버지는 지원을 뚝 끊었고 어머니는 매일 울면서 전화했다. 그래도 거식은 마음을 단단히 먹었다. 자신은 이제 섬사람이 아니라고 생각했다. 뭍의 사람이었다. 튼튼하고 흔들림 없는 땅을 디디며 사는 사람.

대학을 졸업한 거식은 선생님이 되었다. 날아갈 듯 기뻤다.

꿈을 이룬 것이다. 아버지와는 의절했고 가난한 신세는 나아지지 않았지만 거식은 충분히 행복했다. 국어 교사로 인천의 한 중학교에서 근무하게 되었다. 파릇파릇 자라는 중학생들을 보고만 있어도 기분이 좋았다.

그러다가 일이 터졌다.

"박거식 선생 불귀도 출신이라면서요?"

어느 날, 회식 자리에서 나이 지긋한 역사 선생이 물었다. 그 선생은 향토 역사학자로도 유명했다. 인천 지역의 유인도 역사를 정리한 책을 출간하기도 한 사람이었다.

"네. 불귀도에서 나고 자랐습니다."

거식이 대답하자 역사 선생은 쯧쯧 혀를 찼다. 그러고는 술에 취해 꼬부라진 혀로 내뱉듯 말했다.

"출신이 천하네."

거식은 잘못 들었나 싶었지만 아니었다.

"불귀도 출신에 박씨면 말 다했지. 내가 들은 게 많아!"

"그게 무슨 말씀입니까?"

"박씨 일가가 대대로 이장 자리 꿰차고 있으면서 온갖 나쁜 짓은 골라 했다는 거 내가 다 알고 있어. 일제 때는 앞장서서 부역자 노릇을 하고, 한국전쟁 지나고는 죄 없는 사람들 빨갱이로 몰아 죽이고 그랬다는 걸 모를 줄 알아?"

"아닙니다! 저희 집안은⋯⋯."

"박 선생도 거기서 이장 노릇이나 하지 무슨 아이들을 가르친다고…… 미천한 출신 주제에."

그 말을 듣는 순간 거식의 눈앞이 하얗게 변했다. 속에서 뜨거운 분노가 치밀어 올랐다. 안 그래도 다른 선생들이 자신을 은근히 무시한다고 느끼던 참이었다. 잘 모르는 게 있으면 박 선생은 섬에서 나고 자라 그렇다며 자기들끼리 비웃곤 했다. 실수를 해도 마찬가지였다. 섬에서는 이런 걸 안 배웠느냐고 핀잔을 줬다. 정신을 차렸을 때는 모가지만 남은 깨진 맥주병을 들고 있었다. 역사 선생은 머리에 피를 흘리며 바닥을 뒹굴고 있고 놀란 선생들이 비명을 질렀다. 곧 경찰이 출동했고 거식은 체포됐다.

아버지 덕분에 거식은 곧 풀려났다. 아버지는 거액의 합의금을 대신 물어주고 경찰도 매수해 사건을 무마했다. 하지만 교직을 잃는 것까지는 막지 못했다. 거식은 어쩔 수 없이 아버지를 따라 불귀도로 돌아갔다. 그때부터 거식은 불귀도를 증오하기 시작했다. 그리고 불귀도에서 평생을 살기로 마음먹었다. 아버지 말이 맞았다. 자신은 이 작은 섬을 떠나 살 수 없는 존재였다.

이후 여러 일들이 있었다. 대부분 불귀도 안에서 해결이 가능했다. 그렇게 해결한 일들은 뭍으로 새어 나가지 않게 잘 단속했다. 거식은 두만을 도와 불귀도에 성을 쌓았다. 절대 허물어지지 않을 단단하고 굳건한, 권력이라는 이름의 성이었다.

그랬던 성이 지금 흔들리고 있었다.

거식은 비가 쏟아지는 밖으로 나갔다. 비옷을 입을 정신도 없었다. 죽은 강두를 본 순간 아차 싶었다. 지금껏 돈을 받으러 온 조폭들 소행이라 생각했는데 그게 아니었다. 그야말로 귀신의 짓이었다. 거식은 산발귀 전설을 믿지 않았지만 이젠 달랐다. 산발귀가 자신을 찾아 불귀도를 돌아다니고 있는 것 같았다.

무작정 집을 향해 달리며 거식은 생각했다.

'숨어야 해. 폭풍우가 물러갈 때까지 숨어 있어야 해!'

애초에 집을 떠나는 게 아니었다. 아버지가 죽었을 때 알아챘어야 했다. 그때는 그저 모든 재산이 자기 것이 된다는 생각에 들떠 있기만 했다. 이렇게 무시무시한 일이 기다리고 있을 줄은 몰랐다.

집에는 사냥용 엽총이 있었다. 그걸 들고 숨어 있다가 누구라도 보이면 바로 쏠 생각이었다. 그래야 살 수 있다.

'정말로 그럴까?'

문득 그런 생각이 들었다.

'귀신에게 총이 통할까?'

거식은 걸음을 서둘렀다.

*

마을회관 중앙에 선 황 무당은 기다란 노끈을 한 손에 들고 고래고래 소리를 질렀다. 붉게 염색한 노끈 마디마디에는 노란색 부적이 묶여 있었다.

"내가 온다고 했지? 산발귀가 온다고 했지? 이걸 봐! 보라고!"

사람들은 황 무당과 멀찌감치 떨어져서 아무 말도 못 하고 바라만 봤다.

"다들 저주를 받는 거야."

"진정하시고 무슨 일인지 찬찬히 설명해주십시오."

결국 동주가 나섰다. 황 무당은 동주를 위아래로 훑어보더니 어린아이 목소리를 내기 시작했다.

"귀신한테 죽을 팔자네?"

동주는 그 말을 듣고 입을 다물어버렸다. 유선이 나서서 물었다.

"무슨 일인지 제대로 얘기해주세요."

"해변 동굴이 있다."

황 무당은 다시 원래 목소리로 대답했다. 눈빛이 조금은 차분하게 변해 있었다.

"동굴 안에는 그 옛날 불귀도 사람들 손에 죽은 산발귀 시체를 모셔놓았다. 잘린 머리뿐이지만."

"그럼 그 이야기가 전설이 아니라 진짜 있었던 일이에요?"

유선이 물었다.

"죄지은 사람들이 그때의 일을 허무맹랑한 전설로 만들고 싶었겠지만 모두 사실이다. 내 어머니의 어머니, 그 어머니의 어머니가 대대로 불귀도 무녀로 지내며 직접 보신 일이다. 거짓은 없어! 선비를 죽이러 온 관리들은 한 명도 살아나가지 못했어. 그 이후에도, 또 그 이후에도. 그래서 결국 해풍에 꾸덕꾸덕 마른 선비의 머리를 금줄 쳐놓은 동굴에 모시게 됐지. 하지만······ 해변 동굴에 가보니 이게 끊어져 있고 산발귀의 머리는 사라져 있었다. 우린 다 죽을 거야. 산발귀가 우릴 다 죽일 거라고!"

황 무당은 사람들을 매섭게 노려봤다.

"귀신은 없습니다. 이건 모두 사람의 짓입니다. 그러니 다들 정신 차리셔야 합니다!"

동주가 전에 없이 큰 목소리로 소리쳤다.

"그럴까? 귀신이 정말 없을까?"

황 무당이 차가운 미소를 지었다.

"여러분, 이 밤만 넘기면 폭풍우는 물러갈 겁니다. 힘들지만 그 전까지 서로를 보호하며 여기서 움직이지 않는다면 다른 피해자는 안 나올 겁니다."

"순진하군. 다른 피해자가 안 나온다고? 여기 사람들은 당장 죽어도 이상할 게 없어. 봐! 아무도 다른 말을 못 하잖아."

황 무당의 말 그대로였다. 사람들은 이상하리만치 조용했다. 누구 하나 반박하지 않았고 고통을 씹어 삼키는 듯한 표정으로 가만히 서 있을 뿐이었다.

'산발귀를 이 정도로 두려워한다고?'

유선은 이해할 수 없었다. 물론 자신도 무섭기는 하지만 조금만 상식적으로 생각해본다면 귀신의 일이 아니라는 것쯤은 알 수 있었다. 하지만 불귀도 사람들은 산발귀의 짓이라 믿으려 한다는 느낌이었다.

"아무튼 여기 계신 분들이 더 이상 동요하지 않게 그만하십시오. 그리고 그쪽도 위험하니까 여기 머물면서……."

황 무당이 동주의 말을 잘랐다.

"아니, 난 해변 동굴로 가야 해. 분명히 봤어. 다리를 질질 끄는 청년이 동굴 근처에서 돌아다니는 걸. 그자한테 산발귀가 붙었을 거야. 그걸 떼어내 다시 봉인해야 해."

그 말을 듣자마자 유선은 퍼뜩 유현이 떠올랐다. 유선은 황 무당 쪽으로 다가갔다. 그 순간 누군가가 비명을 질렀다.

"산발귀다!"

일제히 같은 방향으로 고개를 돌렸다. 머리카락을 늘어뜨린 산발귀가 어두운 복도에 서 있었다.

"왔다!"

또 다른 누군가가 째지는 목소리로 외쳤다.

번개가 날아든 뒤 천둥이 쳤다. 그 순간 동주는 봤다. 산발귀가 신발을 신고 있는 모습을. 그것도 운동화 같아 보였다. 동주는 사람이라고 확신했다.

"거기 서!"

동주는 복도로 뛰쳐나갔다. 정우도 동주의 뒤를 따랐다. 산발귀는 몸을 홱 돌려 마을회관 밖으로 사라졌다. 남은 사람들은 웅성거리기 시작했다. 잠시 눈을 감고 있던 황 무당이 차가운 표정을 짓더니 천천히 문 쪽을 향해 걸었다. 유선은 그런 황 무당에게 말했다.

"그 동굴에 가시는 거죠?"

황 무당은 고개를 끄덕였다.

"저도 같이 가요. 찾아야 할 사람이 있어요!"

유선이 황 무당을 따라가려는데 누군가가 유선의 팔을 잡았다. 돌아보니 여관댁이었다.

"왜 그러세요?"

"가면 안 돼."

여관댁이 겁에 질린 얼굴로 말했다.

"왜요?"

"산발귀는 진짜야!"

"진짜인지 아닌지 저는 모르겠지만 일단 가야 해요."

유선은 억지로 팔을 빼냈다. 여관댁은 멍하니 서서 다시 말했다.

"나는 봤어."

"네?"

"산발귀가 나타나 벌을 내리는 걸."

"그게 무슨……."

"나만 본 게 아니야. 다들 봤어. 불귀도 사람들 모두 봤어. 그래서 무서워하는 거야. 산발귀가 우리도 벌할 게 뻔하거든."

유선은 한 가지 질문을 떠올렸다.

"하나 여쭤볼게요. 바다장에 공중전화 있죠?"

"응? 있지."

여관댁은 예상외의 질문을 받고 당황한 표정을 지었다.

"그 전화, 혹시 작동되나요?"

"아마 될 거야."

"최근에 그 전화를 쓴 사람 보신 적이 있으세요? 한 석 달 전쯤에."

"모르겠는데…… 아! 석 달 전인지는 확실하지 않아도 공중전화기 수화기가 내려져 있는 걸 보긴 했어. 그땐 저걸 누가 내려놓았나, 했지."

유선은 확신이 들었다. 이 섬에 유현이 있다. 그리고 유현은 다리를 질질 끌면서……. 유선은 고개를 돌렸다. 황 무당은 이미 밖으로 나갔는지 보이지 않았다. 밖으로 달려 나가자 저만치 앞서 걸어가는 황 무당의 뒷모습이 보였다.

"같이 가요!"

비옷도 입지 않고 나왔다는 걸 뒤늦게 깨달았지만 다시 돌아갈 마음은 없었다. 지금은 그게 중요하지 않았다. 황 무당 역시 맨몸이었다. 그는 걸음이 빨랐다. 걸을 때마다 손에 쥔 방울이 요란스러운 소리를 내며 울렸다. 유선은 황 무당을 따라잡아 옆으로 다가갔다. 그제야 황 무당이 유선을 봤다.

"외지인이 피바람을 몰고 왔어. 신령님이 그렇게 말씀하셔."

황 무당은 그렇게 중얼거렸다. 비바람 소리가 요란했지만 그의 말은 유독 똑똑히 들렸다.

"동굴이 멀리 있나요?"

유선이 소리쳐 물었다.

"멀리 있지. 마을에서 최대한 멀리 떨어진 곳에 산발귀를 모셔야 했으니까."

황 무당은 그 말을 끝으로 입을 다물고 걷기만 했다. 유선도 묵묵히 황 무당을 따랐다. 밤길이라 유선은 몇 번이나 넘어질 뻔했지만 황 무당은 거침없었다. 두 사람은 염전과는 정반대 방향으로 향했다. 포장도로는 금세 사라졌고 울퉁불퉁한 바윗길이 이어졌다.

얼마나 더 걸었을까, 온통 바위투성이인 해안가가 나타났다. 파도가 미친 듯이 치고 있었다. 바다가 숫제 몸부림을 치는 것 같았다. 섬을 잡아먹으려고 안달이 난 것처럼 보이기도 했다. 파도의 포말은 어두운 밤에도 똑똑히 보였다. 맹수의 눈처럼 번득였다.

"파도에 휩쓸리지 않게 조심해."

황 무당이 말했다. 유선은 최대한 자세를 낮추고 바위 사이를 지났다. 검고 날카로운 바위 몇 개를 지나자 낮은 언덕이 보였다. 그 위에 동굴이 있었다. 안에서는 불그스름한 불빛이 새어 나왔다.

황 무당과 유선은 거의 기다시피 해서 언덕을 올랐다. 좁고 긴 동굴이었다. 앞쪽에 등불이 걸려 있었지만 안까지 다 보이지는 않았다. 황 무당이 유선을 돌아보며 말했다.

"언니, 산발귀님이 언니를 기다렸대."

황 무당은 잔뜩 신난 듯한 가벼운 걸음으로 한발 먼저 달려갔다. 동굴 안에서는 서늘하다 못해 차가운 바람이 불어 나왔다. 비바람이 천지를 뒤흔드는데도 동굴이 쏟아내는 휘파람 같은 소리는 선명하게 들렸다.

휘이이. 휘이이.

그 소리를 따라 유선은 안으로 들어갔다. 생각보다 깊었다. 먼저 들어간 황 무당이 보이지 않았다. 유선은 조명을 켜려고 핸드폰을 꺼냈다. 어느새 배터리가 다 닳아 있었다. 할 수 없이 손을 앞으로 뻗어 어둠을 더듬으며 걸어 들어갔다. 조심조심 걸음을 내디뎠다. 어둠이 사방에서 옥죄어왔다.

천장에서 물이 떨어지는 작은 소리에도 유선은 흠칫 놀랄 수밖에 없었다. 어둠이 너무나 짙어 자신이 동굴 안으로 들어가고 있는지 아니면 같은 자리에서 맴돌고 있는지 감이 잡히지 않았다. 뒤돌아봤지만 입구에서 보았던 불빛은 보이지 않았다.

"저기요!"

유선이 황 무당을 불렀다. 그 소리가 메아리쳐 다시 유선에게 돌아왔다.

"조심해."

아득히 먼 곳으로 여겨지는 어딘가에서 황 무당의 목소리가 들렸다. 다음 순간, 유선의 발밑이 훅 꺼졌다.

"아!"

유선은 균형을 잃고 발을 헛디뎠다. 넘어지려는 찰나 어떤 손이 유선을 잡아챘다. 황 무당이었다. 황 무당의 뒤로 희미한 불빛이 어른거렸다.

"내리막길이야."

황 무당이 말했다. 유선은 그제야 동굴의 구조를 그려볼 수 있었다. 입구는 언덕 위에 있지만 어느 정도 걸어 들어가면 완만한 내리막길로 이어져 결국 해안가로 통하는 모양이었다. 게다가 기역 자 형태로 구부러져 있어 안쪽의 불빛도 새어 나오지 않았다.

유선은 황 무당의 손을 잡고 조심스레 내려갔다. 불빛과 가까워질수록 찰방거리는 물소리가 들려왔다. 꺾인 지점을 돌자 넓은 공간이 드러났다.

"아……."

신당처럼 꾸며놓은 그곳을 보며 유선은 자기도 모르게 탄식했다. 동굴 안쪽 벽의 울퉁불퉁 튀어나온 바위 곳곳에 커다란 초가 불을 밝히고 있었다. 천장에는 오색천이 매달려 나부꼈고 제단처럼 보이는 곳에는 부적이 잔뜩 붙어 있었다. 어디에서 들어왔는지 바닥에 바닷물이 고여 있었다. 그러고 보니 제단과 초가 놓인 위치는 올려다봐야 할 정도로 꽤 높았다.

"만조가 되면 안쪽 가득 물이 차거든."

황 무당이 유선의 마음을 읽기라도 한 듯 그렇게 말했다.

"여기에 산발귀가 있었다고요?"

유선이 물었다.

"산발귀의 형상을 모시고 있었지."

"하지만 아까는 산발귀의 머리가 있다고……."

"겁을 준 것뿐이야. 불귀도 사람들은 이곳에 오지 않으니 진짜 산발귀 머리가 있는 줄로만 알거든. 실제로는 산발귀의 형상을 따서 만든 가짜 머리카락과 옷이 있었어."

제단을 올려보는 유선에게 황 무당이 다시 말했다.

"하지만 사라졌어. 그 머리카락과 옷이."

"누가 가져갔다는 거죠?"

유선은 황 무당을 보며 물었다.

"저길 봐."

황 무당은 제단 바로 옆을 가리켰다. 거기에는 이 공간과는 전혀 어울리지 않는 담요와 옷가지 같은 것들이 놓여 있었다.

"내가 말했지? 다리를 질질 끄는 청년을 봤다고. 그자가 여기서 지냈던 게 틀림없어. 하지만 이제는 없지. 산발귀가 그 청년에게 쒼 거야. 그래서 이 섬을 저주하며 돌아다니는 거라고."

심장이 뛰었다. 침착하려고 애썼지만 잘 되지 않았다. 이곳에서 지냈던 청년은 유현이 틀림없으리라는 생각이 들었다.

"언제 보셨는데요?"

유선이 묻자 황 무당은 곧바로 대답했다.

"사흘 전이었어. 폭풍우가 몰아치기 전, 너희 외지인들이 들어오기 전, 바로 그때. 나는 일주일에 한 번씩 이곳에 기도를 드리러 와. 그날도 기도할 준비를 하고 왔는데 동굴 밖으로 그 청년이 나오는 걸 본 거야. 나는 그길로 도망쳤지."

"왜요? 산발귀가 붙었을까 봐요?"

"아니. 탈출한 노예가 날 죽일까 봐."

유선은 순간 잘못 들었나 싶었다. 황 무당은 물끄러미 유선을 쳐다봤다. 촛불이 그의 얼굴에 어른거리며 기괴한 그림자를 만들었다. 그 때문인지 황 무당은 지독하게 늙어 보였다.

"아무것도 모르는군. 이 섬에 대해서."

황 무당이 중얼거렸다.

"아니요. 알아요. 섬 노예에 대해 말씀하시는 거잖아요. 사람들 잡아다가 염전에서 부려 먹는……."

"아니, 염전이 아니야."

황 무당은 유선의 말을 잘랐다.

"그럼 뭐죠?"

유선이 물었지만 황 무당은 딴소리를 했다.

"불귀도는 이제 끝났어. 죗값을 치르는 거야. 산발귀를 그렇게 이용했으니 귀신에게 벌을 받아도 어쩔 수 없지."

"그게 무슨 말이에요? 염전이 아니라면 어디에서 노예를 부렸다는 거예요? 그것부터 말씀해주세요."

"병악산."

황 무당은 짧게 말했다. 유선은 이해할 수 없었다. 산에서 대체 뭘 하기에 사람을 붙잡아다가 일을 시키는 것인지 짐작이 되지 않았다.

"거기에 노예들이 있어. 그중 남녀 둘이 탈출했지. 그리고 여자가 죽었어. 살아남은 청년한테는 산발귀가 씐 거야. 틀림없어!"

"설마……?"

유선은 자기가 발견한 시체를 떠올렸다. 물에 퉁퉁 불어 있던 그 여자. 이장이 한사코 불귀도 사람이 아니라 부인했던 그 여자가 탈출한 노예라면?

"이제 여기서 나가야 해. 물이 들어올 시간이야."

황 무당은 제단 쪽으로 다가가더니 부적들을 떼어냈다. 그 모습을 멍하니 보던 유선이 물었다.

"뭐 하시는 거예요?"

"산발귀를 다시 봉인해야 해. 그래야 저주를 막을 수 있어."

"어떻게 봉인할 수 있죠?"

황 무당은 유선을 홱 돌아봤다. 뒤에서 빛나는 촛불 때문에 황 무당의 얼굴에는 그늘이 드리워졌다. 표정을 읽을 수 없었지만 형형하게 빛나는 눈빛만은 똑똑히 읽을 수 있었다.

"죽여야지. 그 청년을 죽여야 산발귀가 떨어져 나가."

유선은 무언가 말을 하려는데 뭔가가 무너지는 것 같은 불길한 소리가 들렸다. 동시에 찬 바람이 휘몰아쳐 들어왔고 촛불이 한꺼번에 꺼졌다. 동굴 안은 삽시간에 어두워졌다. 빛이 사라진 공간을 황 무당의 괴성이 채웠다.

"산발귀가 노했다!"

황 무당 목소리는 동굴 천장과 벽에 부딪치며 메아리쳤다. 뒤에서 들려오는 것 같기도 하고 옆에서 들려오는 것 같기도 했다. 유선은 그 탓에 방향 감각을 잃었다. 황 무당은 이번에는 아이 같은 목소리로 소리쳤다.

"산발귀님, 살려주세요! 제가 잘못했어요!"

"조용히 좀 해요!"

유선의 목소리는 방향 잃은 총탄처럼 여기저기로 튀었다. 튀었다가 다시 돌아와 바로 옆에서 누군가 귓가에 속삭이는 것처럼 들렸다. 유선은 소름이 돋아 움찔했다.

다음 순간 황 무당이 훌쩍거렸다.

"언니, 우린 다 죽을 거야. 벌을 받을 거라고."

유선은 팔을 앞으로 뻗고 황 무당을 찾아 천천히 움직였다. 이곳을 빠져나가기 위해서는 우선 황 무당을 진정시켜야 할 것 같았다. 바람은 점점 더 세게 불어닥쳤다. 바닷물도 더 밀려와 바닥에 자작하게 고여 있던 물이 이제는 발목에 닿을 정도였다.

"괜찮을 거예요. 산발귀는 없어요. 아시잖아요. 그건…… 다 사람이 한 일이었어요."

어둠 속을 향해 무작정 말했다. 떠오르는 대로 이야기했다. 황 무당은 가만히 듣고만 있었다.

"이장의 아버지를 죽인 것도, 독을 탄 것도, 청년회장을 죽인 것도 다 사람의 짓이에요. 귀신은 없어요. 그걸 알기 때문에 여기 온 거잖아요. 산발귀가 있다고 믿었다면 오지도 않았을 거잖아요. 그런 부적 같은 거 다시 만들 수 있었을 텐데. 여기 있던 건 귀신이 아니라 머리카락과 옷뿐이었잖아요. 누가 그걸 가지고 연기를 하는 거예요. 그 청년…… 실은……."

그때 유선은 분명히 그 소리를 들었다.

스윽.

스윽.

스윽.

누군가, 아니 무언가가 발을 질질 끌며 다가오고 있었다. 황

245

무당이 끔찍한 비명을 질렀다.

"으악!"

황 무당이 유선을 밀치며 어둠 속에서 튀어나왔다. 유선은 균형을 잃고 뒤로 넘어졌다. 섬뜩한 통증이 뒤통수를 때렸고, 정신을 놓았다.

*

밖으로 달려 나온 동주는 주위를 둘러봤다. 산발귀는 어느새 사라지고 없었다. 보이는 거라고는 어둠 속에서 희끗희끗 내리긋는 빗줄기뿐이었다.

"저기!"

정우가 어딘가를 가리키며 외쳤다. 마을회관 뒤편이었다. 두 사람은 그곳을 향해 달렸다. 우거진 나무들이 마구잡이로 자라 있고 풀이 무성했다. 동주는 이 길을 따라 계속 달리면 병악산으로 이어질 것이라 짐작했다.

"어디 있습니까?"

동주가 물었다. 산발귀는 발이 빨랐다. 벌써 보이지 않았다.

"나무 사이로 들어갔어요!"

한발 먼저 달리던 정우는 그 말과 함께 어둠 속으로 사라졌다. 동주도 그 뒤를 따라 달리며 언제, 어디서 산발귀가 튀어나올지 몰라 불안을 느꼈다. 너무 어두웠다. 의지할 수 있는 거라고는 핸드폰 조명이 전부였다.

무언가에 발이 걸려 동주는 무방비 상태로 넘어졌다. 다행히 머리를 부딪치진 않았지만 충격이 상당했다. 한동안 정신을 차리기 힘들 정도였다. 신음을 토해내며 겨우 일어났다. 핸드폰은 어디로 갔는지 보이지 않았다. 시작도 끝도, 넓이도 깊이도 알수 없는 어둠이 동주를 감쌌다.

"정우 씨!"

돌아오는 대답은 없었다. 동주는 거친 숨을 토해내다가 옆구리에 느껴지는 극심한 통증에 멈칫했다. 맥박이 뛸 때마다 통증은 쉬지 않고 존재감을 알렸다. 아무래도 갈비뼈 쪽에 문제가 생긴 것 같았다.

"젠장."

낭패였다. 이대로라면 산발귀를 쫓기 어려웠다. 동주는 옆구리를 손으로 받치고 돌아섰다. 정우가 별 탈 없기를 빌 수밖에 없었다. 화가 치밀었다. 모든 게 엉망이었다. 절뚝거리며 마을회관으로 돌아가는 동안 분노는 자괴감으로 바뀌었다. 자신이 못나 모든 걸 망쳐버린 것 같았다.

복잡한 생각에 시달리며 마을회관으로 들어섰을 때 동주는 이상한 기운을 감지했다. 강당 안에 긴장감이 가득했다. 핸드폰 조명을 서로에게 비추며 대치 중인 두 무리의 사람들이 보였다.

"산발귀는요?"

김 목사가 동주에게 다가와 물었다.

"놓쳤습니다."

동주는 얼굴을 찡그리며 대답했다.

"이거 큰일이네요. 이장님도 안 계시고……."

김 목사가 중얼거렸다.

"어디 가셨습니까?"

"아까부터 안 보이시네요. 집으로 도망가신 건 아닌지……."

"도망이요?"

동주의 물음에 김 목사는 목소리를 낮추어 대답했다.

"청년회장이 죽었잖습니까. 이장님은 아무래도 다음 목표가 자기가 아닐까 걱정하시는 것 같습니다."

"이유가 있습니까? 목사님은 뭘 얼마나 알고 계신 겁니까?"

"그게……."

"우리가 언제까지 당하고만 있을 줄 알아?"

누군가 소리쳤다. 동주는 고개를 돌렸다. 그제야 사람들이 어떤 식으로 나눠 서 있는지 알아챘다. 다수를 이루는 쪽은 불귀도에서 말하는 평민과 천민 계급 사람들이고, 나머지는 지금까지 제일 편하게 앉아 있던 양반들이었다. 분노에 찬 소리는 두 패 중 사람이 더 많은 쪽에서 나온 것이었다. 동주는 상황이 심상치 않다고 느꼈다.

"이것들이 어디서 지랄이야?"

양반 중 한 명이 목소리를 높였다. 그러자 곧 거친 욕설이 날아들었다.

"지금 이 상황에서도 양반 행세야? 이것들? 이것들이 누군데?"

"뭐라고? 이 상놈의 새끼가!"

분위기가 험악해졌다. 금방이라도 서로에게 달려들 것 같았다. 동주 뒤에서 김 목사가 속삭였다.

"조금 전부터 이렇게 됐습니다. 양반 세력들이 뭘 시키자 다른 사람들이 발끈하면서……."

"말려야 합니다. 안 그러면 큰일 나겠어요."

동주는 두 무리의 가운데로 뛰어들었다. 옆구리 통증은 점점 심해졌지만 가만히 지켜보고만 있을 수는 없었다.

"순경은 좀 비켜봐. 내가 오늘 저 새끼들 아작 낼 테니까."

그렇게 말하며 평민과 천민 쪽에서 불쑥 나온 사람은 의자를 치켜들고 있었다. 금방이라도 던질 기세였다.

"다들 그만하세요!"

동주가 손을 뻗어 말렸다. 그때 누군가가 찢어질 듯 소리를 질렀다. 여관댁이었다.

"그만은 무슨! 이런 지경에 왔는데도 저 인간들이 계속 양반 행세를 하려 하잖아. 아주 지겨워죽겠어! 싹 다 뒤엎어야 해. 날

때부터 양반이라고? 광명천지 밝은 세상에 그런 말도 안 되는 게 어디 있어? 안 그래요?"

"맞아!"

"정신 차리게 해줍시다!"

"옳소!"

사람들이 일제히 소리치자 양반들의 표정이 굳었다. 이런 상황이 오리라고는 단 한 번도 생각해본 적 없는 듯했다. 몇몇은 부들부들 떨기까지 했다.

"잘 알겠습니다. 그러니까 지금은⋯⋯."

동주는 말을 끝내지 못했다. 비명이 들려왔기 때문이었다. 강당 구석을 향해 고개를 돌린 동주는 믿을 수 없는 광경에 눈을 크게 떴다. 만철이 우뚝 서 있었는데 눈이 완전히 뒤집힌 상태였다.

"경사님?"

동주가 만철을 부르며 다가갔다. 그 순간 만철이 움찔하더니 몸을 들썩였다. 동주는 그가 아파서 떠는 거라 생각했지만 만철은 웃음을 터뜨렸다.

"히히히."

만철은 격하게 몸을 떨며 웃었다.

"경사님!"

만철은 더 큰 소리로 웃기 시작했다.

"하하하!"

만철은 동주를 밀치고 어딘가로 달려갔다. 동주는 만철의 예상치 못한 공격에 그대로 쓰러지고 말았다.

"네가 날 죽이려 했지?"

만철은 그렇게 소리치며 김 목사에게 달려들었다. 둘은 한데 엉겨서 쓰러졌다. 만철이 김 목사 위로 올라타 목을 조르기 시작했다. 헤벌어진 입에서는 침 한 줄기가 흘러내렸다.

"경사님, 놓으세요! 이러시면 안 됩니다!"

동주는 만철의 손을 풀어내려 했지만 꿈쩍도 하지 않았다. 김 목사의 얼굴이 붉게 달아올랐다. 그는 컥컥 밭은 숨을 내쉬었다. 동주가 온 힘을 다해 만철을 밀어 떼어놨다.

"으아아!"

만철은 괴성을 내지르며 바닥을 굴렀다. 몸에 불이 붙기라도 한 것처럼 구르고 날뛰었다. 그 광기 어린 모습에 동주는 물론이고 다른 사람들도 지켜볼 수밖에 없었다. 감히 다가갈 생각조차 못 했다.

"뜨거워. 몸이 뜨거워!"

만철은 소리쳤다.

"경사님!"

퍼뜩 정신을 차린 동주가 만철에게 다시 다가가려는데, 만철은 순식간에 굳은 듯 모든 움직임을 멈췄다. 그대로 바닥에 널브러져 꼼짝도 하지 않았다. 동주는 마른침을 삼켰다.

"죽었어요."

김 목사가 만철을 내려다보며 말했다.

"뭐라고요?"

만철은 눈을 뜨고 입을 벌린 채였다. 입 안에서 혀가 거머리처럼 빠져나와 있었고, 검은자위는 깨진 달걀같이 풀어져 있었다. 그 모든 게 끔찍했지만 가장 섬뜩한 것은 표정이었다.

만철은 웃고 있었다. 세상 모든 기쁨을 다 맛본 듯 환희에 찬 듯한 표정이었다. 그렇게 죽어 있었다.

"그때랑 똑같아! 그때도 이런 식으로 사람이 죽었잖아."

누군가가 떨리는 목소리로 말했다. 동주는 고개를 돌렸다. 계급에 상관없이 다들 겁에 질린 표정으로 서 있었다.

"조 경사님이 왜 이렇게 된 건지 아십니까?"

누구 하나 선뜻 대답하지 않았다. 그때 강 영감이 사람들 사이에서 휘적휘적 걸어 나왔다. 그러고는 주위를 스윽 돌아보며 외쳤다.

"이제 와서 다들 뭘 그리 숨기나, 응? 더 이상 덮어둘 수 없다는 거 알잖아. 여기까지 와버렸는데, 사람들이 이렇게 죽어나가는데 이제는 사실을 이야기해야 하잖아!"

"강 영감, 아무리 그래도……."

다른 사람이 입을 열기 무섭게 강 영감이 다시 소리쳤다.

"이렇게 쉬쉬하다가 결국 그때도 그 사람들을 죽인 거 아냐! 내 말 틀려?"

"자세히 이야기해주십시오."

동주가 강 영감을 붙잡고 말했다. 강 영감은 동주를 지그시 바라보다가 입을 열었다.

*

우석은 유선을 향해 계속 말했었다. 바닷물이 입으로 들어오는데도 멈추지 않았다. 그때 유선은 우석이 무슨 말을 하는지 도무지 알 수 없었다. 지금도 마찬가지였다. 우석은, 유선이 악몽을 꿀 때면 언제나 그렇듯 끔찍한 몰골로 나타나 자꾸 무언가를 외쳐댔다.

꿈속 배경은 늘 똑같았다. 파도가 몰아치는 바다. 유선은 허우적거리며 겁에 질려 있었다. 지긋지긋하게 반복해서 꾼 꿈이지만 죽음의 공포가 덜한 건 아니었다. 공포란 절대 익숙해지지 않았다.

유선의 머리 위로 차가운 바닷물이 덮쳐왔다. 우석이 보였다가 안 보였다가 했다. 우석은 계속 소리쳤다. 우석이 뭐라고 했는지 유선은 너무 궁금했다. 궁금했지만 지금까지는 애써 외면해왔다. 왠지 원망이 담긴 외침일 것 같았기 때문이었다.

"네가 날 죽였어!"

"나만 두고 어딜 가려고?"

그런 말이란 걸 알게 된다면 도저히 견딜 수 없을 것 같았다. 그래서 유선은 안 들리는 척했다. 비록 꿈이지만 그 방법은 통했다. 유선은 알고 있었다. 자신의 무의식은 그날 그 바다에서 우석의 외침을 똑똑히 들었다는 것을.

유선은 마음을 다잡고 우석을 똑바로 바라봤다. 이번에는 왠지 그래야 할 것 같았다. 그러지 않으면 후회하리라는 예감이 들었다. 차디찬 바닷물의 감촉이 너무나 생생했다. 잔뜩 일그러진 우석의 얼굴은 주름 하나하나가 다 보일 정도였다. 무서웠다. 하지만 더는 외면할 수 없었다.

유선은 우석의 입 모양을 읽었다. 그러자 소리가 들리기 시작했다. 파도의 포효에 묻혀 그 소리는 뚝뚝 끊겼다.

"…… 쳐! 계속……."

거대한 파도가 다시 덮쳐 와 바닷물이 코와 입으로 들어왔다. 유선은 괴로움에 몸부림치면서 힘이 다해간다는 걸 느꼈다. 이대로 죽으리라는 걸 직감했다.

그 순간 점점 가라앉던 몸이 쑥 떠올랐다. 우석이 유선의 어깨를 꽉 쥐고 외쳤다.

"헤엄쳐! 계속 헤엄쳐! 넌 살아야 해!"

우석은 그 말을 끝으로 물속으로 빨려 들어가듯 사라졌다. 그의 외침이 귓가에 맴돌았다.

"안……. 안 돼!"

그렇게 소리치는 것과 동시에 유선은 꿈에서 깼다. 꿈에서와 마찬가지로 차가운 바닷물이 유선을 에워싸고 있었다. 숨이 턱 막힌 순간, 유선은 완전히 정신을 차렸다.

바닷물은 동굴을 가득 채울 기세로 불어나 있었다. 유선은 자신이 실제로 바닷물에 빠졌다는 사실을 깨닫는 것과 동시에 몸이 굳었다. 손가락 하나 움직일 수 없었다. 바닷물은 가차 없이 밀려 들어왔다. 유선은 허우적거렸다. 그럴수록 몸은 가라앉았고, 또 그럴수록 혈관을 타고 맹렬하게 공포가 퍼져나갔다. 어떻게 해서든 호흡을 되찾아야 하는데 그게 불가능했다.

"컥!"

숨을 쉴 수가 없었다.

이번에야말로…… 죽는다.

그런 생각이, 공포의 뒤를 따라 차근차근 머릿속을 점령해나갔다. 유선은 눈을 감았다. 더 저항해봐야 소용없을 것 같았다. 괴롭기만 할 뿐이었다. 유현을 못 찾았다는 사실이 너무나 아쉬웠다. 하지만 그마저도 운명처럼 느껴졌다. 끝내 동생을 찾지 못하고 낯설고 괴기한 섬에서 죽을 운명. 이 운명은 사랑했던 우석을 버리고 혼자 살아남았을 때부터 정해진 것일지도 모른다는 생각이 찰나에 들었다.

어느새 바닷물이 동굴 천장까지 차올랐다. 유선은 마지막 숨을 뱉은 후 물 밑으로 가라앉았다. 그 순간이었다.

꿈속에서처럼 너무나 또렷하게 우석의 목소리가 들려왔다.

"헤엄쳐! 계속 헤엄쳐!"

유선은 눈을 떴다. 어딘가에 분명 우석이 있는 것 같았다. 보이지는 않지만 느낄 수 있었다. 우석의 목소리가 다시 들렸다.

"넌 살아야 해!"

그날, 그 광포한 바다에서의 목소리가 긴 시간을 지나 지금 유선에게 닿았다. 유선은 자신이 잘못 들은 것도, 착각한 것도 아니라는 사실을 알았다.

"헤엄쳐."

유선은 팔부터 움직였다.

"계속 헤엄쳐."

그다음은 다리였다. 물을 박차고 수면 위로 고개를 내밀었다. 바닷물은 비교적 지대가 높은 동굴 입구 쪽까지 차지는 않았다. 문제는 거기까지의 거리가 까마득히 멀게만 느껴진다는 점이었다. 유선은 태어나 처음 수영을 배우는 사람처럼 팔다리를 버둥거렸다. 다리로 물을 차고 팔로 물을 젓는다. 이 간단한 공식, 유선이 그토록 쉽게 적용하던 공식이 지금 이 순간에는 너무나 어렵기만 했다. 그래도…… 계속 헤엄쳤다. 우아함과는 거리가 먼, 그야말로 개헤엄이지만 유선은 멈추지 않았다.

물살을 가르며 조금씩 전진했다. 그사이에도 수위는 계속 높아져 이젠 입구까지 물이 차올랐다. 그 너머까지 물로 가득하진 않겠지만 어쨌든 유선이 내려온 길로 접어들기 위해서는 잠수해야 했다.

유선은 두 팔을 앞으로 뻗은 후 물속으로 들어갔다. 다리도 한데 모아 쭉 뻗었다. 몸이 점점 기억해냈다. 오래 숨을 참고 몸을 너울너울 움직여 물살을 가르는 건 유선이 언제나 1등이었다. 엇박자로 움직이던 팔과 다리가 드디어 같이 움직였다.

검고, 어둡고, 차가운 바닷물을 유선은 갈랐다. 그 지독한 물살은 자꾸만 옭아매려 애썼지만 유선이 더 빠르고 강했다. 물귀신처럼 들러붙는 물결을 뿌리치고 유선은 계속 헤엄쳤다. 그리고 다음 순간 물 밖으로 솟아올랐다.

"넌 살아야 해."

유선은 살아남았다. 맨땅을 짚은 그 자세 그대로 유선은 잠시 울었다. 걷잡을 수 없는 감정의 소용돌이가 휘몰아쳤고 유선은 거기에 몸을 맡겼다. 하지만 더 지체할 시간이 없었다. 유선은 숨을 깊게 들이쉬고 일어나 뒤를 돌아봤다. 검디검은 물이 아깝다는 듯 혀를 날름거리며 출렁이고 있었다.

"가자."

그렇게 중얼거리며 동굴을 빠져나온 유선의 눈에 무언가가 들어왔다. 동굴 입구에서 얼마 떨어지지 않은 곳에 황 무당이 바위에 깔린 채 쓰러져 있었다.

유선은 황 무당에게 다가갔다. 황 무당은 몸의 절반이 완전히 짓눌린 상태였다. 피가 흘러나와 빗물에 씻겨 내려가고 있었다. 당장은 살아 있지만 가망이 없어 보였다. 황 무당이 깔리지 않은 손을 들어 까딱까딱했다. 유선은 황 무당 옆에 쪼그리고 앉았다. 죽음을 앞둔 그의 얼굴은 오히려 평안해 보였다.

"나는 벌을 받은 거야."

황 무당은 중얼거렸다.

"불귀도에서 도대체 무슨 일이 있었던 건가요?"

유선이 물었다. 황 무당은 가쁜 숨을 내쉬면서도 또렷한 목소리로 대답했다. 마치 지금 이 순간을 기다리고 있었다는 듯이.

"25년 전에…… 우린 귀신처럼 변해 귀신이 할 법한 짓을 저질렀어."

"그게 뭔가요?"

"우린 권씨 일가를 죽였다."

황 무당은 더듬더듬 이야기를 이어갔다.

*

이름이 있었지만 누구도 이름을 부르지 않았다.

권가. 그것이 불귀도 사람들이 권현중을 부르는 말이었다. 권현중의 부인은 권가 마누라, 그 아들은 권가 놈이라 불렀다. '권가'는 권씨 가문에 대대로 내려오는 별칭이자 멸칭이었다. 그 시작이 언제인지는 아무도 몰랐지만 적어도 오랜 옛날부터라고 짐작할 수 있었다. 누군가의 아버지의 아버지 때부터도 '권가'는 권가였으니까.

권가는 불귀도의 잡일을 도맡아 했다. 타고난 손재주가 좋아 고장 난 걸 뚝딱 고치고 없던 것도 금세 만들었다. 그랬기에 권가는 이 집 저 집 불려 다녔고 그렇게 해서 받은 몇 푼의 돈이나 음식으로 연명했다. 권가는 불귀도에서 천민 중의 천민이었고, 상놈 중의 상놈이었다. 시키는 일은 다 해야 했다. 똥간이 꽉 차면 그걸 퍼서 밭에 뿌리는 것도 권가 몫이었다.

권가는 대대로 그리 살아왔다. 권현중의 아버지도 권가라 불렸고 그 운명을 기꺼이 받아들였다.

하지만…… 권현중은 조금 달랐다.

그는 주눅 들어 있지도 않았고 주뼛거리지도 않았으며 무엇보다 '권가'처럼 행동하지 않았다. 언제나 어느 자리에서건 호탕하게 웃었다. 자기 의견도 서슴지 않고 냈다. 남들이 불편해하거나 말거나 신경 쓰지 않았다. 그러면서도 불귀도 일이라면 발 벗고 나섰다.

한번은 이런 일도 있었다.

불귀도 앞바다에서 조업을 하던 작은 고깃배 한 척에 불이 붙었다. 라면을 끓여 먹겠답시고 가지고 나간 휴대용 버너가 폭발한 것이다. 부탄가스가 샌 것이 원인이었다. 배에는 노부부가 타고 있었다. 배에서 솟아오른 불길과 검은 연기는 불귀도에서도 똑똑히 보였다. 다들 어쩔 줄 몰라 하고 있을 때 권가가 고무보트를 타고 바다를 가로질렀다. 4.5마력짜리 엔진을 단 고무보트는 주로 낚시꾼들한테 빌려주던 것이었다.

권가는 털털거리는 그 보트를 가지고 용케 제때 도착했다. 제때라는 건 노부부가 불을 끄려다 포기하고 바다에 뛰어들기 직전이었다. 계절은 한겨울이었고 두 노인이 바다에 빠졌다면 몇 분 안에 동사하기 딱 좋은 날씨였다.

노부부를 태우고 권가가 섬으로 돌아왔을 때 현장에 있던 사람들은 너나 할 것 없이 박수를 치며 좋아했다. 권가는 별일 아니라는 듯 웃으며 말했다.

"어려운 일 있으면 또 부르쇼."

그렇게 호방하고 씩씩한 권가를 알게 모르게 따르는 사람들이 제법 됐다. 특히 평민이나 천민 중에는 권가 말이라면 믿고 따르는 사람이 많았다. 그래서 이장 박두만과 그의 아들 박거식에게는 그가 눈엣가시였다. 때로는 대놓고, 때로는 넌지시 권가에게 경고했지만 별 소용이 없었다.

"알아서 좀 기어."

거식이 그런 말을 하면 권가는 특유의 자신만만한 표정으로 씩 웃으며 대꾸할 뿐이었다.

"제가 알아서 기면 불귀도가 돌아가긴 합니까?"

권가는 평생 학교에 다닌 적이 없는데도 혼자 글과 셈을 익혔다. 불귀도에 갇혀 살면서도 바깥세상 돌아가는 일에 훤했다. 누가 한번 가르쳐준 건 절대 잊지 않았다. 요령이 좋아 실수하는 법도 없었다. 권가는 무슨 일이든 척척 해냈다. 조금이라도 곤란한 일이 생기면 사람들은 권가부터 찾았다.

"권가가 해줄 거야."

불귀도 사람들이 입버릇처럼 하는 말이었다. 주인님은 뒷짐지고 있을지언정 권가는 두 팔 걷어붙이고 나설 것이라고, 불귀도 사람들은 생각했다.

그러던 어느 날 불귀도에 새바람이 불었다.

거식이 사업을 시작해보겠다며 뭍에서 사람 몇을 데리고 온 것이다. 사람들은 염전 일에 쓸 일꾼들인가, 하고 의아해했다. 불귀도 염전의 규모는 그리 크지 않아 일손이 많이 필요하지 않았기 때문이었다. 그게 문제였다. 염전은 큰 돈벌이가 되어주지 못했다. 지금까지는 소금도 팔고 고기도 잡으며 근근이 버텼지만 어획량이 줄어 배를 타고 나가는 게 오히려 손해일 정도였다. 거식의 말처럼 새 사업이 필요한 시기였다.

사람들이 사업에 대해 물어도 거식은 같은 말만 반복했다.

"걱정들 하지 마시오. 내가 불귀도를 살릴 테니!"

거식은 자신을 따르는 강두를 포함해 소수만 데리고 병악산으로 들어갔다. 그러고는 뭍에서 끌고 오듯 데려온 어리숙해 보이는 남자 셋과 함께 땅을 고르고 비닐하우스를 치고 한동안 바쁘게 움직였다. 사람들은 거기서 무언가를 재배하리라 짐작만 할 뿐이었다.

1년 정도가 흐르고 비닐하우스에서 첫 수확물이 나와 사람들이 그것의 정체를 알게 되었을 때 모두 놀랐다. 거식은 말했다.

"이걸 내다 팔 겁니다. 판로는 다 확보했습니다. 우리만 입 꾹 다물고 있으면 아무도 모릅니다. 불귀도에는 돈이 차고 넘치게 되겠죠."

사람들은 솔깃했다. '그것'은 그리 낯선 식물도 아니었다. 예전에는 종종 보곤 했으니까. 게다가 돈이 필요하다는 사실은 분명했다. 분명한 사실 앞에서는 의문을 가질 필요가 없었다. 그저 거식의 말처럼 '입 꾹 다물고 있으면' 그만이었다.

하지만 권가가 반대하고 나섰다.

"아무리 그래도 그렇지, 불법 아닙니까?"

권가는 마을회의에서도 발언권이 없었다. 그럼에도 그가 말하자 사람들은 흔들렸다.

"더 열심히 일하고 더 아끼며 살면 될 것을 꼭 법에 어긋나는 일까지 해서 돈을 벌어야 합니까? 거기다가 뭍에서 데려왔다는 사람들은 납치 아닙니까? 나중에 큰일 납니다!"

262

대체로 권가의 말을 무시해왔던 거식도 이번에는 화를 내며 소리쳤다.

"네가 불귀도에 대해 뭘 알아? 지금 우리 사정이 얼마나 안 좋은지 알고서 하는 소리야? 다들 쫄쫄 굶게 생겼는데 이대로 법 지키면서 굶어 죽자고?"

"하지만……."

가만히 있던 두만은 한마디로 권가의 말을 잘랐다.

"상놈의 새끼가 어디서 끼어들어?"

"제 양심상 전 찬성할 수 없습니다."

권가는 끝내 할 말을 다 하고 마을회관을 빠져나갔다. 거식이 어수선한 분위기를 가라앉혔다.

"다음 달에 이걸 처음으로 팔 겁니다. 그때 잔치를 성대하게 열 계획입니다."

사람들은 어색한 표정으로, 그러나 일말의 기대를 안고 박수를 쳤다.

모든 건 거식의 말대로 됐다. 그것은 아주 잘 팔렸고 불귀도에 돈을 가져다줬다. 마을잔치가 열린 건 물론이었다. 다들 거나하게 취했고 그 자리에서는 모두 화기애애했다.

"괜한 걱정을 했어!"

"그러게 소금 팔 때 슬쩍 끼워 넣으면 되는 거였는데."

"이게 다 주인님 덕분이라니까!"

잔치 분위기가 한창 무르익어 몇 번의 건배가 돌고 노래와 춤판이 벌어졌을 때였다. 누군가가 "억!" 하고 비명을 질렀다. 사람들의 시선이 일제히 한곳으로 향했다. 거기에 덩치 큰 남자가 서 있었다. 거식이 뭍에서 데려온 셋 중 한 명이었다. 남자는 얼굴의 모든 구멍에서 피를 철철 흘리고 있었다. 다들 놀라서 자리를 피하기 바빴다.

"히히히."

남자는 덩치에 어울리지 않게 방정맞은 웃음을 흘리며 경중경중 뛰어다녔다. 그때마다 피가 흩날렸다. 남자는 웃다가 비명을 질렀다가 또 웃기를 반복했다. 사람들은 꼼짝도 못 하고 그 광경을 바라만 봤다.

처절한 비명을 지르며 남자는 끝내 고꾸라졌다. 그런 뒤에도 얼마간 숨을 헐떡이던 남자는 서서히 숨을 거뒀다. 한동안 흐르던 침묵을 깨고 두만이 물었다.

"어떻게 된 거야?"

"모르겠습니다. 약을 먹은 것 같기도 하고……."

"빨리 치워!"

"안 됩니다!"

그때 잔치에 낄 수도 없었던 권가가 불쑥 나타났다. 그는 죽은 남자 옆에 버티고 선 채 외쳤다.

"사람이 죽었습니다. 그런데 치우라니요! 이대로 덮을 겁니까? 그건 안 되지요. 경찰에 신고해야 합니다."

모두 당황해서 권가와 두만을 바라보기만 했다. 주인님과 상놈이었지만 그 순간만큼은 계급의 차이를 느낄 수 없었다. 당당하게 외치는 권가 앞에 오히려 두만과 거식이 겁을 먹은 것처럼 보였다.

"경찰에 신고하면? 우리 모두 공범인데 어떻게 하자는 거야?"

한참 만에 거식이 말했다.

"벌을 받아야 하면 받아야죠! 그런 걸 다 떠나서 억울하게 죽은 사람 명복은 빌어줘야 하지 않습니까? 누군가는 책임을 져야 하고요!"

"책임? 그 말은 우리가 잘못했다는 거야?"

두만이 다시 소리쳤다.

"그렇지요! 잘못했지요. 잘못한 게 너무 많아서 일일이 따질 수도 없습니다! 이런 세상에 그 자리에 앉아 주인이네 뭐네 하는 것부터 잘못된 거 아닙니까? 안 그렇습니까, 여러분?"

권가는 사람들을 둘러보며 물었다. 술에 취한 불귀도 사람들의 눈빛이 흔들렸다.

"넌 지금 불귀도를 망치려 하고 있어!"

거식이 말했다.

"아니요. 전 불귀도를 위해 이러는 겁니다! 모두가 잘 살아야지요. 행복하게, 평등하게 살아야지요!"

권가는 물러서지 않았다.

"그래서 경찰에 신고를 하겠다?"

거식이 물었다.

"할 겁니다. 이대로 못 본 척할 순 없습니다!"

권가가 그렇게 외친 순간이었다.

"뭐라고 지껄이는 거야? 여기나 좀 봐!"

뒤에서 날아든 목소리에 권가는 고개를 돌렸다. 사람들 역시 일제히 그쪽을 바라봤다.

강두가 양손에 한 명씩 권가 마누라와 권가 아들의 머리채를 잡고 서 있었다. 강두는 술에 취해 꼬부라진 혀로 다시 말했다.

"불귀도에 살면 불귀도 법을 따라야지, 안 그래?"

권가는 강두를 향해 달려들었다.

불끈 솟아오른 분노가 내달리게 했지만 강두에게 닿기도 전에 권가는 바닥을 굴렀다. 누군가가 발을 건 것이었다. 권가는 속절없이 앞으로 고꾸라졌다.

"잡아!"

거식이 소리치자 사람들 몇 명이 동시에 달려들어 권가를 내리눌렀다.

"놔! 비켜!"

권가가 소리쳤지만 사람들은 움직이지 않았다.

"아빠."

권가 아들이 울음을 터뜨렸다.

"훠이, 귀신이 운다. 산발귀가 노하셨다!"

요령 흔드는 소리와 함께 늙은 최 무당이 딸이자 애동제자인 황 무당을 데리고 나타났다. 시커먼 한복을 입은 최 무당은 신이 들 때면 언제나 그렇듯 눈을 허옇게 까뒤집고 입가에 거품을 문 채 소리쳤다.

"섬을 어지럽히는 자는 산발귀가 용서치 않는다!"

그 말이 떨어진 순간, 마른하늘에 날벼락이 쳤다. 불귀도에서 가장 나이 많은 노인조차 여태 한 번도 본 적 없는 무시무시한 벼락이었다.

"아이고!"

사람들은 기겁하며 넙죽 엎드렸다. 권가는 그 틈을 놓치지 않고 벌떡 일어났다. 그러고는 곧장 몸을 날려 강두의 얼굴을 걷어찼다. 강두는 외마디 신음을 흘리며 벌렁 나뒹굴었다. 권가가 가족을 끌어안은 것은 바로 그때였다.

사방이 비현실적으로 밝아진다 싶더니 하늘을 반으로 가른 번개가 마을회관 지붕에 떨어졌다.

쾅!

다시 천둥이 쳤다. 벼락을 맞은 마을회관 지붕이 금세 불길에 휩싸였다. 저녁 하늘 위로 시커먼 연기가 피어올랐다.

"저놈이다! 저놈 때문에 이 섬이 저주받았다!"

두만이 권가를 가리키며 소리쳤다. 불타는 마을회관을 멍하니 올려다보던 사람들은 권가 쪽으로 고개를 돌렸다. 일순간 그들 눈빛에 살기가 돌았다. 이번에는 거식이 외쳤다.

"저것들을 잡아!"

"미쳤소? 다들 정신 차려요!"

권가는 가족들을 끌어안은 채 뒤로 물러섰다.

"훠이. 훠이. 산발귀가 명하신다! 다시는 불귀도를 어지럽히지 못하게 하라신다!"

최 무당은 덩실덩실 춤을 추며 외쳤다. 경중경중 뛰어올랐다. 어린 황 무당은 두 손을 마주 비비며 연신 절을 했다. 사람들은 멍한 표정으로, 그러나 눈동자에는 적개심의 불을 활활 켠 채 권가에게 다가갔다.

"제발 저리들 가요!"

권가는 주위를 둘러보다가 바닥에 아무렇게나 뒹굴고 있던 도끼를 집어 들었다. 잔칫상에 올릴 돼지를 잡고 누군가가 던져 놓은 것이었다. 돼지 이마를 깨고 숨통을 끊은 그 도끼는 이미 피에 물들어 있었다.

"저놈이 우릴 다 죽이려 한다!"

두만이 소리쳤다. 거식도 거들었다.

"권가가 행여 경찰에 신고라도 하면 우린 다 죽는 겁니다! 저 상놈 하나 때문에 불귀도가 망하면 되겠습니까?"

"그러면 큰일 나지."

"안 되고말고."

"무당이 그러잖아. 산발귀가 노했다고."

그렇게 중얼거리며 누군가는 낫을, 누군가는 쇠스랑을, 누군가는 칼을 집어 들었다. 방금까지 밭에서, 염전에서, 부엌에서 쓰던 것들이었다.

"오, 오지 마!"

권가는 도끼를 휘두르며 위협했다. 그 서슬 퍼런 기세에 사람들은 쉽게 다가가지 못했다. 불은 이제 마을회관 전체로 옮겨붙었다. 그럼에도 누구 하나 신경 쓰지 않았다. 매캐한 연기가 권가와 마을 사람 가운데를 맴돌았다. 최 무당이 흔드는 방울은 귀를 찢을 듯 요란한 소리를 냈다.

"다들 정신이 어떻게 된 거요?"

권가가 소리쳤지만 누구도 대답하지 않았다. 대신에 조금씩 거리를 좁혀올 뿐이었다. 권가는 다시 도끼를 휘둘렀다. 어느새 일어난 강두가 커다란 돌멩이를 들고 권가 뒤로 다가갔다.

"아빠!"

권가 아들이 강두를 발견하고 외쳤을 때는 이미 늦었다. 권가가 미처 반응하기도 전에 돌멩이가 먼저 머리를 때렸다.

"윽!"

머리에서 피를 흘리며 권가는 맥없이 쓰러졌다. 사람들이 우르르 달려들었다. 권가 마누라와 권가 아들이 울음인지 비명인지 모를 소리를 내질렀지만 사람들의 함성에 묻히고 말았다.

"잡았다!"

사람들은 마치 사냥에 성공한 것처럼 기쁨에 찬 포효를 내질렀다. 그런 가운데 누군가가 외쳤다. 두만인지, 거식인지, 최 무당인지, 아니면 다른 사람인지 알 길이 없었지만 다들 그 소리만은 똑똑히 들었다.

"나무에 매달아!"

"매달아!"

"당산나무에 목을 매달아!"

"매달자!"

사람들은 너도나도 외쳤다. 누구 목소리가 더 큰지 내기라도 하듯 목청을 높였다. 누군가가 밧줄을 들고 왔다. 배를 맬 때 쓰는 질긴 밧줄이었다. 권가는 정신을 차리지 못한 채 신음만 흘렸다.

"안 돼요!"

권가 마누라가 울면서 소리쳤지만 누군가 배를 걷어차는 바람에 다음 말을 잇지 못했다.

"서둘러!"

두만이 명령하자 사람들은 척척 능숙하게 움직였다. 한 명이 매듭을 지어 권가의 목에 밧줄을 매자 다른 몇 명은 어딘가에서 사다리를 들고 와 당산나무에 기댔다.

"영차. 영차."

힘든 일을 할 때면 언제나 그랬듯 사람들은 소리를 맞춰가며 권가를 당산나무까지 옮겼고 밧줄의 한쪽 끝을 가장 튼튼한 나뭇가지에 걸쳤다.

"당겨!"

또다시 누군가가 소리쳤다.

튼튼하고 힘센 사람들이 달려들어 줄을 당기기 시작했다. 그제야 정신을 차린 권가가 버둥거리며 외쳤다.

"뭣들 하는 거야. 미쳤어? 살려줘!"

사람들은 아랑곳하지 않았다. 권가의 처절한 비명이 울려 퍼졌다. 그래도 열심히 당겼다.

"컥!"

권가가 나무에 매달렸다. 그는 밧줄을 벗겨내려고 발버둥 쳤지만 불가능한 일이었다. 어떤 거센 바람에도 풀리지 않는 그 매듭은 권가가 사람들에게 가르쳐준 것이었다. 권가는 컥컥거리면서도 사람들을 향해 외쳤다.

"제발…… 처자식만은……."

"이것들도 똑같이 해줘야지!"

강두는 두 눈을 번들거리며 권가 마누라의 머리채를 다시 잡았다. 그 순간 권가 마누라가 몸으로 강두를 홱 밀고는 아들을 향해 소리쳤다.

"도망가!"

권가 아들은 달렸다.

"잡아라!"

최 무당이 말하자 황 무당이 급히 권가 아들을 쫓았다. 강두는 권가 마누라의 머리를 잡고 뒤로 꺾었다. 목이 그대로 드러났다. 강두는 누군가에게 건네받은 낫을 고쳐 쥐었다. 권가는 실핏줄이 다 터진 눈을 부릅뜬 채 외쳤다.

"이놈들! 모두 천벌을 받을 거다!"

"그럴까?"

강두가 권가 마누라의 목에 대고 낫을 그었다. 피가 솟구쳐 얼굴에 튀었지만 강두는 멈추지 않았다.

한 번, 그리고 또 한 번 계속 그었다.

"으아아!"

권가의 분노에 찬 외침이 메아리쳤다. 권가는 목이 매달린 채로도 한동안 죽지 않았다. 얼굴이 시퍼렇게 변하고 입술은 꺼메졌는데도 계속 외쳤다.

"모두 죽일 테다! 내가 귀신이 되어 너희들 모두⋯⋯."

쿠쿠쿵!

천둥이 다시 하늘을 훑고 지나갔다. 곧 비가 내렸다. 갑자기 몰려온 비구름이 불귀도 전체에 드리웠다. 비는 마을회관의 불

을 꺼뜨렸다. 바닥에 고인 권가 마누라의 피를 씻었다. 발버둥
을 멈춘 권가의 몸을 싸늘하게 식혔다.

권가는 눈을 감지 못한 채 죽었다.

권가 마누라는 목이 반쯤 잘린 채 죽었다.

"권가 아들은 절벽에서 떨어졌습니다."

돌아온 황 무당이 숨을 헐떡이며 그렇게 말했다.

그것이 25년 전에 일어난 일이었다.

사람의 죄

동주는 이장 집을 향해 달렸다. 강 영감과 사람들이 들려준 그 끔찍한 이야기대로라면 살인마의 다음 목표는 거식이 분명했다. 거식도 그걸 알고 도망친 것이다. 용서할 수 없는 죄를 지었을지라도 사람이 죽는 걸 내버려둘 순 없었다. 그건 경찰이, 아니 사람이 할 일이 아니었다.

"어르신들은 제가 진정시키겠습니다."

김 목사는 그렇게 말했다. 동주는 망설이다가 고개를 끄덕였고 그길로 마을회관을 빠져나왔다. 지금으로서는 믿을 사람이 김 목사뿐이었다. 동주는 유선이 걱정됐다. 그렇다고 유선이 돌아올 때까지 마냥 기다릴 수는 없었다.

폭풍우의 위세는 조금 줄어든 것 같았다. 그래도 불귀도를 내리누르듯 뒤덮고 있는 먹구름은 그대로였다. 보이지 않는 거대한 존재가 이 사악한 섬을 벌하려는 것 같았다. 25년 전 그때, 불귀도 사람들은 모두 공범이었다. 그랬기에 범인은 산발귀를 자처하면서 모두를 죽이려 했던 건지도 모른다.

권가 일가를 죽인 그 사건 이후로 산발귀 괴담이 본격적으로 돌기 시작했다고 강 영감은 말했다.

"하지만 우린 모두 알고 있었어. 안 그래? 산발귀는 그저 지어낸 이야기고 사실은 섬사람들을 마음대로 부리기 위해 산발귀니 뭐니 했다는 걸. 불귀도에, 아니 이장 일가의 말에 반대하는 사람들은 모두 산발귀의 이름으로 화를 입었지. 그 짓을 저지른 게 누구인지 다들 알고 있잖아. 바로 우리야! 우리가 그랬다고!"

동주는 알 것 같았다. 섬을 통제하던 질서가 무너지려 하자 당시 이장이었던 두만이 산발귀 이야기를 꺼냈을 것이다. 공포는 이성을 지배한다. 그리고 이성을 잃어버린 자리에 남는 것은 광기뿐이다. 권가와 그 가족을 죽인 이후 불귀도 사람들 모두 같은 죄책감과 두려움을 공유했으리라. 그것을 산발귀의 저주로 만들어 지금껏 이용한 것이 이장 일가였다.

저 멀리 이장 저택의 웅장한 모습이 보였다. 동주는 사람들의 피와 땀으로 지어졌을 그 집을 노려보며 다짐했다.

'절대 용서할 수 없어!'

거식은 용서받을 수 없는 죄를 저질렀다. 두만도, 강두도 마찬가지였고 그 둘은 비참하게 죽었다. 한 명은 권가처럼 목이 매달려서, 또 한 명은 권가 마누라처럼 목이 잘려서. 범인이 거식을 어떤 방식으로 죽이려 하는지는 몰랐지만 동주는 그걸 막을 생각이었다. 거식을 용서할 수 없기에 더욱 막아야 했다. 이대로 죽게 하는 건 너무 쉬웠다. 꼭 법의 심판을 받게 해야 불귀도에 고인 탁하고 진한 악의 근원을 치워낼 수 있었다.

동주가 이장 집 대문으로 막 들어섰을 때였다.

탕!

총소리가 울려 퍼졌다.

*

"정말로…… 절벽에서 떨어졌나요? 그 아들이 정말로……."

유선은 죽어가는 황 무당을 내려다보며 물었다. 황 무당은 긴 이야기를 토해낸 후 숨을 가쁘게 쉬었다. 그에게 허락된 호흡이 얼마 남지 않은 것 같았다. 빗물이 계속 씻어내는데도 황 무당의 몸에서는 피가 쉴 새 없이 흘러나왔다.

"대답해주세요!"

황 무당이 입을 달싹거렸다. 유선은 재빨리 귀를 가져다 댔다. 그의 차가운 숨결이 뺨에 닿았고 꺼질 듯한 목소리가 들렸다.

"산발귀가…… 왔어."

그것이 황 무당의 마지막 말이었다. 그는 눈도 감지 못한 채 죽었다. 황 무당의 허망한 눈동자 위로 비가 쏟아져 내렸다. 유선이 눈을 감겨주자 그제야 황 무당의 얼굴이 조금이나마 편안해 보였다.

유선은 무릎을 짚고 일어났다. 동주에게 자신이 들은 이야기를 전해야 했다. 범인이 누구인지 알 것 같았다. 왜 이런 짓을 벌이는지도. 유선은 한기가 들어 몸을 떨었다. 속에서부터 서서히 밀고 올라오는 차가운 기운이었다. 너무나 비현실적이고 끔찍한 이야기였다. 인간의 사악함이 어디까지 닿을 수 있는지 유선은 짐작도 할 수 없었고, 그랬기에 한기는 멈추지 않았다. 이 섬을 벗어나지 않는 이상 영원히 그럴 것만 같았다.

유선은 덜덜 떨면서도 움직였다. 숨이 찼지만 다시 달리기 시작했다. 해야 할 일이 많았다. 동주와 사건을 해결한 뒤에는 유현을 찾아야 했다. 그리고 모든 걸 바로잡아야 했다.

가늘어진 빗줄기를 느끼며 먼 하늘을 바라본 순간, 유선의 눈에 무언가가 들어왔다.

저 멀리 산발귀가 서 있었다. 뒷모습이지만 알아볼 수 있었다. '아니지. 산발귀로 변장한 사람이야.'

유선은 몸을 낮췄다. 상대가 인간이라는 걸 알기에 더는 무섭지 않았다. 산발귀는 평범한 걸음으로 어딘가를 향해 걷고 있었다. 길게 늘어진 머리카락이 똑똑히 보였다. 그 뒷모습에 눈을 떼지 않은 채 유선은 몰래 따라갔다. 둘 사이의 거리는 20미터 남짓이었다. 산발귀는 쭉 뻗은 바닷길을 지나 염전 쪽으로 방향을 틀었다. 잰걸음으로 걷기만 할 뿐 주위를 살피지는 않았고 덕분에 유선은 쉽게 미행할 수 있었다.

염전을 지나던 산발귀는 소금창고 처마 아래로 들어가 잠시 쉬는 듯했다. 유선은 다른 창고 벽 뒤에 붙어 산발귀를 살폈다. 여전히 뒷모습만 보였지만 뭘 하는지는 알 것 같았다. 산발귀는 까맣고 네모난 무언가를 꺼내 귀에 댔다가 다시 입으로 가져갔다가를 반복했다.

'무전기다!'

산발귀는 누군가와 연락을 주고받고 있었다. 연락을 끝낸 듯 산발귀는 다시 움직였다. 유선은 그 뒤를 따랐다. 25년 전의 참극을 주도했던 두만은 목이 매달려 죽었다. 그것은 산발귀의 짓도, 불가능한 범죄도 아니었다. 유선이 서까래에서 발견한 자국은 밧줄을 걸고 당긴 흔적이었다. 서까래의 홈이 도르래 역할을 한 것이었다. 그렇다면 그 높은 곳에 사람을 매다는 것도 어려운 일은 아니었다.

범인은 그다음으로 불귀도 사람들 다수를 노리고 독을 탔을 것이다. 실제로 효과가 있었는데 그건 또 다른 살인을 저지르기 위한 징검다리일 뿐이었다. 범인이 진짜로 노렸던 인물은 강두였다. 공범인 산발귀가 모두의 시선을 돌린 사이에 범인은 강두를 죽였다. 이것까지 모두 계획에 있던 일일 거였다. 게다가 범인은 폭풍우가 몰아칠 것까지 미리 알고 있었다. 그랬기에 이 대담한 연쇄살인을 저지를 수 있었다.

하지만…… 끝까지 해결되지 않는 의문이 있었다. 황 무당도 그것에 관해서는 속 시원히 말하지 않았다. 이장 일가와 불귀도 사람들이 살인을 저지르면서까지 지키고 싶었던 병악산의 '그것'은 무엇일까? 그것 때문에 계속해서 사람들을 납치해 노예처럼 부리고 있다는 것까진 짐작해도 도대체 그 정체가 무엇인지는 알 수 없었다.

탕!

하늘을 찢는 소리가 울려 퍼졌다. 총소리였다. 유선은 자기도 모르게 고개를 숙였다. 소리는 가까운 곳에서 들렸다. 유선이 다시 고개를 들었을 때 산발귀는 보이지 않았다. 당황한 유선은 무작정 달리기 시작했다. 얼마 안 가 산길이 나왔고 그곳으로 접어들자 거대한 저택이 보였다.

유선은 집을 향해 조심스럽게 다가갔다.

*

커튼이 모두 쳐진 집 안은 컴컴했다. 동주는 숨을 죽인 채 거실로 들어섰다. 사물의 윤곽만 겨우 보였다. 빛이 절실했지만 핸드폰을 잃어버린 탓에 기대할 수 없는 일이었다. 총소리는 한 번만 울렸다. 지금은 온 집 안이 쥐 죽은 듯 조용했다. 동주는 잠시 망설이다가 목소리를 높였다.

"이장님, 도와드리러 왔습니다!"

대답이 없었지만 한 번 더 말했다.

"저를 믿으셔야 합니다. 그래야 살아남을 수 있습니다!"

여전히 침묵만 맴돌았다. 동주는 1층 거실을 살폈다. 아무도 없었다. 방마다 문을 열어봤지만 텅 빈 그대로였다. 2층으로 올라가려는데 아래쪽에서 소리가 들렸다.

끼익.

오래된 문이 열렸다가 닫히는 소리 같았다. 동주는 소리를 따라 계단을 내려갔다. 아무래도 지하 공간이 있는 듯했다. 지하에 도사리고 있는 자가 거식인지, 아니면 범인인지 알 수 없었다. 둘 중 누가 총을 들고 있는지 알 수도 없어 위험했다.

"이장님, 지하실에 계시면 대답해주세요. 지금 내려갑니다!"

계단을 내려갈수록 어둠은 짙어졌다. 차갑고 질척질척한 어둠이 온몸의 구멍을 통해 비집고 들어오는 것 같았다. 심장이 뛰었다. 불안감과 긴장감이 엄습했다. 아무리 인기척을 내지 않으려 해도 나무 계단은 계속 삐걱댔다.

지하실로 내려서자 문이 보였다. 딱 거기까지였다. 커튼 틈을 비집고 들어온 한 줌의 빛이 관용을 베풀고 있는 것은. 문 너머는 완전한 암흑일 것 같았다. 동주는 무기가 될 만한 걸 챙겨오지 않았다는 사실을 뒤늦게 깨달았다. 그래도 살며시 문을 밀었다. 어차피 총에는 상대가 안 될 게 뻔했다.

끼익.

문이 열렸다. 동주는 숨을 참은 채 최대한 몸을 낮추고 안으로 들어갔다. 동주는 문 앞에 멈춰 섰다. 이대로는 들어가는 게 무의미할 것 같았다. 온 신경을 귀에 집중했다. 누군가가 이 안에 있다면…….

그 순간 거친 목소리가 날아들었다.

"움직이지 마!"

거식이었다.

"이장님!"

"입 다물어!"

철컥.

장전하는 소리가 들렸다. 동주는 두 손을 들어 보였다. 손전등 불빛이 동주를 비췄다. 동주는 눈이 부셔 얼굴을 반쯤 돌린 채 양손을 활짝 펴 보였다. 무기가 없다는 걸 알려주고 싶었다.

"움직이면 쏜다."

거식이 말했다. 겁에 질린 듯 거식의 목소리 끝이 떨렸다. 거식이 어떻게 행동할지 예측하기 힘들었다.

"이장님, 제 말을……."

"네가 범인이지?"

거식이 물었다.

"아닙니다."

침착해야 한다는 걸 알면서도 심장이 거세게 뛰는 건 어쩔 수 없었다. 동주는 불빛 너머 거식이 있으리라 예상되는 쪽으로 고개를 돌렸다. 아무것도 보이지 않았지만 그럼에도 필사적으로 바라봤다. 지금 할 수 있는 건 그것이 전부였다. 자신의 눈빛을 보여주는 일. 동주는 거식이 그 안에서 진실을 읽어내주길, 그 정도 이성은 남아 있길 간절히 바랐다.

"네가 불귀도에 온 후로 모든 사건이 벌어졌어. 그런데도 아니라고?"

"잘 생각해보세요, 이장님. 저는 사건이 벌어질 때마다 이장님과 함께 있었습니다."

"아니야. 산발귀가 모두를 죽였고, 그 산발귀를 불러낸 게 바로 너겠지!"

"산발귀는 존재하지 않습니다!"

"조금 전에도 산발귀를 봤어. 그런데 아니라고? 다시 나타나면 또 총을 쏠 거다."

동주는 순간 움찔했다. 거식이 방아쇠를 당길 것만 같았다.

"25년 전 일에 대해 들었습니다. 범인은 그 복수를 하고 있는

겁니다. 산발귀의 짓이 아니라 사람이 벌인 일이고, 다시 말씀
드리지만 저는 관계가 없습니다."

"그렇기에 산발귀의 짓이라는 거야."

거식의 목소리가 조금 누그러졌다.

"그게 무슨 말씀입니까?"

"산발귀 전설을 알고 있나?"

"네, 들었습니다."

"그 옛날 불귀도에 유배되어 온 선비의 목을 친 것이 바로 우
리 조상이야. 박가. 그때는 제대로 된 이름도 없었지만 선비를
죽인 후 이 섬을 다스리게 되면서 모든 게 달라졌지. 그 전까지
박가를 무시했던 권 선장 일가는 졸지에 천민이 되었고, 불귀도
의 주인이 된 박가는 죽은 선비의 망령을 지우려고 노력했지.
하지만 말이야……."

거식은 잠시 말을 멈춘 후 숨을 골랐다.

박거식.

동주의 머릿속에 새삼 이장의 이름이 떠올랐다. 먼 옛날부터
지금까지 대대로 불귀도를 다스려온 박씨 일가. 하지만 그 이면
에는 한없이 어두운 그림자가 드리워 있었다. 피를 묻혀 얻은
권력은 피를 통해 이어갈 수밖에 없다. 지금껏 이 작은 섬에서
얼마나 많은 사람들이 아무도 모르게 피를 흘리며 희생되었을
지 동주는 가늠할 수도 없었다.

거식은 후, 하고 숨을 토해낸 뒤 다시 말을 이었다.

"운명은 얄궂게 흘러갔지. 권 선장의 딸이 죽은 선비의 자식을 임신했다는 건 아무도 몰랐거든. 딸은 사내아이를 낳은 뒤 선비의 성이 아닌 자신의 성을 붙였지. 나중에야 그 사실이 밝혀졌지만 그때는 이미 선비의 아이가 권 선장 일가의 대를 잇고 있었어. 권가는 죽은 선비의 후손이나 다름없었던 거야. 무슨 말인지 알겠나? 산발귀를 들어 권가의 씨를 말렸지만 웃기게도 산발귀와 가장 가까운 게 그놈들이었지. 그때부터 아버지는 산발귀가 진짜로 나타나 원한을 갚으려 할지도 모른다고 걱정하셨어. 난 그게 노인네의 괜한 걱정이라고 여겼는데, 봐 진짜로 일들이 벌어지고 있잖아! 산발귀가 나타난 거야! 크크크."

거식은 발작하듯 웃음을 터뜨렸다. 불빛이 아슬아슬하게 흔들렸다. 동주는 최대한 차분한 목소리로 말했다.

"무슨 말씀인지 알겠습니다. 산발귀가 벌인 짓이라고 생각하시는 이유도 알겠습니다. 하지만 저는 권가와 아무런 관련이 없고……."

"뭐야?"

거식의 갑작스러운 외침과 함께 불빛이 옆으로 휙 옮겨갔다. 동주도 불빛을 따라 고개를 돌렸다. 뭔가가 어둠 속을 스치듯 지나갔다.

"산발귀다!"

"이장님!"

동주가 말리기도 전에 다시 엽총이 불을 뿜었다.

탕!

좁은 지하실 안에 울려 퍼진 총성은 동주의 귀를 때렸다. 매캐한 화약 냄새가 코를 찔렀다. 동주는 상체를 숙인 채 재빨리 거식 쪽으로 달려갔다. 거식은 계속 소리를 질렀다.

"와봐! 와보라고!"

다음 순간 손전등 불빛이 사라졌다. 지하실은 삽시간에 어둠에 휩싸였다. 아무것도 보이지 않았다. 동주는 고개를 들어 주위를 살폈다.

"으악!"

거식이 희득 뒤집힌 목소리로 비명을 질렀다.

"이장님!"

동주는 벌떡 일어나 비명이 들린 쪽으로 몸을 날렸다. 발에 무언가가 차여 보니 손전등이었다. 동주가 손바닥으로 몇 번 치자 손전등이 다시 밝아졌다. 그 순간 동주는 봤다.

"아……."

산발귀가 이장의 목덜미를 잡은 채 질질 끌고 가고 있었다. 불빛 아래 드러난 산발귀는 도저히 말로는 설명이 불가능한 모습이었다. 얼굴을 다 가린 산발한 머리카락은 기이할 정도로 생생한 생명력을 뿜어냈다. 시커먼 손가락이 거식의 목을 꽉 쥐고 있었다.

"거, 거기 서!"

동주는 발을 뗄 수 없었다. 산발귀가 내뿜는 무시무시한 기운에 압도당했다. 서늘한, 아니 차가운 공기가 발바닥을 타고 온몸으로 기어올랐다. 주먹을 꽉 쥐며 버텼지만 턱이 덜덜 떨리는 걸 멈추지는 못했다. 그럴 리가 없다는 걸 알면서도 따라오지 말라는 산발귀의 속삭임이 귓가에 들리는 것 같았다.

손전등이 깜박거리다가 아예 꺼져버렸다. 거식은 운명을 받아들인 듯 계단을 지나 사라졌다. 그것이 동주가 마지막으로 본 모습이었다. 동주는 한동안 지하실에 멍하니 서 있었다. 한기가 좀처럼 가시지 않았다. 산발귀를 똑똑히 본 건 처음이었다. 그리고 그것이 인간이 아닐지도 모른다고 생각한 것도.

"아니야."

동주는 중얼거렸다. 그제야 몸을 옥죄고 있던 보이지 않는 족쇄가 풀렸다. 손전등을 집어 던진 동주는 바닥을 더듬어 거식이 떨어뜨렸을 엽총을 주워 들었다. 그러고는 계단을 향해 달렸다.

"이장님!"

돌아오는 대답은 없었다. 동주는 계단을 다 올라 1층 거실에 섰다. 주위를 둘러봤다.

"이장님!"

그 순간 입구 쪽에서 목소리가 들렸다.

"동주 씨?"

동주는 엽총을 들고 몸을 틀었다. 성긴 어둠 속에 유선이 서 있었다. 동주가 얼른 엽총을 내렸다.

"괜찮아요?"

"전 괜찮습니다. 유선 씨는요? 그보다 여긴 어떻게……."

"산발귀를 따라왔어요."

"산발귀를요?"

그때 처절한 비명이 집 전체에 울려 퍼졌다. 동주와 유선은 동시에 2층을 향해 고개를 들었다. 누가 먼저랄 것도 없이 계단을 달려 올라갔다.

"조심해요. 제가 먼저 갈게요."

동주가 한발 먼저 2층 복도로 들어섰다. 유선은 동주 뒤에 바짝 붙었다. 다시 정적이 찾아왔다. 두 사람이 나무 바닥을 밟을 때마다 나는 삐걱 소리만 들렸다. 그러고 보니 2층 복도 곳곳에도 부적이 붙어 있었다. 서늘한 기운이 복도를 떠돌았다.

"저기 뭔가 있어요."

유선이 복도 끝을 가리키며 속삭였다. 어둠 속에서 어떤 형체가 희끄무레하게 보였다. 동주는 엽총을 겨눈 채 조심스럽게 다가갔다. 이윽고 형체의 정체가 드러났다. 거식이었다. 거식은 무릎을 꿇은 채 고개를 숙이고 있었다. 동주와 유선은 거식의 얼굴에서 쏟아져 내리는 피를 어렵지 않게 알아볼 수 있었다.

거식 주위로 피 웅덩이가 고이기 시작했다. 동주가 엽총 끝으로 거식의 얼굴을 들었다.

"헉!"

유선은 자기도 모르게 소리 낸 후 입을 막았다.

거식은 눈알과 혀가 뽑혀 있었다. 빠진 눈알은 바닥을 굴러다녔고 혀는 무릎에 놓여 있었다.

"산발귀가 이장을 죽인 겁니다."

동주가 신음하듯 말했다.

"인정하긴 싫지만 제 눈으로 똑똑히 봤습니다."

"산발귀가 이런 짓을 했는지는 모르겠지만 이 복수극을 준비한 사람이 누구인지는 알겠어요."

유선의 말에 동주가 놀란 표정으로 고개를 돌렸다.

"유선 씨도 25년 전 사건에 대해 들으셨어요?"

"네, 황 무당에게 들었는데…… 그 사람도 죽었어요."

"그럼 누가 범인이라는 겁니까?"

동주가 물었다. 유선은 잠시 망설이다가 대답했다.

"정우 씨예요. 권정우 피디."

"네? 그게 무슨……."

동주는 선뜻 믿을 수 없었다. 정우는 유선과 더불어 가장 적극적으로 자신을 도왔다. 게다가 사건을 해결하고자 하는 의지도 강해 보였다. 애초에 정우가 없었다면 두만의 죽음도 단순한

288

자살로 마무리되었을 것이었다.

"잘 생각해봐요. 정우 씨는 항상 사건 현장에 없었어요."

유선의 말을 듣자 동주의 머릿속이 확 밝아졌다. 두만이 죽었을 때 정우는 뒤늦게 나타났다. 강두가 죽었을 때도 유선과 자신은 함께였지만 정우는 그렇지 않았다. 그리고 지금…… 사라진 정우는 어디에 있는가?

"하지만 마을회관에 산발귀가 나타났을 때는 분명 저랑 함께 쫓았는데……."

유선이 동주에게 조용히 하라는 신호를 보냈다. 그러고는 어딘가를 가리켰다. 동주는 유선의 손끝을 따라 고개를 돌렸다. 조금 열린 방문이 보였다. 유선이 속삭였다.

"안에서 소리가 들렸어요."

동주는 고개를 끄덕인 다음 엽총을 앞으로 내민 채 방문 앞으로 다가갔다. 유선이 뒤에 붙어 섰다.

속으로 셋까지 센 후 방문을 걷어차며 안으로 들어갔다. 동주는 어둠에 대고 소리쳤다.

"꼼짝 마!"

아무도 없었다. 그곳은 서재처럼 꾸며놓은 방이었다. 창문으로 희미한 불빛이 새어 들어오고 있었다. 그 덕에 커다란 책상이며 선반 같은 것들이 다 보였다. 책상 위에는 정체를 알 수 없는 봉투가 몇 개나 놓여 있었다.

"제가 잘못 들었나 봐요."

유선이 말했다. 동주는 고개를 끄덕였다. 누군가가 숨어 있을 만한 곳은 없어 보였다.

"그래도 한번 살펴보죠."

동주는 책상 쪽으로 향했다. 책상 위에 놓인 봉투가 눈길을 끌었다. 봉투 안에는 어두운 색의 덩어리가 몇 개 들어 있었다. 그 옆에는 노트도 몇 권 놓여 있었다. 동주는 총구 끝으로 봉투를 툭 건드렸다. 그걸 본 유선이 물었다.

"그게 뭐예요?"

"모르겠습니다. 누가 일부러 꺼내놓은 것 같은데⋯⋯."

동주는 봉투를 들고 창문 쪽으로 갔다. 그러고는 자세히 들여다봤다. 분말을 뭉쳐놓은 듯한 덩어리는 짙은 갈색이었다.

"냄새가 너무 지독해요. 맡아본 적 없는 냄새인데."

유선이 코를 쥐며 말했다. 그 순간 동주의 눈이 커졌다.

"이거 혹시⋯⋯."

동주는 경찰청에서 받았던 마약 관련 교육을 떠올렸다. 마약반 형사는 지금 눈앞에 있는 것과 똑같은 갈색 덩어리를 들어 보이며 말했었다.

"이건 생아편입니다. 색도 냄새도 대변과 비슷하죠. 옛날에는 이것 자체로 정제해서 피웠는데 그게 문제가 아닙니다. 요즘은 이게 헤로인이나 펜타닐의 원료가 된다는 게 진짜 문제죠."

"아편입니다."

동주가 고개를 끄덕이며 말했다.

"아편이라면 양귀비꽃에서 얻는 거 맞죠?"

"맞습니다. 양귀비꽃의 꽃봉오리에 상처를 내면 유액이 흘러나오는데 그걸 굳히면 이렇게 된다고 들었습니다."

"그럼 저기 있는 게 전부 다 아편이라고요?"

유선이 책상을 가리키며 물었다. 동주는 몸을 돌려 책상 쪽으로 다가갔다. 그러고는 노트를 들고 다시 창가로 왔다. 유선과 동주는 함께 노트를 들여다봤다.

"이건 장부일 겁니다."

동주가 말했다. 노트에는 사람 이름과 숫자가 빼곡하게 적혀 있었다.

"장부 맞아요! 전부 불귀도 사람들인 것 같아요. 아편을 얼마나 수확했는지 다 적어놨어요."

유선은 재빨리 뒤쪽 페이지로 넘겼다. 또 다른 숫자가 나왔다.

"생아편을 육지로 내보낸 기록이군요. 아무래도 소금을 팔 때 그 안에 생아편을 넣어서 보낸 것 같습니다."

동주의 말처럼 장부에는 업자에게 소금을 판 날과 생아편을 내보낸 날이 똑같이 기록돼 있었다.

"그럼 염전은 눈속임이었네요. 그렇죠?"

"그런 것 같습니다. 염전에서 생산한 소금만으로 불귀도 전체가 먹고살 순 없었겠죠. 불귀도 사람들이 실제로 팔아온 건 바로 이 아편입니다. 저에게 끝까지 숨긴 것도 이것인 것 같네요."

강 영감과 사람들은 25년 전 사건을 이야기하면서도 아편에 대해서는 끝내 말하지 않았다. 그 이유를 알 것 같았다. 아편 생산에 있어서는 이곳 사람들 모두가 공범이기 때문이었다. 이장 일가가 중심이 되어 대량의 아편을 생산해 팔았다. 섬사람들은 그 일을 돕고 대신에 돈을 벌어왔다. 25년째 그런 일을 해오고 있었던 것이다. 동주는 이곳에서 말도 안 되는 계급 사회가 유지될 수 있었던 것도, 사람들이 불만을 품으면서도 섬을 나가지 않았던 것도 다 아편 때문이라는 걸 깨달았다. 모두가 같은 죄를 공유하고 있을 때 사람들 사이의 결속력은 돈독해진다. 씁쓸하지만 그것이 현실이었다.

"그런데 이걸 여기에 둔 건 누구일까요? 이장?"

유선이 묻자 무심코 창문 밖을 바라봤던 동주의 표정이 딱딱하게 굳었다.

"저기 좀 보세요."

유선도 창문으로 고개를 돌렸다. 오르막길을 따라 불귀도 사람들이 몰려오고 있었다. 손에는 모두 하나씩 연장을 챙겨 들고 비바람을 맞으며 다가오는 그들이야말로 귀신처럼 보였다.

"뭐죠?"

"불귀도의 비밀을 지키려고 움직인 거겠죠. 제가 이곳에 와 혹

292

시라도 아편에 대해 알아낼까 봐 처치하러 오는 것 같습니다."

"설마…… 경찰을 죽이려 한다고요?"

"더한 일도 했던 사람들이니까요."

동주는 아편이 든 봉투를 주머니에 넣었고 유선은 노트를 쥐었다.

"이제 어떻게 하죠?"

"여기서 도망쳐야 합니다. 안전한 곳으로 가 폭풍우가 지나갈 때까지……."

그때 삐걱 소리가 들렸다. 유선과 동주는 동시에 고개를 돌렸다. 책상 밑에서 누군가가 빠져나와 문을 향해 내달렸다. 길게 늘어뜨린 머리, 하얀 옷…….

"산발귀!"

유선이 소리쳤다. 그 사이 산발귀는 복도로 달려 나갔다. 동주가 그 뒤를 쫓았다.

"거기 서! 움직이면 쏜다."

동주는 복도를 내달리는 산발귀의 등에 엽총을 겨눈 채 소리쳤다. 산발귀가 우뚝 멈춰 섰다.

"천천히 돌아서."

동주가 외쳤다. 산발귀가 고개를 숙인 채로 몸을 돌렸다. 끔찍하고 섬뜩한 모습은 그대로였지만 동주는 눈치챘다. 산발귀가 떨고 있다는 것을.

"서둘러야 해요. 사람들이 거의 다 왔어요."

동주는 산발귀를 향해 말했다.

"가발 벗어."

잠시 정적이 흘렀다. 그 사이를 귀신의 울음 같은 바람 소리가 메웠다. 바람은 다시 거세진 것 같았다. 웅웅웅. 바람이 불 때마다 집 전체가 몸을 떨었다. 산발귀는 조용히 손을 들어 가발을 벗었다.

치렁치렁 늘어진 머리카락이 사라진 뒤 나타난 것은 사람의 얼굴이었다. 유선은 그 사람을 확인한 뒤 숨을 삼켰다.

"현정 씨?"

유선의 목소리가 떨렸다. 현정은 입술을 깨물며 그 큰 눈을 굴렸다. 눈빛이 불안하게 떨리고 있었다.

"지금까지 산발귀 행세를 한 게 당신입니까?"

동주가 물었다.

"그래요."

현정이 대답했다.

"도대체 왜……."

유선은 믿을 수가 없었다. 정우가 범인이 아니란 말인가? 현정 혼자 이 끔찍한 일을 모두 저질렀다는 건가? 수많은 의문이 머릿속을 스치고 지나갔다. 동주도 마찬가지인 모양인 듯 다시 물었다.

"당신이 사람들을 죽였습니까?"

"아니요. 전 그냥 연기를 한 것뿐이에요. 누가 시켰거든요."

현정의 말에 유선은 자기도 모르게 되물었다.

"누가요?"

"권정우 피디님이요."

현정은 바로 대답했다.

"정우 씨는 어디 있죠? 그럼 여기서 이장을 죽인 것도 정우 씨라는 건가요?"

"난 방금 왔어요. 총소리가 들리기에 무슨 일인가 해서. 이장의 죽음과는 관련이 없어요. 내 역할은 그저 산발귀 행세를 해서 사람들 주의를 돌리는 것뿐이었어요."

"그럼 이장은 도대체 누가……."

동주가 중얼거린 순간 바람 소리를 뚫고 누군가의 목소리가 들렸다.

"순경님, 거기 있습니까?"

분명 밖에서 들리는 소리였지만 집 안까지 쩌렁쩌렁 울려 퍼졌다.

"지금부터 우리가 들어갈 테니 순순히 제 말을 따라주세요."

김 목사였다.

"도망가야 합니다."

동주가 말했다.

"어디로요?"

유선이 묻자 현정이 대답했다.

"병악산으로 가야 해요. 거기로 가면 안전할 거예요."

*

탕!

한발 먼저 밖으로 나간 동주가 허공에 엽총을 쐈다. 바람을 뚫고 울려 퍼진 소리에 사람들이 일제히 납작 엎드렸다. 맨 앞에 서 있던 김 목사도 마찬가지였다.

"움직이면 발포하겠습니다!"

"지금이에요."

유선은 현정에게 말한 뒤 밖으로 달려 나갔다. 두 사람은 병악산을 향해 뛰었다. 동주 역시 총을 겨눈 채 뒷걸음질 치다가 재빨리 등을 돌려 달리기 시작했다. 병악산 입구까지도 길은 잘 닦여 있었다. 도로 폭도 꽤 넓어 트럭 두 대가 지나가도 될 정도로 보였다.

"정상으로 오라고 했어요!"

현정이 소리쳤다.

"누가요?"

동주가 물었다.

296

"피디님이요."

짧게 대답하는 현정을 보며 유선은 의아함을 느꼈다. 지금의 현정은 전혀 다른 사람 같아 보였다. 배에서부터 보여줬던 모습이 연기였던 걸까? 아니면 산발귀 행세를 하며 다녔던 게 연기였던 걸까? 유선은 무엇이 현정을 이토록 달리게 하는지 진심으로 궁금했다.

"피디님과 어떻게 연락한 겁니까?"

현정 옆으로 달려온 동주가 다시 물었다.

"무전기가 있어요."

현정은 품속을 가리키며 말했다.

"계속 연락을 주고받으며 모든 걸 꾸민 겁니까?"

"지금은 그게 중요한 게 아니잖아요."

현정의 말이 맞았다. 거리가 조금 벌어지긴 했지만 불귀도 사람들은 계속 추격해 올 것이다. 그들은 자신들의 죄를 감추기 위해서라면 기꺼이 낫이나 칼을, 혹은 도끼를 휘두를 기세였다. 유선은 알 것 같았다. 무엇이 사람들에게 광기를 불어넣었는지. 그것은…….

죄책감이었다.

사람들은 죄책감을 덮기 위해서라면 무슨 짓이든 한다. 그리고 하면 할수록 죄책감은 더욱 깊어진다. 이장 일가는 불귀도에 드리운 죄책감을 교묘히 이용해 사람들을 조종해왔을 것이다.

그리고 또 하나, 모두가 죄책감을 느끼도록 죄를 공유해왔을 것이다. 불귀도는 하나의 거대한 생명체였다. 죄악으로 똘똘 뭉친 괴물. 그 안에서 이의를 제기하는 자들은 과감히 도려낸다. 불귀도는 지금껏 그렇게 생명을 유지해온 것이다.

병악산 입구를 지나자 본격적으로 숲길이 나왔다. 바닷바람 때문인지 나무는 그리 크지 않았다. 풀들도 대부분 키가 작았다. 대신에 병악산은 바위가 많고 지형이 험했다. 정상까지 등산로가 나 있었지만 비가 쏟아지는 지금은 무의미했다. 탁한 황토물이 한때 등산로였던 길을 지우며 콸콸 흘러내렸다.

"미끄러우니까 조심해요."

앞서 올라가던 유선이 돌아보며 말했다. 제일 끝에 선 동주는 연신 고개를 돌리며 상황을 살폈다. 총알이 몇 발 남았는지 모르지만 전부를 상대할 만큼은 아니라는 건 확실했다. 엽총은 어디까지나 위협용으로 써야 했다. 사람들을 피해 병악산 어딘가에 숨어서 배가 도착하길 기다려야 한다.

'하지만…… 정우를 믿어도 되는 걸까?'

동주는 그걸 확신할 수 없어 머리가 복잡했다.

가파른 산길이 계속되었다. 빗줄기는 눈에 띄게 가늘어졌지만 바람은 여전히 웅웅 불었고 흙길은 자꾸만 발을 잡아챘다. 정상까지 올라가는 게 쉽지 않았다. 유선은 숨을 몰아쉬며 잠시 걸음을 멈췄다. 뒤를 돌아보니 현정과 동주도 고전하고 있었다.

산길은 구불구불 이어져 얼마나 더 올라가야 정상이 나오는지 가늠하기 어려웠다. 비에 젖은 몸은 무겁기 짝이 없었다.

"조금 쉴까요?"

유선이 말했다.

"그럽시다."

동주가 그렇게 대답했을 때였다.

"여기만 넘으면 정상이에요."

현정이 유선을 앞지르며 말했다.

"와본 적 있어요?"

유선이 현정의 등에 대고 물었다. 현정은 대답 없이 고개만 끄덕였다.

"어쩔 수 없죠. 조금만 더 힘을 냅시다."

동주가 말했다. 유선은 헐떡거리면서도 쉼 없이 올라가는 현정을 보며 동주에게 물었다.

"정우 씨와 현정 씨를 믿어도 될까요?"

동주는 걸음을 멈추고 유선을 바라봤다. 유선은 동주도 같은 고민을 하고 있다는 걸 깨달았다.

"어떤 일이 있어도 제 옆에서, 아니 이 엽총 옆에서 떨어지지 마세요."

둘은 다시 산을 올랐다. 앞서 올라간 현정의 모습은 어느새 보이지 않았다. 정상으로 향할수록 나무의 키가 작았다. 그리고 경사도 심해졌다. 유선은 고개를 숙인 채 무릎을 짚으며 한 발씩 옮겼다. 그때 위쪽에서 현정의 목소리가 들렸다.

"다 왔어요."

유선은 고개를 들자 바람이 휘몰아쳤다. 정말이었다. 거짓말처럼 정상이 나왔다. 일부러 등산로를 구불구불하게 만들어 정상이 보이지 않게 한 것처럼 보였다. 병악산 정상에는 드넓은 평원이 펼쳐졌다. 나무는 한 그루도 없이 온통 풀뿐이었다. 거기에 비닐하우스가 있었다.

"아!"

족히 열 채는 넘어 보이는 비닐하우스 단지를 보며 유선은 숨을 가다듬었다.

"여기였군요. 여기서 양귀비를 재배하고 있었던 겁니다."

어느새 옆으로 다가온 동주가 말했다.

"비닐하우스만 있는 게 아니에요."

유선은 비닐하우스 옆의 건물들을 가리키며 말했다. 얼기설기 지어놓은 건물 몇 채가 서 있었다. 벽돌 건물이기는 한데 지붕은 합판을 대어놓았고 전체적으로 무척 낡아 보였다. 길쭉한 건물이 하나, 그 옆으로 집처럼 보이는 건물이 두 채 더 있었다.

"저 건물에선 가공을 했을 수도 있겠군요."

동주가 말했다.

"현정 씨는요?"

유선은 주위를 둘러보며 물었다. 분명 목소리가 들렸는데 현정은 보이지 않았다. 정우도 없었다.

"모르겠습니다. 우선은 숨을 곳을 찾아봅시다."

유선은 동주를 따라 걸음을 옮겼다. 동주는 비닐하우스 쪽으로 향했다. 거센 폭풍우에도 비닐하우스는 모두 멀쩡했다.

"잠깐만요."

유선은 비닐하우스 한 곳의 문을 열고 안을 들여다봤다. 후끈한 열기가 얼굴을 더듬었다. 유선은 양귀비를 처음 봤다. 빨간색 꽃이 피어 있었다. 아름다웠다. 저 식물이 그토록 끔찍한 마약을 만들어낸다는 게 믿기지 않았다.

"왜 그러십니까?"

동주가 물었다.

"이것들을 모두 누가 관리할까요? 마을 노인들은 아닐 것 같은데."

유선의 말에 동주가 바로 답했다.

"혹시 노예라고 부르는 사람들이 여길?"

"저도 같은 생각이에요."

"들립니까? 들리면 거기 가만히 계세요."

확성기를 타고 김 목사 목소리가 들려왔다. 생각보다 빨리 올라온 모양이었다. 유선과 동주는 서로를 바라봤다. 동주는 엽총을 꽉 쥐었다. 김 목사는 계속 떠들어댔다.

"쓸데없이 총을 쐈다가는 진짜 피 볼 겁니다. 대화로 합시다, 대화로. 저는 폭력을 싫어하는 하나님의 대리자입니다."

"저쪽 건물로 들어가요."

유선이 말했다. 동주는 엽총을 겨눈 채 움직였다. 유선은 그 옆에 붙어서 따라갔다. 두 사람이 비닐하우스에서 몸을 돌린 것과 거의 동시에 김 목사가 모습을 드러냈다. 김 목사 뒤로 불귀도 사람들이 하나둘 올라왔다.

"사람 힘들게 왜 여기까지 올라오고 그러실까?"

김 목사가 확성기를 내려놓고 말했다.

"당신 정체가 뭐야?"

동주가 물었다. 김 목사는 엽총을 보고도 그리 겁먹지 않았다. 인공물을 억지로 붙여놓은 것 같던 미소가 사라진 김 목사의 얼굴은 훨씬 인간에 가까워 보였다. 동시에 험악한 인상이 드러났다.

"나는 이 섬, 저 섬 다니면서 이런 일도 하고 저런 일도 하는 사람이지."

"빨리 죽여버리고 내려가지!"

불귀도 사람 중 누군가가 소리쳤다. 그러자 모두 웅성거리며 고개를 끄덕였다. 유선은 그중에 여관댁이 있는 걸 봤다. 여관댁은 부엌칼을 쥐고 있었다.

"움직이지 마십시오!"

동주가 사람들을 향해 엽총을 들이대자 김 목사가 말했다.

"그 총, 사람을 향해 쏠 수 있을까? 웬만큼 독하지 않고는 사람을 죽일 수 없거든. 하하."

동주는 아랫입술을 지그시 깨물었다. 그 순간이었다.

"모두 무기 내려놔."

어딘가에서 목소리가 들렸다. 그게 신호라도 된 듯 건물에서 사람들이 튀어나왔다. 그 사람들 역시 쇠붙이를 들고 있었다. 유선은 10여 명 정도 되는 사람들 사이에서 정우와 현정을 발견했다.

"그거 안 내려놔? 어디 노예들이!"

불귀도 사람 중 또 다른 누군가가 외쳤다. 그 외침은 공허하게만 들렸다. 사람들의 얼굴에는 곤란해하는 표정이 역력하게 떠올랐다.

그때 훅, 하는 열기가 유선과 동주의 등 뒤에서 덮쳐 왔다. 유선은 뒤를 돌아봤다. 비닐하우스에서 불길이 치솟았다.

"피해요!"

동주가 유선을 끌어당겼다. 두 사람은 상체를 숙인 채 앞으로 달렸다. 등 뒤가 뜨거웠다. 불길은 걷잡을 수 없이 번지고 있었다. 이제 그치기 시작한 빗줄기로는 도저히 잡아낼 수 없을 만큼 강렬했다. 시뻘건 불이 비닐하우스 전체를 뒤덮었다.

"안 돼!"

김 목사와 불귀도 사람들은 절규했다. 하지만 불길이 거세서 누구 하나 선뜻 나서지 못했다. 매캐한 연기가 거대한 생명체처럼 하늘 위로 솟아올랐다. 여기저기 불똥이 튀었다.

"미리 기름을 뿌렸던 것 같습니다."

동주가 중얼거렸다. 아무리 비닐이라도 그냥 불을 질러서는 이렇게 단번에 타오를 수 없었다.

"빨리 꺼야 해!"

김 목사가 미친 듯 소리를 질렀다. 여유롭고 능글맞던 모습은 온데간데없었다. 사람들도 마찬가지였다. 기세등등하던 모습은 어느새 사라졌고 모두 망연자실 서 있기만 했다. 아니, 서 있는 것조차 힘들어 보였다. 노인들은 불타는 비닐하우스처럼 금방이라도 쓰러질 것 같았다.

"이제 모든 게 끝났어."

정우가 김 목사 앞으로 걸어 나오며 말했다. 동주는 그제야 퍼뜩 정신을 차렸다.

"권정우 씨. 당신을 불귀도 연쇄살인 사건 용의자로 체포하겠습니다."

동주는 정우를 향해 엽총을 겨눈 채 소리쳤다. 정우가 동주와 유선 쪽으로 고개를 돌렸다. 여전히 안경을 쓰고 있는 그의 얼굴은 더는 차갑게 보이지 않았다. 활활 타오르는 불길처럼 뜨겁고 강렬한 표정이었다. 정우가 피식 웃었다.

"용의자 아닙니다. 내가 죽였어요, 모두. 조 경사님을 공격한 건 제가 아니지만."

그 말에 불귀도 사람들이 정우를 바라봤다. 어느새 비가 완전히 그치고 바람도 잠잠해졌다. 비닐하우스가 토해내는 타닥타닥, 불타는 소리만이 병악산 정상을 맴돌았다. 정우는 고개를 돌려 사람들을 노려봤다. 불귀도 노인들은 움찔했다. 고개를 숙이는 사람들도 있었다.

"당신이 죽은 권가의 아들이죠?"

유선이 목소리를 높여 물었다. 정우는 희미하게 웃으며 유선을 바라봤다.

"어디까지 알고 있는지는 모르겠지만, 맞아요. 제가 권가 아들, 이 불귀도 사람들이 이름도 없이 그냥 권가 아들이라고만 불렀던 그놈입니다. 물론 진짜 이름은 있었죠. 아버지와 어머니는 절 철수라고 불렀거든요."

정우의 대답을 듣고 유선은 다시 물었다.

"황 무당이 당신을 살려준 건가요?"

"당시 황 무당은 어린 절 차마 죽이지 못했죠. 저는 밤새 동굴에 숨어 있다가 다음 날 아침 연락선에 몰래 타서 인천으로 향했어요."

유선은 고개를 끄덕였다. 정우가 황 무당을 죽이지 않았던 이유는 목숨을 빚졌기 때문이 아닐까 짐작하고 있었다.

"저자는 당신과 무슨 관계입니까?"

동주가 엽총으로 김 목사를 가리키며 정우에게 물었다. 김 목사는 불타는 비닐하우스를 멍하니 보며 무표정하게 서 있었다.

"당신들 둘과 김 목사 그리고 낚시꾼으로 위장한 조폭 셋은 일종의 변수였어요. 골치가 아팠죠. 폭풍우가 몰아치는 날을 골라 일부러 여기까지 왔는데 외지인이 몇 명이나 더 있다니. 그래서 현정이와 연기를 열심히 해야 했습니다."

"그 셋은 어디 있지? 뭍에서 온 조직원들 어디 있냐고?"

김 목사가 문득 생각났다는 듯 그렇게 물었다. 정우는 이번에야말로 소리 내어 웃었다.

"그 사람들이 제일 먼저 죽었어요. 저 건물 안에 시체 세 구가 있습니다."

"뭐? 그, 그것도 네가 한 짓이야?"

정우는 어깨를 으쓱하고는 말했다.

"당신들이 노예라 부르는 사람들이 언제까지 당하고 있을 거라고 생각했나요? 그 조폭들은 여기서 행패를 부리다가 물을 한 잔씩 마셨어요. 그 뒤에는 어떻게 됐을지 알겠죠?"

유선은 메소밀을 마신 채 피를 토하며 죽었을 그 셋의 모습을 어렵지 않게 떠올릴 수 있었다.

"젠장! 이번 기회에 불귀도를 차지하려고 했던 건데."

김 목사가 분노에 찬 목소리로 소리쳤다.

"조용히 하세요!"

동주가 김 목사에게 날카롭게 말했다. 김 목사는 아랑곳하지 않고 떠들었다.

"그 셋이 이장 그 멍청이와 두만이라는 늙다리를 협박해 손을 떼게 만들면 내가 여길 접수하는 게 수순이었다고! 그런데 그걸 조 경사인지 뭔지가 알아버려서. 쯧."

"그래서 조 경사님을 공격했나? 약을 먹인 것도 완전히 처치 하려는 수작이었고?"

동주의 물음에 김 목사가 답했다.

"그래! 외지인들만 처리하면 모든 게 해결될 거라고 생각했지. 그래서 이 늙다리들을 간신히 설득해 이렇게 데려왔는데……."

"해결되기는커녕 모든 게 물거품, 아니 재가 되었네요."

유선이 말했다. 비닐하우스는 불길 속에서 이미 자취를 감추 었다. 뼈대마저 하나씩 무너져 내리고 있었다.

"아직 바로잡을 수 있어. 아직……."

김 목사는 눈을 번득이며 중얼거렸다.

"방금 무전기로 뭍에 신고했습니다. 여기서 살인사건이 일어 났다고 하니 가능한 빨리 오겠다고 하더군요."

정우가 동주를 보며 말했다.

"이미 이 결말까지 다 그리고 있었군요."

동주가 중얼거리자 정우는 고개를 끄덕였다.

307

"죄를 지었으면 벌을 받아야죠. 저라고 예외가 되고 싶은 생각은 없습니다. 모든 건 제가 들고 다니던 카메라에 다 기록해 두었습니다. 그것도 증거품으로 꼭 챙기세요."

"현정 씨는요? 현정 씨는 왜 끌어들인 거죠?"

유선이 물었다. 현정은 그때까지 입을 다문 채 정우 옆에 붙어 서 있었다. 유선은 둘 사이를 어렴풋이 짐작할 수 있었다. 아마 연인일 것이다. 그렇다고는 해도 현정까지 끌어들인 건 너무 가혹한 일이었다.

"현정이는 아무것도 안 했습니다. 그저 열심히 돌아다닌 것뿐입니다. 그건 여기 있는 모두가 봤을 텐데요. 아닌가요?"

정우가 말했다.

"아……."

유선은 그제야 정우의 계획을 완벽히 이해했다. 맞는 말이었다. 자신은 물론이고 불귀도 사람들 모두 산발귀를 목격했다. 그리고 산발귀가 나타난 것과 거의 동시에 살인사건이 일어났다. 산발귀가 인간인 이상 두 장소에 존재할 수는 없다. 즉, 모두가 현정의 알리바이를 목격한 셈이 되는 것이다. 하지만…….

'마을회관에서 나와 마주쳤던 게 정말 현정 씨였을까?'

유선의 마음속에 한 줄기 의문이 피어올랐다.

"자, 절 체포하세요. 그리고 저 목사라는 자도 체포하시면 되겠네요. 여기 사람들의 죄는 나중에 묻고."

정우가 양손을 든 채 동주에게로 다가왔다. 현정은 무표정한 얼굴로 정우를 보고 있었다. 이미 각오한 듯했다.

"아이고. 천벌을 받는 거야."

사람들 사이에서 누군가가 그렇게 말했다.

"알겠습니다. 일단 권정우 씨 당신을……."

동주가 그 말을 할 때였다. 유선은 김 목사가 품에서 뭔가를 꺼내는 걸 봤다. 시커먼 쇠뭉치였다.

"조심해요!"

유선이 소리쳤다. 한발 늦었다. 김 목사는 권총을 빼 들고 정우를 향해 겨눴다.

"죽어!"

탕!

유선은 귀를 찢는 총성에 눈을 질끈 감았다. 온몸이 부르르 떨렸다. 공기마저 떨고 있는 것 같았다.

"안 돼!"

정우의 힘없는 목소리가 들렸다. 유선은 눈을 뜨고 정우 쪽을 바라봤다. 현정이 가슴에 피를 흘리며 쓰러져 있었다. 현정은 치명상을 입은 듯 말도 못 하고 숨만 몰아쉬었다. 그때마다 상처에서 피가 울컥울컥 쏟아졌다.

"현정아, 현정아."

산발귀가 아닌 인간의 모습으로 돌아온 현정은 정우를 향해 보일 듯 말 듯 미소를 지었다. 정우가 현정의 상처를 손으로 막았지만 흐르는 피를 멈추지는 못했다.

"모두 꼼짝 마!"

김 목사가 이번에는 동주를 향해 권총을 겨눴다. 동주는 엽총을 들고 상황을 살폈다. 움직일 수 없었다. 김 목사는 눈을 부라리며 다시 외쳤다.

"총 내려놓으라고!"

"진정하십시오. 지금 경찰이 이곳으로……."

"시끄러워!"

김 목사가 동주의 말을 막으며 외쳤다.

"아직 바로잡을 수 있어! 알아들어?"

김 목사는 불귀도 사람들을 노려봤다. 그 서슬 퍼런 기세 앞에서 사람들은 얼어붙었다.

그때 누군가가 다리를 질질 끌며 김 목사 뒤에서 나타났다.

스윽. 스윽.

다리 끄는 소리가 났지만 김 목사는 듣지 못한 듯했다. 그런데 신경을 쓸 수도 없는 상황이었다. 김 목사는 다시 앞을 보며 소리쳤다.

"너희들 모두 죽이고……."

그 순간, 낫이 김 목사의 목에 푹 하고 박혔다. 김 목사는 비틀거리며 돌아서더니 권총을 떨어뜨렸다. 손으로 목의 상처를 막으려 했지만 소용없었다. 피가 분수처럼 솟구쳤다. 김 목사는 믿을 수 없다는 듯 눈을 크게 뜬 채로 무너져 내렸다. 동시에 김 목사 뒤에 서 낫을 휘두른 누군가가 모습을 드러냈다. 그가 유선을 향해 말했다.

"누나야?"

에필로그

폭풍우가 그쳤다. 하늘은 거짓말처럼 푸르렀다. 구름이 걷힌 여름 하늘에 태양이 빛나고 있었다. 모처럼 흠뻑 햇빛을 머금은 바다는 싱싱한 활어처럼 퍼덕거렸다. 파도의 비늘이 눈부시게 반짝였다. 마른 바람이 높게 불었지만 배가 뜨는 데는 문제가 없었다. 불귀도 선착장에는 해경에서 긴급 투입한 연락선과 경비선이 각각 한 척씩 정박해 있었다. 유선은 해경들이 배에서 내리는 걸 지켜봤다. 갈매기가 날아다녔다. 아침이었다.

"유선 씨는 동생분과 함께 연락선에 타시면 됩니다. 그쪽이 더 편할 겁니다."

"고마워요."

유선은 진심을 담아 동주에게 말했다. 동주는 아침부터 바쁘게 뛰어다녔다. 불귀도 주민들을 통제해 마을회관에 모아둔 이도 동주였고, 강제로 끌려와 지금껏 병악산에 갇혀 있던 피해자들을 세심하게 챙긴 이도 동주였다. 유선은 지난밤을 유현과 함께 바다장에서 보냈다. 피곤이 온몸을 내리눌렀지만 한숨도 자지 못했다. 그건 동주도 마찬가지인 듯했다. 눈이 잔뜩 충혈돼 있었다. 동주는 그 눈을 깜박이며 말했다.

"두 분 다 육지에 가서 진술하시게 될 겁니다. 번거롭겠지만 잘 협조해주십시오."

"아는 그대로 말할게요. 동생이 어디까지 이야기할 수 있을지는 모르겠지만."

유선은 그렇게 말하며 유현을 돌아봤다. 동생은 바닥에 쪼그리고 앉아 개미 떼가 지나가는 걸 지켜보는 중이었다. 유현은 못 본 사이 더 말라 아예 반쪽이 되어 있었다. 간밤에 보니 몸 여기저기에 상처도 가득했다. 불귀도에서 어떤 생활을 했는지 짐작할 수 있었다.

"동생분의 진술이 아주 중요합니다. 물론 어디까지나 안정을 취하는 게 제일 중요하겠지만요."

동주는 걱정스러운 표정으로 말했다.

"저…… 제 동생이 처벌을 받게 될까요?"

유선은 조심스레 물었다. 동주는 난처하다는 듯 머리를 긁적였다.

"솔직히 잘 모르겠습니다. 김 목사를 죽인 건 분명하지만 그때 동생분이 어떤 상태였는지 가려봐야 할 테니까요."

"아무래도 그렇겠죠."

동주가 하는 말을 이해했다. 유선 역시 궁금했다. 유현이 그 순간에 살의를 품었던 건지, 아니면 그저 낫을 휘둘렀던 건지.

"동생분이 다른 말은 하지 않았습니까?"

동주가 물었다.

"충격을 심하게 받았는지 제가 아무리 물어도 제대로 대답을 못 하는 상태예요."

유선이 대답했다.

"하긴…… 고생이 상당했겠죠. 병악산에서 어렵게 탈출해 그 동굴에 계속 숨어 있던 것부터 힘들었을 테니까요. 그래도 무사해서 정말 다행입니다."

유선은 말없이 한숨만 쉬었다. 머릿속이 복잡했다. 유현이 동굴에 숨어 있던 것도 사실이었고 고생을 했던 것도 사실이었다. 죽을 뻔도 했다. 방파제에서 발견된 그 여자처럼. 하지만 유현이 동굴에만 있었던 건 아니었다.

"누나. 개미 좀 봐, 개미."

유현이 들뜬 목소리로 말했다. 유선은 동생을 내려다봤다. 유현은 어디서 구했는지 나뭇가지 하나로 개미 떼를 흩어놓고 있었다. 불쑥 나타난 괴물 같은 존재 앞에서 개미들은 우왕좌왕하며 도망치기 바빴다.

"그럼 전 가보겠습니다. 이것저것 할 일이 많네요."

동주가 말했다. 유선은 고개를 들고 대답했다.

"그럼 나중에 또 봬요."

유선은 멀어지는 동주를 향해 꾸벅 고개를 숙였다. 동주가 없었다면 불귀도에서 살아남지 못했을 것이다. 믿을 수 없는 사건이 연속적으로 일어났지만 동주가 든든하게 버티고 있어준 덕분에 정신을 차릴 수 있었다. 진심으로 고마웠다. 그랬기에 유현에 대해 다 말하지 못한 것이 미안했다.

"누나, 개미들 이렇게 만들면 재미있어."

"뭐가?"

유선은 동생이 가리키는 걸 봤다. 유현은 나뭇가지를 내려놓고 아예 발로 개미들을 짓이기고 있었다. 키득키득 웃으면서.

"유현아, 하지 마. 불쌍하잖아."

"불쌍 안 해. 개미들은 모른대. 이렇게 해도 된댔어."

"누가 그렇게 말했는데?"

유선은 동생 앞에 같이 쪼그리고 앉아 물었다. 유현은 한없이 맑고 투명한 눈으로 개미 떼를 내려다보고 있었다. 하지만 대답은 하지 않았다.

"그 말…… 누구한테 들은 거야?"

"누나."

"응."

"그 아저씨…… 목사 아저씨가 나 여기 데려왔어."

"뭐?"

"그 아저씨 없으면 나 여기 나갈 수 있다 했어. 누나 만날 수 있다 했어."

섬뜩했다. 유선은 자기도 모르게 팔을 쓸어내렸다. 유현은 모든 걸 알고 낫을 휘둘렀다. 김 목사를 죽여야 자신이 탈출할 수 있다는 걸 유현은 누구보다 잘 알았다.

'누가 그걸 말해줬을까?'

유선은 동생의 어깨를 잡고 돌려 앉혔다. 유현은 천진한 표정으로 웃고 있었다.

"유현아. 너한테 그런 걸 말해준 사람, 혹시 안경 쓰고 키 큰 아저씨였어?"

유현은 고개를 끄덕였다.

"그 아저씨가 또 뭐라고 했어? 누나한테만 말해줘. 비밀로 할게."

유현에게 말한 사람은 정우가 틀림없었다. 정우는 사전에 답사를 왔다고 했다. 어쩌면 그때 유현을 만났던 건 아닐까? 그러면서 모든 걸 지시한 건 아닐까? 의문과 불안감은 꼬리에 꼬리를 물고 이어졌다. 유현은 머뭇거리다가 입을 열었다.

"도와달랬어."

"그 아저씨가?"

"응. 자기 도와주면 엄마랑 누나 만날 수 있게 해준댔어."

'그래서 넌 그동안 뭘 한 거니?'

유선은 그렇게 묻고 싶었다. 하지만 속으로 삼켰다. 여러 이미지들이 머릿속을 스치고 지나갔다. 소금창고에서 밧줄을 당기는 유현, 발전기를 부수는 유현, 그리고 숨어 있다가 김 목사 뒤로 다가가는 유현…….

"아니야."

유선은 고개를 저으며 말했다.

"응? 아니야?"

유현이 물었다.

"아니야. 아니야. 유현아, 넌 아무것도 못 들었어. 아무것도 모르는 거야. 알았지?"

유선은 동생의 눈을 똑바로 보며 말했다. 유현은 대답 없이 희미하게 웃기만 했다. 유선은 그런 동생을 향해 다시 한번 말했다.

"누나 말 잘 들어. 너는 아무것도 몰라. 누가 물어봐도 그렇게 대답해야 해!"

유현은 알 수 없는 표정을 짓더니 유선의 귓가에 속삭였다.

"그러면 누나…… 그것도 모른다고 해야 해?"

317

"뭘?"

유선 역시 목소리를 낮춰 물었다.

"잡초 없애는 그 하얀 약. 사람들이 먹으면 죽는다는 거."

유선은 너무 놀라 순간 주저앉았다. 피를 토하며 죽어가던 사람들 모습이 떠올랐다. 메소밀이라고 했던가?

"나 그 말 듣고 하얀 약을……."

유선은 서둘러 동생의 입을 막았다. 눈을 마주친 채 고개를 저었다. 유현은 알겠다는 듯 미소를 짓고는 다시 개미를 내려다봤다. 개미들은 죽은 동료 옆을 지나 바쁘게 움직이고 있었다. 마치 아무 일도 없었다는 듯이. 무르익기 시작한 햇빛이 정수리 위로 쏟아져 내렸지만 유선은 몸을 부르르 떨었다.

불귀도에 온 이후 지금이 가장 무서웠다. 유선은 한기를 느끼며 그렇게 오래 앉아 있었다.

섬에는 해경 몇 명이 남아 사람들을 감시하기로 했다. 동주는 일단 경찰서로 귀환하라는 명령을 받았다. 돌아가면 더 피곤한 일들이 기다리고 있을 테지만 당장에는 불귀도를 떠날 수 있다는 사실만으로 기뻤다.

동주는 여러 구의 시체와 함께 해경 경비선에 탔다. 용의자인 정우는 수갑을 찬 채 경비선에 올랐다. 동주는 자기에게 배정된 방으로 들어가기 전 뒤를 돌아봤다. 해경 둘 사이에 낀 정우가 다른 방으로 막 들어가려 하고 있었다.

"권정우 피디님."

동주는 정우를 불렀다. 마지막으로 하고 싶은 질문이 있었다. 정우는 멈춰 서서 동주를 쳐다봤다. 어젯밤 이후 정우는 한마디도 하지 않았다. 그저 아주 슬픈 표정으로 앉아 있을 뿐이었다. 복수에는 성공했지만 현정이 죽고 말았기 때문이리라 동주는 짐작했다.

"하나만 묻고 싶습니다."

정우는 딱히 반응하지 않았다. 그래도 그 자리에 서 있었다. 동주는 다시 말했다.

"박거식 이장은 정말로 당신이 죽이지 않았습니까?"

정우는 잠시 침묵을 지키다가 천천히 입을 열었다.

"맞아요. 이장은 내가 죽이지 못했어요. 이장이 자기 집에서 죽은 건 예상 못 한 일이었죠."

"네? 하지만 분명……."

멍하니 선 동주를 뒤로 하고 정우는 방으로 들어갔다. 동주는 말을 끝내지 못한 채 얼음처럼 굳었다. 설마 했지만 정우의 입을 통해 들으니 더 소름이 돋았다. 지금에 와서 정우가 거짓말을 하지는 않을 것이다. 그렇다면…….

"산발귀."

동주는 그 한마디를 내뱉었다.

스윽. 스윽.

어딘가에서 그 발소리가 들릴 것만 같았다. 문득 오싹함을 느낀 동주는 방으로 들어가는 대신 갑판으로 올라갔다. 따뜻하다 못해 뜨거운 햇살이 갑판 위를 달구는 중이었다. 동주는 뱃전에 서서 불귀도를 바라봤다. 언뜻 평화로워 보이는 섬 위로 갈매기들이 날고 있었다. 뱃고동 소리가 들려 고개를 돌렸다. 연락선이 먼저 선착장을 빠져나가고 있었다. 동주는 선실로 향하는 유선과 유현의 뒷모습을 발견했다. 그걸 보자 한결 마음이 놓였다. 몸을 휘돌던 오한도 조금씩 사라졌다.

'다 해결된 거야.'

동주는 불귀도를 다시 봤다. 그러고는 이내 뱃전에서 몸을 돌렸다.

점점 멀어지는 연락선 갑판에 누가 서 있었다. 머리를 치렁치렁 늘어뜨린 흰옷을 입은 사람이었다.

동주는 눈을 질끈 감았다가 떴다.

연락선 갑판에는 그저 유현이 있을 뿐이었다. 말없이 서서 불귀도를 향해 손을 흔들 뿐이었다.

작가의 말

 한 작품, 특히 그게 장편이라면 여러 가지 소재가 들어가기 마련이다. 당연하게도 그 소재들을 잘 버무려야 재미있는 작품이 나온다. 그렇기에 나는 종종 소설 쓰기를 요리에 비유하곤 한다. 요리 역시 재료 자체가 중요한 것은 물론이요, 그것들이 어우러졌을 때 제대로 된 맛을 낼 수 있어야 하기 때문이다.

 나는 취사병이었다. 군에서 만드는 요리란 단순하다. 조리법에 나온 재료를 한꺼번에 넣고 찌거나 끓이는 게 대부분이니까. 각 재료의 궁합 같은 건 그리 생각하지 않는다. 그런 걸 생각하고 있다가는 조리 시간이 너무 오래 걸려 자칫 그날의 배식을 망칠 수도 있기 때문이다. 대신에 모든 요리의 마지막 단계에서 우리가 '마법의 가루'라 불렀던 조미료를 듬뿍, 그야말로 듬뿍 넣었다. 그러면 적어도 (그야말로 마법처럼) 감칠맛이 살아났다.

소설 쓰기에도 그런 마법의 가루 같은 게 있다면 좋으련만 아쉽게도 나는 아직 발견하지 못했다. 아마 다른 작가들도 마찬가지인 모양이다. 누구라도 먼저 발견했다면 부자가 되었을 텐데 내 주위 작가들은 하나같이 부자와는 거리가 머니까.

아무튼, 조미료라는 강력한 무기가 없는 상태에서 할 수 있는 최선의 방법은 서로 시너지를 낼 수 있는 소재를 찾아내 알맞은 비율로 섞는 일뿐이다. 이것이야말로 소설 쓰기의 시작이고 기본이며 거의 끝이라 할 수 있다.

『불귀도 살인사건』은 '섬 노예'라는 소재에서 시작했다. 물론 그것만 가지고는 장편소설을 쓸 수 없었다. 나는 이 소재의 맛을 살려줄 다른 소재를 찾는 데 오랜 시간을 보냈다. 그러다가 상투가 잘려 산발이 된 옛 양반의 이미지를 떠올렸다. 그 양반을 '산발귀'라는 귀신으로 설정하고 나자 그럴싸한 이야기 한 편이 생각났다. 거기에 섬 노예라는 소재를 섞으면 훨씬 더 맛있는 요리가 될 것도 같았다. 인간의 욕심, 닫힌 사회 안에서의 계급, 저열한 권력욕 같은 소재들 역시 양념으로 추가하면 되지 싶었다. 그렇게 해서 탄생한 작품이 『불귀도 살인사건』이다.

나는 참신한 음식을 만들어내는 요리사는 아니지만 기본적인 맛을 내는 요리사 정도는 된다고 생각한다. 재료만 잘 준비

한다면 제법 그럴싸한 요리를 할 수 있다. 물론 그게 100인분 이상일 때만 유효해서 문제지.

소설가로서도 비슷하지 않을까 싶다. 나는 듣도 보도 못한 이야기를 쓰려고 노력하기보다는 익숙하지만 너무 재미있어 끝까지 읽게 되는 이야기를 만드는 데 집중해왔다. 『불귀도 살인사건』을 자신 있게 내어놓는 이유는 재미만큼은 확실하다는 자부심을 품고 있기 때문이다. 이런 자부심이야말로 소설가가 계속 쓸 수 있게 만들어준다. 당연히 내 소설이 모두의 입맛에 맞을 수 없다는 건 알고 있다. 그렇기에 나는 더욱더 내 작품을 좋아해주는 독자들이 원할 만한 작품을 쓰는 데 매진한다. 이 작품 역시 그런 독자들의 구미를 당기고, 만족시킬 수 있었으면 한다.

『불귀도 살인사건』은 같은 제목으로 '창작의날씨'라는 웹문학 플랫폼에서 연재했다. 기회를 준 창작의날씨에 감사함을 전한다. 출판사와 편집자, 그 외에 이 작품을 응원해준 많은 분들께도 같은 감사함을 전하고 싶다. 이제 『불귀도 살인사건』은 내 손을 떠났다. 이 음식이 누군가에게는 맛있는 성찬이 되기를 바라며 나는 또 다른 요리를 위해 재료들을 모은다.

2023년 여름
전건우

불귀도 살인사건

초판 1쇄 발행 2023년 8월 18일

지은이 전건우
펴낸이 안병현
본부장 이승은 총괄 박동옥 편집장 박윤희
책임편집 정수향 김정은 디자인 박지은
마케팅 신대섭 배태욱 김수연 제작 조화연

펴낸곳 주식회사 교보문고
등록 제406-2008-000090호.(2008년 12월 5일)
주소 경기도 파주시 문발로 249
전화 대표전화 1544-1900 주문 02)3156-3665 팩스 0502)987-5725

ISBN 979-11-7061-016-8 (03810)